U0146044

MÁRAI SÁNDOR

EGY POLGÁR VALLOMÁSAI

一个市民的自白

欧洲苍穹下

［匈牙利］马洛伊·山多尔 著

余泽民 译

译林出版社

目 录

第一章

1

桥上站了两名士兵，他们穿着潇洒的系带式过膝长靴和灰绿色制服，制服看上去更像猎装风格的运动装。他们将戴着手套的两手抱在胸前，用冷漠的目光警惕地望着那列向西行驶、眼看就要散架的客货混编列车。

"快瞧啊，"我对妻子说，"这里已经是欧洲士兵把守。"

我异常兴奋地盯着他们，心脏已跳到了喉咙口。我感觉自己就像一位深入险境的旅行家，就像斯坦利[1]或斯

---

[1] 斯坦利，即亨利·莫尔顿·斯坦利爵士（1841—1904），19世纪英裔美籍的非洲探险家、冒险家和新闻记者。

坦因·奥里尔[1]。当时，我们两人都很年轻。我刚满二十三岁，刚刚结婚几个星期。罗拉[2]坐在车窗旁，坐在这列已被法国人淘汰的列车上，这列火车曾经跑过巴黎沿线，如今被流放到临近德国和比利时边境的穷乡僻壤——亚琛。包厢里的窗户缺了一块玻璃，被扯断的橡胶封条耷拉着，破旧的行李网低垂着，座椅里头露出了弹簧。"给他们用这个就不错了。"当这列旧车被调到亚琛时，法国铁路公司巴黎办事处的人这样想。的确，我们能搭乘这列火车旅行已经很知足了。我们坐在没有玻璃的车窗旁，冻得浑身哆嗦，盯着那两位"欧洲"士兵（从德国边境起的几公里路程，火车由英国人开），一想到这个我就牙齿打战。噢，在比利时和德国边境上，我们就像没见过世面的非洲人！

在我们眼里，这一切是多么"欧洲"啊：这列气味酸臭、颠簸摇晃的火车，那位挺着啤酒肚、穿着印有银灰色字母的外套、好像浑身盖满邮戳似的比利时检票员，那盏挂在车厢棚顶、光亮微弱、咝咝作响的煤气灯，那

---

1 斯坦因·奥里尔（1862—1943），匈裔英籍的中亚探险家、考古学家。
2 罗拉，即玛茨奈尔·伊伦娜（1899—1986），作者的妻子，两人于1923年4月18日结婚，罗拉一生都与作者相伴，直至去世。

张可以从考萨旅行到波普拉德菲尔卡的火车票……毫无疑问，车厢破烂座位上垂下的穗子，还有我们在沿途火车站购买的烟灰色、很难吃的法国巧克力，对我们来说都很"欧洲"。夏末带着尖酸烟味的"欧洲"空气吹进了包厢，包厢内所有的一切，包括我们的焦虑和自我意识，都让我们感到自己非常的"欧洲"。我们咬紧牙关，内心坚定，我已经感觉到巴黎正在向我们招手……（后来，在所有误入巴黎的中欧人身上，我都能体会到这种浑身发抖的优越感）我们是多么的好奇啊，激动得感觉脊背发凉。那时候，我们已经读过"全部的法国文学"——我读了左拉的书，读了阿纳托尔·法朗士和莫泊桑的几部小说，只要有匈牙利文或德文译本的作品我都读了；多多少少我听人讲过一点柏格森[1]，我"了解"法国历史，但主要是从法国大革命和拿破仑战争到现在的这一段历史。

我们知道法国香水和头油的品牌，我用原文读过波德莱尔的几首诗。巴黎就像一座"高大的巴孔尼山"[2]，奥

1　伯格森，即亨利·伯格森（1859—1941），法国哲学家，"生活哲学"的代表。

2　指奥迪·安德烈创作于1906年的诗作《我的巴孔尼》，巴孔尼是多瑙河以西的一片连绵山区，最高峰是克里什山。

迪[1]曾在那里驻足徘徊，咀嚼他那类人命运的痛楚，与此同时，他们肯定喝了许多苦艾酒，搂抱过许多"穿蕾丝袜的法兰西女郎"。是的，我们并不是野蛮人，我们预习了许多西方的功课。瞧我们的打扮，是不是跟法国人一模一样？（后来我们发现，我们打扮得比法国人"更优雅"，我们的穿着跟西方的男女有明显的不同。）我们是否拜倒在法国女郎的石榴裙下，过着优越、舒适的市民生活？我们是否跟女教师克雷门汀女士学习法语？我们的女士们是否紧追"最新潮的法国时尚"？……没有，但我们确确实实地了解了西方文化，我们十分自信地前往巴黎，我们的阶层和我们的教养不会让我们在那里感到自惭形秽。

既然这样，为什么我们还要坐在西方人派来接我们的冰冷、腌臜的车厢里？为什么我们怀着羞怯与惊恐坐在这儿，就像乡下的亲戚进城拜访有钱有势的大人物那样又清嗓子又擦皮鞋？想来，"西方文化"套在我们身上有点松松垮垮，就像让非洲人穿燕尾服。我们的神经出于自罪感而进行反叛。我们在欧洲的大门口开始忏悔，

---

1 奥迪，即奥迪·安德烈（1877—1919），匈牙利著名大诗人。

"西方"毕竟不同于阿纳托尔·法朗士著作的蹩脚至极的匈牙利语译本，不同于奥迪的巴黎印象，不同于法国时尚杂志和法国刮胡刀，不同于在学校读的历史课本，不同于在家乡日常会话中很容易被接受的、糟糕透顶的法语发音。我们开始猜测——其实只是出于在比利时和德国边境上对周围氛围的印象！——西方人理解的市民概念，跟在我们国家所理解的并不相同；它不只意味着四个房间都有蒸汽供暖，有雇用的仆人、书橱里的歌德著作、优雅的绅士谈吐、对奥维德和塔西佗作品的了解，这所有的一切只不过是对一种文化最表面的接触，跟我们现在前去造访的另一种真正的市民社会只存在皮毛的联系。我们通过自己十分敏感的神经感觉到困惑，感觉到在南特[1]做一个市民跟在我们的"大城市"考绍[2]不完全一样；在我们家乡，市民们感到尴尬内疚，我们试图像小学生一样勤奋地履行市民阶层的义务，不遗余力地文明化。在南特，人们很可能只是生活在一种生活方式里，并没有特别的阶层野心。我惶惶不安地环视四周。我感

到恐惧和紧张，仿佛回到了学生时代，一遇到某道难题，就想通过自身的勤奋和让他人敌视的方式予以解答……我暗下决心，一定要符合欧洲气质。

罗拉聪明地坐在车窗旁，望着欧洲沉默不语。在后来的现实生活中，也总是出现这种情况：我说话，她沉默。她和我出生在同一座城市。我们相识已久，可以追溯到神话般的童年时代，换句话说，我们只使用符号性的语言；从我们出生的那天起，我们就共同呼吸同一座城市、同一个阶层、同一个人口密集的州的空气，当然，我们遇到的事情并不取决于我们。她用聪慧的目光眺望窗外，惴惴不安，因为她带着与生俱来的危机感来到欧洲，她知道，"她必须格外小心"。我则左顾右盼，坐立不安，口无遮拦地喋喋不休。她静静地听着，偶尔说一句这类的话："在柏林要多买些漱口水。现在那里肯定会便宜一些。"我在过边境时想到的是，柏林的烟斗或长筒袜吊带会比巴黎便宜。假如她说的要买的是这些东西，会更合我意。

"欧洲士兵"走到车窗前，他们踱步的样子，就像家乡的老爷们晚上打完猎回家。按照英国人的习惯，行李都放在公共使用的行李车厢，不给凭据。我问他们，到了巴黎我怎样可以取回我的行李？"到时候，你指一下就行。"其中一位士兵回答，表情显得非常惊诧。

"他们会相信吗？"我问。

那人从嘴里取下叼着的烟卷。

"您说什么？"这位欧洲士兵不解地反问，带着诚实的想象和不大友善的傲气反问，"您总不会撒谎吧……？"

他用英语跟同伴说了几句什么，摇摇头继续往前走，不时怀疑地扭头看看。

2

火车开了，罗拉始终一言不发。大概她也感到好奇，但她只用审慎的目光眺望风景，似乎所有的变化与陌生都令她害怕。她在德国时没感到害怕，也许，她现在正为离开那个既陌生又熟悉的世界感到遗憾；在那里我们行动自如，德国的城市，德语，那里的生活习惯，那个庞大的帝国，对我们来说是那么熟悉可信。在那里，我们往面包片上抹植物黄油，女士们戴着样子滑稽、小孩子式的皮帽子；但在那里，我们一起到雷恩哈特[1]剧院看

_____

1 雷恩哈特，即马克斯·雷恩哈特（1873—1943），奥地利演员、导演、剧院院长。

斯特林堡的《一出梦的戏剧》和《格拉夫·冯·夏洛莱斯》，看完之后我们觉得，世界上的剧院都差不多。我们觉得德语挺有趣的，我们的情绪也挺轻松（一个人要想了解一个民族的"不同之处"，还需要花费很长时间！），还有德国人的住宅、华丽的服饰或我们住在那儿的亲戚，都会让人感到开心。据我们观察，虽然德国人观察世界的态度有几分戏谑，但又并不是不可爱。从本质上说，他们总是很真诚。这个大民族尊重所有的外国人，有点惧怕外国人，他们在我们面前显得局促和窘迫——的确，这话听起来有些古怪，在德国，我们这些风风火火的、可怜的匈牙利人，觉得自己是"上等的外国人"。我们看什么都聚精会神，心怀敬意。当然，我们都是名字里带"冯"[1] 字的人，护照上标明了我们的贵族身份，在德国人眼里是男爵名衔；那些朴实的莱比锡和法兰克福饭店的店员们，根本不知道名字里带"冯"字的匈牙利人在我们的国家多如牛毛。

不过，我们在德国见到的熟人是有灵性之人；虽然我们在异国他乡，但感觉却像在自己家里。有一种文化

---

1 "冯"（von）一般出现在名字中，加在德国或奥地利姓氏前，多半只有贵族才有，表明这个人或其祖先是有封地的贵族。

的灵性，让人跨越了时间与疆界。在我们家乡，在考绍和整个费尔维迪克[1]地区，我们有意识地，或许也不是完全有意识地，多少有点按照德国人的生活方式生活。

我讲一口流利的德语，至少我自己认为，我在童年时代就已经讲得挺不错了。我出生的时候，我们国家的首都——布达佩斯刚好盛行匈牙利化，到处都是匈牙利风格，在新修缮的房子上画满了郁金香。在德累斯顿或魏玛，我从来没有感到过像后来在法国、英国的城市里经常感到的那种陌生感：根本不清楚自己在哪儿，不知道在墙后发生着什么，不知道人们吃什么、想什么、谈论什么，他们会不会像蝙蝠一样抓着悬吊的绳子睡觉？抵达柏林的那年，我二十一岁。在那个大得可怖的城市里过的第一个夜晚，在睡觉之前，在把自己被初来乍到的印象搞得疲惫不堪的脑袋搁到枕头上之前，我给父亲写了一封信："在这里，所有的一切都大得惊人，就像一个不同寻常的外地城市。"这句话听起来可能像个毛头小子那样没心没肺，但我心里很清楚，我这么写并非出于无礼，而是出于可怕的想象。我在二十一岁那年抵达了

1　历史上的地名，现在斯洛伐克境内。

一座大得无边无际的外地城市，在这座城市里有四百万人过着外地人的生活，在这座城市里当时就已开始修建摩天大厦，在这里演出最完美的戏剧，在这里我第一次听到令我震撼的音乐，城市里到处可见各种富丽堂皇的大都市建筑；在神奇的工厂和实验室内，外国的天才们在做实验，聪明认真的德国人将全世界躁动、焦虑的灵魂都吸纳到一个系统内，使他们变得完美无缺——这是一座包容万象的世界大都市，无所不有，无所不容：民众、部件和领导方针。当时我二十一岁，被庞杂的印象搞得头昏脑涨，那只是我在柏林的第一夜，就感觉到自己抵达了一个大得无法想象的异国首府。不仅是我一个人感觉如此。当时，在德国战败后的第三、第四年，柏林城挤满了外国人，下午，当我们在林登大道或库弗斯坦达姆大街上散步时，大家彼此问候，就像在我们木碉楼相望的家乡或在外地小城的林荫道上悠闲散步。

我熟悉德国……就在那一刻，当我（我跟罗拉在四年前的一个夜晚，在亚琛坐进一列剧烈颠簸的法国混编列车包厢）抵达莱比锡[1]，准备在大学读新闻专业时，我便

1 作者于1919年10月抵达莱比锡，并在那里学习。

感到自己熟悉德国。家人为我报的是报学研究所[1]下属的文学系……从我踏上德国土地的第一刻起，我心里就充满了特别的安全感，感觉在那里不会遇到任何麻烦；那里人也跟别的地方的人一样，充满了强烈的激情、偏见、品位和性情；不过除此之外，在我离别的家乡与庞大而神秘的德国之间，还在气候上存在着某些共同点——噢，肯定不是"血缘""种族"或使用其他什么口号标榜自己的时髦团体，而是更神秘、更简单的亲属关系。后来，当我生活在另一种气候里，家教、成长和经验将我们区别开来；当政治与世界观将我推到另一侧河岸，我对无法否认的亲属关系进行了许多痛苦思考，试图用出身和起源进行解释，但如果让我实话实说，我有一个猜测获得了证实：一名符腾堡的德国学生对歌德的一行诗句所产生的内心情感，跟我或我在考绍和佩斯学校的同学们心里唤起的共鸣是一样的。战后移居德国的匈牙利人感受到的这种熟悉感和轻松感，是某种高傲自负、不尽信实的安全感和优越感：我们在那里虚张声势，就像莱万

1　1916年，莱比锡大学创立了第一个报学研究所，1926年在其基础上成立了报学专业（即新闻专业）。

特[1]人在巴黎；我们跟当地人称兄道弟，自以为比当地人更谙世故；我们认为他们有些幼稚，觉得我们只要凭借自己思维敏捷的大脑、不拘一格的方式方法、灵活机动的骑兵式勇敢，就能轻松愉快地生活在他们中间。德国人什么都相信，就连佩斯的咖啡馆跑堂和偏远地区心地善良的小法官都不会相信的东西他们都会轻信！从某种角度讲，我们的生活态度不那么认真，不那么踏实，不那么专注，但也不是那么拖拉……我们在家乡时疲疲沓沓，而在柏林的那几年，第三天就想事业有成。我们了解德国人，也彼此了解，我们了解那些在战后流浪异乡，学识和理解力都不很扎实，但精力充沛、百折不挠的同胞们，也了解"事业"的现实意义。我们知道，对一个聪明的匈牙利男孩来说，没有什么要比成功地"跻身"德国人中间更容易了，就像佩斯人用土话称那些被成船运走、用来换取德国金羊毛的鹦鹉螺是"进口给德国人"。我们战后的这一代人意志坚定，神经里带着大毁灭的恐慌，我们毫不迟疑、满怀热望、义无反顾地闯到疲惫、萎靡、善良的德国……我们疾走在萎靡不振的柏林城，

1　莱万特是西班牙巴伦西亚的一个区。

仿佛想给那些英俊、笨拙、迟钝的德国人一些教训。

瑞典人也这样东奔西走，为所欲为的莱万特人也是如此。他们成群结伙地坐进德国人的办公室、工厂、编辑部、剧院或画室，用当地人听不懂的语言絮絮叨叨，隔着德国人的脑袋相视微笑。我跟罗拉一起坐进列车的包厢，永远离开了那个陌生、沉闷、时常在货币贬值的舞蹈病中歇斯底里地抽搐、既陌生又熟悉的不幸的德国，当时我们并没有意识到，这次永别是多么的悲怆与无奈。火车开始在黑暗中缓慢行驶，摇摇晃晃、气喘吁吁地将我们从那个熟悉而神秘的国度拉走，在德国，我们多少能有一点在家的感觉；列车沿着那条不见横杆和界标的优雅路线驶出很远，穿过边境，离开那个名叫"中欧"的地方，离开我们在那里降生并长大的人文、种族与教养的辐射圈。虽然那个地方跟另一个欧洲有机地团结并融合在一起，但还是有着神秘的不同，难怪当时罗斯柴尔德家族[1]犹豫不定："究竟有没有意义把铁路修到那里？……"

---

1 罗斯柴尔德家族是欧洲乃至世界久负盛名的金融家族，号称欧洲"第六帝国"，创始人梅耶·罗斯柴尔德（1744—1812）是国际金融之父。

3

不过，后来还是修建了几条铁路。有一天，我搭乘其中的一列火车抵达莱比锡，我到那里的第一周，就被女房东引诱了。这个妇人跟她当屠夫的丈夫一起从梅斯[1]逃到这里，他们到了莱比锡后什么也不干，只是享受富人的生活，因为他们把在梅斯卖掉肉铺得到的法郎作为外汇拿到德国，可以兑换很多的马克。那年我十九岁。屠夫每天泡在啤酒馆和工商会，晚上回到家，用战争中的英雄事迹逗法国人开心，挖苦他们。那时候，我对于人，对于文字的重要性，对于人心的叵测和自发的卑鄙都所知甚少，跟伦敦动物园从国外请来的傻瓜喂狮员对欧洲文明的组成和伪装的了解程度差不多。我生活在长期病态的惊叹之中。对于人，我通常轻信他们看上去的样子，认为他们的言行是真实的。来自梅斯的屠夫和他的妻子怀着特别的激情撒谎。我觉得他们喜欢我，男人也喜欢我，但我厌恨他们，因为我是外国人，我的身心与他们的不同；他们用奴颜媚骨的无

---

1 法国洛林地区的首府。

礼方式纠缠我。在他们眼里，我成了莱比锡小巷内一间出租房里的童话王子——穿着与众不同的西装，捧着用他们不懂的语言印刷的书籍，带着矫揉造作的物什：钉在十字架上的耶稣像、小黑人木雕和仙人掌，那盆仙人掌我始终不离不弃地带在身边，穿越历史，穿越革命，穿越边境；说老实话，我对金钱根本没有概念……我找到我在莱比锡时期留下的第一张相片。我瘦得吓人，一副黑眼圈，额头上耷拉着颇具诗人气质的发绺，两只手将一本书紧紧贴在胸口。我就这样于1919年秋天出现在莱比锡，出现在梅斯屠夫的妻子的生活里。

妇人怀着鬼祟不宣的目的讨好我。我住在她家的第三天晚上，她溜进我的房间诱惑我。我惊诧地看着她，我还从来没见过这样的女人。我整日在城里游荡，或在某家咖啡馆一动不动地坐几个小时，怯生生地品尝食物和饮料的滋味，我是那么孤独，仿佛在一座孤岛上。梅斯屠夫的妻子不能分担我的孤独。我喜欢这样的莱比锡，就像一座独一无二的巨大农庄，一座用钢筋水泥建造的农贸市场，在那里什么都可以买到：毛皮、南方水果、哲学、音乐、最与众不同的思维方式。屠夫的妻子是阿尔萨斯[1]人，灵活好动，肌肉健壮，是一个矮个子混血后裔；她从法兰西母亲身上继承了讥讽、聪明、乌黑的大眼睛，那双令人难忘的法国女人的眼睛长在一张德国人的面孔上，闪烁着外邦人生动的光亮，仿佛它们待在那里只是做客。她想知道我的一切，她会偷走我的匈牙利语家书，怀着令人感动、难以克制的好奇心一连拼读几个小时；她从早到晚帮我刷衣服，摆弄我的书籍和纪念品；她总用窃窃的耳语跟我讲话，好像担心她的嗓音或发音会让我高贵的耳朵感到不适。出于一个娇贵少年屈尊俯就的友善，我接受了这种可怕的调情。我隐隐约约，并不经意地意识到什么，自己就像一个隐匿名衔的过客住在这里，住在他们中间，住在莱比锡的小巷深处；而在我的家乡，我习惯的完全是另一种生活环境，比方说，在饭厅里有立式壁炉，有一段时间我们还雇用帮工……

关于这个妇人的记忆，直接让我联想到传说中女巫厨房里的魔法考验，或许因为她是我第一个通过每个汗孔和每寸肌肤，通过她难以名状、无法克服、隐秘莫测的陌生感认识的第一个"外国女人"，第一个真正的"陌

---

1 阿尔萨斯是法国东部的一个地区。

生人"；对于这种陌生感，即便感情潮汐再汹涌也难以消解，肉体接触再炽烈也无济于事：总存在一扇陌生的身心无法冲破的绝密大门，即使用亲吻也难以打开，难以撬开；这是最后的秘密，这是黄金法则。我不相信爱情是所向披靡、能用符号性语言解开种族秘密的世界语。无论跟哪个热情洋溢、激情充沛的苏瓦达人交谈，这种陌生语言的爱情也会结结巴巴。人用母语梦想所爱之人。我在这个陌生女人身边，在我认识的第一个异族人身边，感到一种复杂的无奈：我不能将自己全部地给予她，有些东西无法用拥抱表达，即使被翻译成亲吻或耳鬓厮磨，但其本意仍永远是我自己的秘密；所有女人的秘密都要用母语讲述，梅斯屠夫的妻子就是这样……她总是显得既有点神秘，又有点原始；早上，当她一脸虔诚地踮着脚尖将淡咖啡和黄油小面包端到我跟前时，头上戴了一只花环，腰间缠了一条藤蔓，我一点都不感到惊讶……她是我见到的第一个戴花环的人，在后来的十年里，在青春时代——可能是唯一真正不羁、欢快的青春时代——缺少田园牧歌情调的痛苦岁月里，"陌生女人"那顶繁复、杂乱的花环缠绕到我的生活中。在我脑海里，女人张开臂膀拥抱我的记忆时常闪现，我至今记得梅斯屠夫的妻子古铜色的瘦胳膊那既强硬又胆怯的用力搂抱。我就像一位途经此地的统治者，允许她围着我伺候，并且爱我。在很短一段时间里，在我们相识的最初阶段，她也并没向我索求什么。但是，在我搬到那里的第二个月，她和她的丈夫怀着某种印第安人的愤怒，在我的背后发起攻击。这种愤怒含带了陌生、另类和永远的不忠。不可思议的是，他们向我索要一把衣服刷的钱，在那之前，我对衣服刷的价格一无所知。

在我的莱比锡房东眼里，我的仪表可能有些令人不安。他们用淡漠的眼神不无反感地观察我，包括我的衣服、我跟萨克森人略有不同的发式、我惹人疑惑的生活方式。出于城市小市民心态，他们心怀嫉恨地接受了这个没精打采、言行放纵的年轻人。我出没在一个狭窄的小圈子里，大学，几家咖啡馆，还有一个匈牙利年轻女演员的"艺术家沙龙"，那里聚集了许多容貌美丽、内心细腻的姑娘，仿佛在祭拜"地灵"。想来，她们在现实生活中也跟在剧院舞台上一样扮演露露[1]——怀疑一切，对

---

1 露露，意为"地妖"，是德国表现主义作家弗兰克·韦德金德（1864—1918）代表剧作《大地之灵》《潘多拉之匣》中的女主人公。

一切感到陌生。我随身带了好几套西装来到德国，每件衣服都是天鹅绒领，里面配一件黑衬衫……莱比锡的母亲们，抱着孩子站在窗口盯着我看。在我动身之前，父亲给了我三个月的生活费，可是我在第一个星期，就把这笔可观的费用花掉了大半，我自己都不清楚是怎么花的，都花在了哪儿。——我想，我买了英国香烟、书和咖啡……品尝萨克森烹饪的美味佳肴；在最初几个星期，我主要靠黑咖啡和大学隔壁的费尔斯咖啡馆卖的一种名叫"年轮"的糕点度日。接下来的三个月我生活窘迫，处境变得越来越戏剧化，冬天，我开始节食。最先，我卖掉各种天鹅绒领衣服，总共卖了二十多件。第二年我是这样过的：东游西荡，四处流浪，从一座城市到另一座城市，从饭店到租赁房；每天只穿一件西装，这件破了我会扔掉，然后再做一件新的。

由于"贫困交加"，我到新教传教士办的"救济站"蹭饭吃。一个脸色阴沉的大胡子男人弓腰站在汤锅前，这个人我以前从来没见过。莱比锡，除了心胸狭窄、爱喝苹果酒和淡啤酒的小市民外，还是充满了异国情调。大集市上不仅商品成堆，人也成堆。新教传教士们津津有味地品尝在他们看来既可怕又奇怪的大锅里做的海鱼、煮土豆等特色小吃……他们不明白我为什么爱吃味道过重的传统萨克森餐。战后，新教传教士从过去的德国殖民地被赶走，由于他们没有几个信徒，所以他们每天午餐后都向我传教——就像艺术家出于职业习惯，即使在火车上也忘不了背台词，仿佛他们担心所有莱比锡人都皈依了上帝，自己会忘掉传教的方法和本领。午餐后，新教徒们喝着淡淡的咖啡，点上一支烟味刺鼻的"进口雪茄"坐在救济站的会客室内，镜子上方悬挂着一面织锦，上面绣着这样的话："假如在不幸的命运中你感到绝望，请想一下奥古斯特国王的话：学会不抱怨地忍耐。"传教士们朗读《圣经》，然后提问，架势活像一头野兽。我听了几星期他们的布道，后来不再去了。我还不如吃罐头维生，当时罐头在德国很流行，我整天吃廉价的、密封在铁皮盒内的牛肉，喝燕麦汤。

4

我在莱比锡都做了些什么？家里人只知道我在大学用德语读书，准备成为一名记者。事实上我在幻想，在做梦。那时我很年轻，只有年轻人才做梦。我那代人并不渴望"出人头地"。我们真正渴望的只是梦幻，在我们生活里缺少不真实、不可证的童话元素……我在学校后面的墨丘利咖啡馆里一坐就是大半天，那是莱比锡最古老的咖啡馆，好比一份"无所不知的世界新闻报"，上面有成百上千条新闻，每天我都会激动不已地阅读其中的绝大部分内容；仿佛我在预习课文，背诵那天在世界上都发生了什么。我吸着冒着鸦片甜香的烟缕、令人飘飘欲仙的英国香烟，做着梦，看着窗外的莱比锡街巷，那么平常，又那么陌生，如同沙漠中的一片橄榄树或棕榈树林。无限低调，又格外考究，一支英国香烟就完全满足了我的想象。

但是，假如有哪位演员或哪出戏剧我不喜欢，我会在演出中间逃离剧院；我从来不进电影院。我能在雨里走几个小时，总是暗自演绎，我坐在莱比锡火车站——"欧洲最大的火车站"——的一条长椅上，等待那些跟我没有任何关系、我对他们也不抱任何期待的陌生人。后来我在国外，再也不曾像我年轻时代刚出国时那样放任自由。我没想从任何人身上获得任何东西，不管是好是坏，我都不曾期待；我对一切都心怀感激，哪怕是一抹微笑，一个声调；在那些年里，我还极度善良。也许，当时我是一位诗人。

我最喜欢读的还是诗歌。我在衣兜里揣着那些早已踪迹全无地消失在文学瀚漠里的诗人的诗集。谁还会记得阿尔伯特·艾林斯坦[1]？这个名字听起来是那样的古老，那古老的声音就像是一个在时间与距离中迷途的原始人发出的。我记得他写过一本小说集《图布奇》，那本书我随身揣了好几个星期；小说并没什么特殊"意义"或"史诗性内容"，但在这位维也纳诗人所写下的字里行间和所描绘的幻境背后，都回响着清越不安的乐音；我对音乐心怀感恩。我一连几个星期都坐在墨丘利咖啡馆内翻译艾林斯坦的某篇诗作，不管我的译文是好还是坏。在德国，几乎没有人知道弗朗茨·卡夫卡。我至今还记得艾尔莎·拉斯凯尔-舒尔勒[2]清新淡雅的水彩画，就像在某次梦境里看到的希腊风景。那时候，捷克诗人欧托卡尔·布列兹纳[3]的诗歌刚被翻译成德语，由因赛尔出版社最新推出，在那之前，

---

1 阿尔伯特·艾林斯坦（1886—1950），出生在奥地利维也纳的德国表现主义诗人。

2 艾尔莎·拉斯凯尔-舒尔勒（1869—1945），德籍犹太裔女诗人、画家，是20世纪初柏林现代派的活跃成员，与表现主义诗人们关系密切。

3 欧托卡尔·布列兹纳（1868—1929），捷克象征主义诗人。

读者们尚不知道世界上存在这样一位诗人。有一位名叫库尔特·海伊尼克[1]的德国年轻人，我很长时间都认为他是一位大诗人。也许他在当时，在某个瞬间，确实曾是位大诗人。奥古斯特·斯特拉姆[2]写了许多未来主义的德国垃圾；当时我很喜欢他。弗朗兹·维克托·威尔费尔[3]的声音已经相当响亮，他的第一部小说已经出版。戈特弗里德·贝恩[4]、西奥多·道布莱尔[5]、勒内·希克利[6]和阿尔弗雷德·德布林[7]等都在为新杂志撰稿。德国出版社正怯懦不安地从庸俗读物和战争宣传品中复活。

在这些诗人中，只有一两个名字留了下来，或许只有威尔费尔和卡夫卡的作品从当代的潮流与审判中幸存

1　库尔特·海伊尼克（1891—1029），德国诗人，马洛伊通过他的表现主义诗歌认识了他。

2　奥古斯特·斯特拉姆（1874—1915），德国诗人、剧作家，第一位表现主义者。

3　弗朗兹·维克托·威尔费尔（1890—1945），奥地利小说家、剧作家、诗人。

4　戈特弗里德·贝恩（1886—1956），德国诗人，其作品具有强烈的表现主义色彩。马洛伊曾于1921年翻译过他题为《D 列车》的诗歌。

5　西奥多·道布莱尔（1876—1934），奥匈帝国时期最著名的德语诗人、作家、文化批评家。

6　勒内·希克利（1883—1940），散文家、翻译家，出生在德国，后流亡到法国，既用德语写作，也用法语写作。

7　阿尔弗雷德·德布林（1878—1957），德国小说家、散文家、医生。

下来。卡夫卡对我的影响尤其巨大。在这个根本不能用公众标准进行衡量、只用欧洲文学的真正标准衡量价值的狭窄圈子里，这位年轻的捷克德语作家的作品已经被划归为经典作品，他在四十一岁那年病逝，死后只留下残章断句。卡夫卡是我自己为自己发现的作家，就像梦游者发现了笔直的路。在一家书店里，我从数以千计的图书中抽出一本名为《变形记》的小册子开始阅读，我当即知道：是的，卡夫卡既不是德国人，也不是捷克人，他是一位最伟大的作家，这一点我不可能搞错，不可能误解。对于一位年轻作家来说，找到自己成长需要的榜样，凭的是神奇的本能。我从来没有"模仿"过卡夫卡；但我现在已经很清楚，是他的几篇文字、他对事物的洞察及其观点照亮了我内心幽暗的区域。很难为文学的"影响力"下定义，很难与在作家身上启动了文学思考过程的那些人坦诚相对。不仅是生活，文学也充满了神秘的亲属。在我的生活中，这种情况屡次发生：我遇到一个人，我觉得这个人似曾相识（那种熟悉感来自复杂、痛苦和某种未能实现的久远约会），让我不得不带情入戏。有的时候我与人相遇（很少遇到女性，通常是男性，因为可爱的女人都会让我感到有一点"熟悉"，让我想起从前那个已被我不忠地淡忘的伊娃），这些人让我无法回避，我们是亲属，有些事我们必须要谈，当面谈，一对一地谈！这种相逢有时也发生在文学中。一个熟悉的灵魂发出令人无法抗拒的呼唤，将自己袒露给别的人。卡夫卡的世界和他的声音，对我来说非常陌生；尽管我知道这位作家的"影响力"从未在我的文字上有所体现，但是他让我内心的能量获得了释放；我一下子作为另一个人进行观察，用另一种方式进行分析，与此同时，不仅唤醒了他的力量，还使他意识到自己的责任，并感到惊恐不安。

　　害怕的人才会叫喊。正因如此，我在惊恐中迅速开始写作。我写诗歌，在那个莱比锡的秋季，我写了整整一本诗集——后来由一家外地出版社出版，书名为《人的声音》[1]。"人"，遭受凌辱的人文，在德国的新文学里就像一出节目，就像杂耍戏院里的海豹。诗集中有一首取了一个这样的标题：《人的曙光》。有位一度彻底沉默、销声匿迹的德国年轻诗人莱昂哈德·弗朗克出了一本新书，标题是《这是个好人》。这类标题本身就足够时髦，

1　作者的诗集《人的声音》于1921年在考绍出版。

出版社和读者都满心共鸣地接受诗人。诗人们聚焦于"人性"，就像其他的艺术形式那样，发掘出过去从未触及的题材领域。一切全都付诸纸上。人性也从未像那五年里被那般放肆、无礼地羞辱过，一下子成了文学商品。

我跟一位荷兰裔的年轻人坐在墨丘利咖啡馆里，他的名字很长很美很迷人——阿德里安·冯·登·布洛肯·尤尼尔。我们共同创办了一份名为《恩底弥翁[1]》的文学刊物。这本杂志只出了一期，其经费就花光了阿德里安从他父亲那里继承到的全部遗产，大约六百马克。我从来不知道我们为什么要用宙斯的那位并不幸福的儿子命名我们的杂志。关于恩底弥翁的传说我们只知道这个，他妻子只能在他的梦里永不厌倦地亲吻他，并遭受众神惩罚，怀了多得离奇的女儿。很可能是因为我们喜欢这个希腊名字的旋律感。那本杂志只发表诗歌，大部分诗歌是阿德里安写的。即使在偏爱神秘传说的莱比锡，我们也应该揣测到，我们的杂志不会吸引太大的读者群。不管怎样，对我来说创办这本杂志的成效是，改善了我在异国他乡的孤独境遇：从那之后，有越来越多满怀期

---

1 古希腊神话中月之女神心爱的美貌牧童。

待、钟爱诗歌的外国年轻人聚集在墨丘利咖啡馆。谁都跟我没什么关系。我是一位年轻诗人，孤独而好奇，那个时候，我是一个面色苍白的瘦削男孩，前额垂下一绺头发，就像旧版画上刻画的那种面无血色的病弱诗人。

5

莱比锡是这座精致的萨克森小城与粗粝、冷酷的异邦情调不同寻常的化合物；难怪马伊·卡洛伊曾住在这里，再不愿离开，他在一栋被雨水洗刷成深褐色、建造于世纪末的分离派风格的房子里写出了《阿尔巴尼亚山民的秘密》。我即使生活在彭巴斯大草原[1]，也不会比住在莱比锡更加危险。每逢遇到大集市，我尽量不跨出墨丘利咖啡馆的门槛，因为我和阿德里安都极其蔑视世俗生活中的采购场景。要维持符合诗人身份的、真正虚无缥缈的生活方式，说来说去还是需要钱。

我对钱的态度格外特别，我从来不曾惧怕过它。从天性上讲，我是一个吝啬鬼，而且一直都是，我是那种谨慎

1　彭巴斯大草原位于阿根廷中部，沃野无边，适合放牧。

小心的寻欢作乐者。我从来不为可能遇到的生活烦恼忧心忡忡，既不担心会饿死，也不怕需要什么而没能力获得。直到今天我都不明白，我对钱所抱的这种君王般的傲慢态度到底从何而来。我的生活条件从出生到现在，都没发生过太大的改变。没有哪个月我曾彻底摆脱过金钱上的困窘，但我从来没有因为没钱而苦恼得失眠，只要我手头上一有钱，就会随手乱花，转眼之间花个干净；但是与此同时，我记下所有的日常开销，连小费都记，我随手记下自己的全部犯罪记录，就像一位自命不凡的账房先生，每天都认真地记账。在莱比锡，我那点可怜的生活费，是由父亲每三个月一次地转账到一家声誉良好的私家银行，银行的名字叫"科纳特、纳霍德与库恩"；这些古老的德国私人银行，通常坐落在狭小、低调的僻静地方，那些见识不多的公务员即使站到漆色剥脱的旧写字台前，也不会发现其中的奥秘：它们的金融网络遍布世界，业务之多根本不次于我们家乡的那些大理石宫殿，甚至更加生意兴隆。很快，我跟这家银行建立了友情。他们可以不按"银行的常规"付给我钱；当然，我父亲随后会补付那些账。

他们预支给我钱，是因为我还年轻，我是个人生地不熟的学生，因为他们清楚地知道，他们的钱过一段时间就可以收回来，他们出于传统而相信这点；他们知道，这是一位地地道道、市民阶层的年轻人，他到国外念大学，花光了一个月的生活费，刚到10号就囊中羞涩，连一枚硬币也没有了。因此，德国市民家庭会借钱给离家求学的外国男孩，这些小小的帮助会加强私人银行与好几代市民阶层的密切关系。这些男孩慢慢长大，父亲们会偿还儿子们留学期间的欠款，男孩们摇身变成律师、医生、商人、工厂主，即使出于仁慈之心，他们也会通过那些曾在学生时代在某种程度上帮助过他们的银行做生意……这种情况相当普遍。莱比锡的私人银行以某种家长制、家族化的处理手段，帮助外国市民阶层的年轻人随机地解决"月供"难题。这一点也不是开玩笑，后来我在德国外地城市发电报给莱比锡的金融机构，抬头称："亲爱的银行……"亲爱的银行总能有求必应地寄给我两百马克，有时还会在汇款单上附一封信。

我在莱比锡另一个要钱的来源，是规模庞大的布罗克豪斯公司[1]。当时，这家财大气粗的大公司能向国外汇款。

1　布罗克豪斯公司是德国一家大出版商，出版著名的《布罗克豪斯百科全书》，其中小条目主义编法的独特风格对许多国家百科全书的编辑和出版产生深远影响。

有一位考绍书商跟布罗克豪斯公司有着十多年的业务联系，他给公司老板写过一封信，告诉他我住在莱比锡，假如我遇到麻烦，他们能否给我一笔不大的救助款，稍后结算，如数还清。对于这些历史悠久的德国大公司来说，通过这种家庭性质的业务委托帮助外国客户是一件自然而然的事。没有什么稀奇的。它曾是这个阶层最大的家族，至少看上去如此，而且家族超越了民族。老布罗克豪斯[1]对我非常热情，给我寄钱，请我到他家做客，经常跟我聊蒂萨·伊什特万[2]，送给我几本他自鸣得意的出版物。那是一家庞大的企业，印刷厂和出版社连为一体。《布罗克豪斯百科全书》一度将公司的业务范畴拓展到广阔无边，全世界人都谈论它，并跟老先生建立业务联系；公司规模越来越大，跟埃森[3]的贝德凯尔公司[4]旗鼓相当。老布罗克豪斯对我的态度格外友善。我要讲给他听：我在大学里学习什么，新闻学院的课上都教些什么，我在剧院里看过什么剧目，我喜欢读哪类书，我认为什么是新德国文学。他睿智

1　指德国出版家阿尔伯特·布罗克豪斯（1855—1921）。

2　蒂萨·伊什特万（1861—1918），匈牙利政治家，曾任总理。

3　位于德国西部，位于鲁尔工业区。

4　贝德凯尔公司成立于1827年，1972年在莱比锡成立出版社。

而强悍，属于铁血宰相[1]的那代人，属于强大、荣耀、坚韧德国的"橡木一代"；他是一位肩膀很宽、品德高尚、目光清澈的老人。有时候，他留我一坐就是几个小时，跟我促膝交谈；他对匈牙利人抱着真诚的同情心。正是这一类德国人在那个时代——在俾斯麦时代——建立了第一帝国，建立了强大富有、让全世界人向往的德国。我觉得，我去布罗克豪斯公司实习并不是一件多难的事。那时候，我居然还会想着找工作！我对世界和自我都感到好奇。我对"具体细节"并不太感兴趣……

但是，无论老布罗克豪斯，还是亲爱的银行的善心，都无法把我从没钱的窘迫中解救出来；我三天两头身无分文，徘徊在莱比锡街头，就像马伊·卡洛伊小说里描写的在沙漠中迷途、饥渴难耐的主人公。当时我并不知道，我的生活技术根本是错的，由于"长期"泡在咖啡馆里，我在那里花的钱比最为奢侈的、我能够担负得起的娱乐要多得多。我的钱都给了咖啡馆；我的住处没有供暖，因为我把供暖费花在了去咖啡馆取暖。我不是去新教救济站蹭饭，就是从书籍、罐头中摄取养分，因为我把本该正经吃饭的

---

1 指德意志帝国宰相兼普鲁士王国首相俾斯麦（1815—1898）。

钱都花在了咖啡馆。我付小费，存衣服，买报纸，给看厕所的妇人钱——我把许多钱花在泡咖啡馆上，那笔钱足能养活多口人的德国家庭。我有一个偏执症，只要见到报纸、杂志就会买下，将口袋塞得满满的。我还买外国出版的外文报，比如瑞典或荷兰报纸，尽管上面印的单词我一个都不认识。我买那些连出版商都不指望有人买、令人绝望的文学杂志，比方说，《恩底弥翁》那类。在我的外套口袋里，总揣满了名声不佳、毫无价值的新闻产品。每天早上，我都坐在咖啡馆里，阅读这些印刷品。那架势好像要干出点什么。我对世界上的不可理喻之事，对混乱无序感兴趣；没有人遵守任何游戏规则……报纸教我们的就是这些。可是，我的钱越来越少。亲爱的银行和布罗克豪斯大叔，终归也只是出于礼貌地借给我为数有限的一点点钱。有一天，我在墨丘利咖啡馆里下定决心，要从事某种"职业"。

6

汉斯·雷曼[1]是一位萨克森幽默家的名字，那年秋天，

---

1 汉斯·雷曼（1889—1969），德国讽刺作家、小说家、戏剧家。

他在莱比锡创办了一份名为《龙》的周刊。这本《龙》鞭挞了萨克森人生活传统在当地的表现，讥讽了地方陋俗，特别是小市民心态。想来，在莱比锡这座有上百万人口的城市中，在火车站、市政府大楼、屠宰场和民族英雄纪念碑处，在这个曾经"最大的"、不管怎么说也曾是德国"王宫"所在地，在这个哮喘性的、令人窒息的小城市里，无时无地不打着小市民的烙印。《龙》中写了萨克森人吃什么，萨克森人觉得什么很幽默，萨克森人喜欢或讨厌什么样的方言，哪种萨克森人是最让人尴尬、最各色的萨克森人。可以想象，这本杂志惹人关注，萨克森人对这种无情的剖析并不太高兴。雷曼自己也是萨克森人，他对自己的家族非常了解。周刊不报道当地丑闻，始终保持严肃、坚定的批评态度。有一天，我写了一篇小杂文，描述一个人在莱比锡感到怎样的陌生。我将写好的文字塞进一个信封，寄给了雷曼。这是我写的第一篇德语文章。我盲目自信地用外语写作；后来连我自己都感到惊诧，是一种怎样的无自知之明和无耻的勇气怂恿了我，居然敢用一种我虽然能说能懂但从不曾写过的艰涩外语写下自己的所思所想。假如有人问我，我今天也不清楚某些德语名词为什么要用"n"做中性词尾——当时我也回答不出这样的问题，但我抱着夜游神的自信使用动词和名词，调换 "als" 和 "wie"，选择词汇，真的就像做梦一样……我十分自信地用德语写作，好像从来就不曾用别的语言思考过。我很可能写错了什么，但是不管怎样，我写的是德语；后来我才知道，我写的可能是结巴的德语，就像一个小孩子或词语贫乏的人用母语结结巴巴地讲话。雷曼读了那篇文章，觉得那是用德语写的，并且登在了杂志上。我读到它时，心怦怦狂跳，认为自己能用德语写作了……我感觉自己潜入了深水。我看到了我的生活与规划的新的可能性。我何时何地学会了德语？我在学校里几乎没怎么学，我虽然在祖父母家里讲过齐普塞尔味的德语，但也不可能在记忆里留下如此之多。我的德语讲得非常流利，但我在哪里学会了写呢？也许，我的德语知识是从我的萨克森农民祖先那里继承来的，是他们留给了我一些含糊的记忆，现在，当我置身于萨克森人中间，这种能力便从天而降。就像一个站在钢丝上的人被允许跳下，突然感到自己成了自由人，带着得意忘形的自信在德国的海洋里扑腾撒欢。这对我来说是无价的厚礼；当时我并不知道，外语只是拐杖和助手，一个人并不能因为会外语而无条件地

　　　　　　　　　　　　一个市民的自白

成为作家。作家只能在母语环境下生活和写作；我的母语是匈牙利语。因此，十几年后，我还是回到了气氛恐怖、满目疮痍的家乡；那时候我已经能用不错的德语写作了，能喋喋不休地讲法语，即便如此，我还是为自己的外语口音感到焦虑，脸色苍白地逃回家，逃回到母语的环境中。

在莱比锡，我暂时为自己的德语水平感到自豪。雷曼是一位秃顶、矮胖的萨克森幽默家，他总是鼓励我，希望我成为布达佩斯名流。匈牙利有两类人名声很好，好士兵和好记者。德国人认为，我们至少能做这两个职业。但我的身份听起来还跟布达佩斯人不同，我来自费尔维迪克，应该算是乡下人。我跟雷曼每天都在咖啡馆碰面（他心地善良，语锋犀利，总是不依不饶地挖苦萨克森人，极具杂文家天赋），他一脸严肃地问我："您又在写诗呢？"他认为，年轻人要好好珍惜自己的才能，因为一个人稍不留意，马上就会犯青春的罪——写诗。他想让我写文章，时不时地递给我五十马克。我在文章里描绘了莱比锡的租赁房，讲述跟萨克森人在饭馆里度过的一个夜晚，记录跟一位萨克森哲学家在大学的交谈。他给我布置家庭作业，让我为《龙》写一篇讽刺文章，命题为：《在莱比锡博物馆，在马克斯·科林格[1]的贝多芬雕像前的思考》。（莱比锡的批评家们认为，科林格"将古希腊美的理想"雕刻到了大理石里，但是在我看来，像某个人用萨克森口音说希腊语……）我满怀热忱、不偏不倚、行文自如地进行写作。在《龙》中，雷曼挖苦所有的人，包括给报纸出钱的家伙、漫画家和在周刊上做广告的广告客户。几乎每期都会登一些我写的短文；条件只有一个，我保证不投给莱比锡报社……在莱比锡官方的精英圈里，这份小报令人又怕又恨，就像在市民家庭夜壶里放苏打粉。虽然，萨克森人晚上在饭馆里脸红脖子粗地高声谴责，但他们还是要看。雷曼是我的第一位编辑，他有本事让人随心所欲地看世界，不管我把它看成什么样都没有罪。

我报名上大学，在文学系读了半个学年。这所专业学校隶属于报学研究院。很自然，研究院也由一位秘密顾问官[2]领导（威廉时代，在德国大学里留下了不少秘密顾问官），这位人称"枢密院顾问官布吕谢尔"的人早在

1　马克斯·科林格（1857—1920），德国象征主义画家、雕塑家。
2　这里指枢密院顾问官。在魏玛共和国以前，这是德国宫廷中的最高头衔，相当于国务参事。

青年时代，早在创始人莱奥波德·索恩曼时期就曾在《法兰克福报》供职。那些想在莱比锡大学"学习"写新闻的学生们，师从一位名叫约翰·克莱因鲍尔[1]的哲学家。学院里有教学楼、规模庞大的图书馆、价值连城的藏书和成千上万份旧得不能再旧的旧报纸。我始终难以理解研究院的"教学计划"。秘密顾问官每天晚上都做报告，回顾德国日报的起源，回忆自己的青年时代，讲《十字报》如何初出茅庐就战胜了自己的众多敌手……

毫无疑问，这一切都带着文化史的性质；但是跟日常性的新闻写作没有关系，可以说风马牛不相及。

我听说，美国的类似研究机构通常会为事业心很强、有新闻写作天赋和从业意愿的学生们提供很多的实践机会；但莱比锡的研究院对此却严格禁止……有一天，顾问官得知我给雷曼的报纸写文章，他感到吃惊，并禁止我在没有得到毕业证书之前为那份报纸工作……我耐着性子去教学楼听了一段时间的课，直到我意识到自己已对那里的课程厌倦透顶。学期结束前，哲学家克莱因鲍尔把我叫到一旁，劝我离开研究院。我们友好分手的直

---

1 约翰·克莱因鲍尔（1870—1944），德国学者、新闻史和文化史学家。

接原因，就是我应顾问官要求编辑了一篇关于《皮斯堡日报》编年史的论文；他本人，顾问官本人都认为这篇论文写得很蠢，事实也如此。我根本就不明白，他们为什么要我在《十字报》的旧报纸中花费时间？我学了半个学年，遭到劝退，因为我这个学生是个无可救药的榆木脑袋，最终我转到文学系的另一个专业，在那里听学了半学年的"辩证历史观"，格茨[1]和弗莱耶尔[2]。

无论我自己怎么美化，我在莱比锡大学里都没学好，我在父亲面前感到失败的耻辱。父亲始终坚持说，既然我已下决心干这一行，怎么也要"拿个什么文凭"。从前，家人希望我也攻读法学，以后成为律师，接管我父亲的事务所。父亲并不希望我误入歧途搞什么报道；当然，当他在报纸上看到我的署名，他也很自豪，不过他要求我大学毕业。每个学期，我都要将记分册寄到考绍；几年过去，我慢慢变成了一个"老学生"，先后在家乡、莱比锡、法兰克福和柏林的大学里学了十个学期。我始终没拿到博士学位，因为我一点不觉得那个头衔有什么

---

1 格茨·瓦尔特·格茨（1867—1958），德国哲学家。

2 弗莱耶尔·汉斯·弗莱耶尔（1887—1969），德国哲学家、历史主义和生活哲学代表人物。

值得自豪的；在我看来，那只是个没用的幌子，花两百马克我就可以买到这个学历，选一个平常的课题，比如，做一个半小时关于俄罗斯文学的自由演讲。一个大学生总共只需花半年时间，就能把博士学位搞到手，每个人都能从文学系毕业。我一学期一学期地在大学之间流浪，越来越不相信自己能在未来的职业生涯中用上我的"大学文凭"。有时我追随某位教师，有时给某位校长当助手，根据他给出的方向，在成山成海的资料中发掘某枚未知的箭矢；这种时候，我能一连几个星期都乖觉地坐在教学楼内，直到讲座窒息于讲演者的"体系"里。我意识到，我需要的东西，大概只能自己寻找，必须通过独立思考才能够发现。

新闻写作十分诱人，但我认为，在任何一家编辑部都派不上用场。我想象的新闻写作是一个人行走世界，对什么东西有所感触，便把它轻松、清晰、流畅地写出来，就像每日新闻，就像生活……这个使命在呼唤我，令我激动。我感到，整个世界一起、同时、经常地"瞬息万变"，"令人兴奋"。跨进一个我从未进去过的陌生房间，那种毛骨悚然的感觉就像去看一具尸首或哪位亲戚，或谈论一桩谋杀案。在我看来——我通常坚持第一印象——新闻写作跟我生存的时间相伴相存，与我的个人体验有关，不可能避开，而且一切都同等重要，同样有趣，一起发生，同时发生，"值得讲述"……我感到一种不安，仿佛只有我，必须由我独自、独立地报道世界上所发生的一切：部长们的言论，神秘凶手的藏身地，包括隔壁出租房里的房客只身独处时在想些什么……这一切对我来说都难以言表地"迫在眉睫"；有时候我会半夜惊醒，下楼，上街，像一个焦虑不安的报道者，生怕自己会"错过"什么。确实，新闻写作使我染上了强迫症，这个任务我不能放弃，我必须掌握"原始素材"、事实、涉及人与人关系的神秘资料和不同场景之间的联系。我无时无刻不在做"报道"。对我来说，这是一件紧迫之事。当时我二十岁，我想在令人兴奋的报道中揭秘，既不想多，也不能少，只需解开"生活的秘密"。我想，我偷偷梦想能做出一个"绝妙的报道"，不断登在报上，并不是什么特殊题材，只是生活本身。十五年里，我在数以千计的文章里试图写出这个报道。今天我都不写别的，今天我都不想写别的。

但那时候我还不知道，生活对于作家来讲是不可靠的素材，他只能采用自己的方式在剥离状态下从中利用些什么。后来，当我明白了这一点，我和我的写作连同生命一起，仿佛置身于大爆炸的核心，很长一段时间，我对事实感到麻木，听而不闻。突然间，在我的视野里看不到任何障碍。这个世界在我眼里，充满了比有趣更有趣的"素材"；是的，我只需把它们写下来，征服读者，我喜欢这样。至今我都不是象牙塔理论的笃信者。我认为，即使在象牙塔里也可以写作……其实，对作家来说什么都无害，象牙塔也无害，新闻写作也无害。我不迷信那些拿腔拿调、逃离生活的唯美主义者及充满怀疑与憎恨的"自然主义"作家，像吉卜赛部落首领那样"听从心灵的统治""记录生活"，他们是那样一丝不苟，就像生活本身在讲述一样……作家活在两种意志之间：创作，置身局外。

我开始在德国旅行，总感觉自己像一个"我们出差在外的同事"，他在路上，也许在追查一桩盘根错节、诡谲多变、永远无法侦破的玄秘案件……我穿着天鹅绒领、质地很薄的外套旅行，在冬季，而且不戴帽子；我无论到哪儿，都随身只带《圣经》、仙人掌、耶稣受难十字架和小黑人木雕。新闻记者不可能带比这更轻的行囊旅行；"我的任务"也是那么随意，性质也很普通……我对一切都感兴趣，同时一切都像梦幻一般交织在一起。在青年时代浓密、窒闷的迷雾里，我看到了生活的四季风景；所有的人都很"有趣"。我心血来潮地在图林根的一座火车站跳下列车，在火车站站长家借宿并写了一首诗，讲述我在图林根的生活，在陌生人中间，一切都是那么奇妙无常，不可思议。

不，在我身上找不到前几代人的痕迹，找不到"对一切都无动于衷"的生活态度。一片普鲁士的土豆地也能让我欣喜若狂，我就像只小狗，对一切着迷；我总是活得"很自我——很忘我"，就像一个死里逃生者，不知道应该先为什么高兴，一切都同样地迫在眉睫，感觉一切都跟自己直接有关……战争曾是死亡的危险，我从危险中逃了出来；我在战争的最后一年接到入伍通知，当时战局已经明了，我们输掉了那场战争。我的同班同学们被毫无目的、毫无意义地送到伊松佐河[1]屠宰场；就在战争的最后一年，我们班共有十六人阵亡！但我对战争都知道些什么？我满心惊恐地逃离了命悬一线的死亡危险；面对眼前的所有一切，无论是物是景还是人，我都觉得自己是一位"目击

_____

1　伊松佐河位于意大利境内东部，一战期间在那里发生了一系列战役。

者"；当时我第一次，可能也是最后一次意识到，我应该向后代人讲述我目睹的一切。我不知道该如何用语言表述这个。一种"文化"，或通常被称作"文化"的东西，桥梁，弧光灯，绘画，货币系统，诗歌，都在我眼前分崩离析；没有"消失"，当然没有消失，只是重新组构，不过是以那么可怕的速度，仿佛我们已经习惯并一直存活其中的大气压发生了改变。就像飞行员升到极高的高空，他的嘴巴、耳朵和鼻子都在流血，我惊恐万状地意识到那非同寻常的出血的征兆。我知道，我害怕了。周围的事物处于某种难以表述的重要、可贵的终结之中。我是那么害怕，就像一只小动物在地震前那样惊恐。那时候，我还没读过斯宾格勒[1]的书，还没有搜集各种"理论"。我有迫在眉睫的事情要做，我想看看"在原始状态中"、在尚未发生恐怖难测的变化之前的某些事物。我上路了。

7

我到鲁尔地区旅行，在夜色阴沉的风景里，工厂的

---

1 斯宾格勒，即奥斯瓦尔德·斯宾格勒（1880—1936），德国历史哲学家、文化史学家，代表作《西方的没落》。

玻璃棚顶闪烁着非自然的绿光，车站上有两名手持带刺刀步枪的塞内加尔黑人站岗。我烦躁不安。难道世界就这么简单？"成功"，"胜利"，只不过是个武力和权力的问题？在埃森火车站，眼看就要散架的破旧列车淋在雨中，法国人不会管理火车站复杂的扳道系统，运煤车冻在寒冬里，手持带刺刀步枪的塞内加尔黑人士兵实在忍受不了那些磨蹭怠工的德国铁路工人。埃森火车站的扳道系统，只有土生土长的当地人才可能明白；不过这倒也安慰了我，一个扳道系统也能比"强权"更强大。在多特蒙德[1]，我在漂泊异乡的埃尔诺舅舅那里睡了两晚，我住在阁楼，夜里跟他们去咖啡馆演奏。整个白天，我们都是睡过去的，醒后喝烈性的威士忌，吃威斯特法伦香肠；埃尔诺以计算积分为乐，晚上在小酒馆里为我演奏巴赫。醉醺醺的客人们出神地聆听，德国客人总能从夜晚的噪声里捕捉到巴赫的乐音，跟穿着猎裤的德国女跑堂一起被音乐感动得热泪盈眶……这种虔诚是何等的执拗和病态，正是这种义务般的专业素养，使德国人不分阶层、不论等级地关注"艺术"和印刷的字母，不管遇

---

1 德国西部城市，鲁尔地区的工矿业中心。

到什么样的人生际遇，他们都会列队致敬……拘泥于道德规范、下等阶层式恐惧、民众导师般自命不凡和对精神的忠顺虔诚，都跟对"军事演练"、克制、"纪律"的官能之爱一样以相同的温度在所有德国人的体内灼烧（许多年后，我从英国人那里懂得，这种自愿遵守的纪律和某种相对的自由一样色情！），这一切，这所有的一切对年轻心灵的影响程度，至少会跟引发他们怀疑的程度相当吧？埃尔诺在小酒馆里为醉醺醺的、来自威斯特法伦的螺母推销商们演奏钢琴，那些人泪眼蒙眬、满心虔诚地出神聆听，尽管带着某种让人听起来刺耳的虚假感觉，就像一个坏女孩在午夜后的夜总会里大聊特聊自己的母亲；但即使这样我还是觉得，我在这些夜晚懂得了什么，懂得了德国人一些最秘密的隐私，至少就跟他们对于体制、纪律和等级的狂热接受一样，这也使他们"很德国人"……我认为，我开始理解德国人了。是的，就在那个多愁善感、教训深刻的夜晚后的黎明，两名多特蒙德警探到埃尔诺的住处逮捕了我，并且把我押到了监狱。那是我有生以来第一次坐牢。他们一直盘问到中午才把我放了；原因很简单，就是觉得我很可疑，因为我年轻，又是一个外国人，留着长发，穿着天鹅绒领的外套；当时正值慕尼黑的恐怖行动和柏林的斯巴达克事件之后，他们从每个外国人身上嗅闻革命分子的气味。

他们中午放我出来，一位先生用很绅士的口吻向我道歉；那段时期非常混乱，什么都不可信，但通过我的各种证件，他们还是相信了我是一个市民阶层的大学生，一位出身良好的"绅士"……几小时后，我又在多特蒙德警察局上了一堂新的"德育课"。审讯者一开始气势汹汹，但遇到几个较为强硬的回答之后，以尴尬、内疚的情绪结束……我对警方审讯的国际技巧知之甚少，我本来以为，只有在"苏格兰场"[1]会给被审讯者上茶并让他坐在咖啡椅上；在地球上的任何地方，谁用我这种声调回答警察的提问，肯定都会遭到殴打。起初，审讯者以进攻性的语调发问，但刚遇到第一次回绝就羞窘地苦笑，喉咙发紧，嗓音变软。之后只是逢场作戏，走一个过场。这时候我第一次意识到，在德国人的言行背后，也有困窘和自我意识。

"这时候我第一次意识到……"在这本书里，每一行我都应该用这句话开头。我每天都是这样度过，"我第

---

1 "苏格兰场"是英国人对伦敦警察厅总部所在地的一个转喻式称呼。

一次意识到"什么,意识到了世界、星辰、跑堂、女人、痛苦和文学。我生活在这样一个阶段,一个年轻人陷入了某种强迫意念,觉得自己肩负着某项不可能由别人替他完成的个人使命。这是一种紧张状态,总是心怀忧虑,万一这个世界不是你所感觉到的那个样子该怎么办?并且陷入一种欣狂状态,感觉在这个世界上,探索宇宙万物奥秘的美好使命责无旁贷地落到你肩上。我去了埃森,去了斯图加特,我在那里并无什么特殊事情要做,既不去博物馆,也不对公共建筑感兴趣。我坐在街边的长凳上或咖啡馆里,总是兴奋地窥伺,揣着一些复杂念头,不可动摇地坚信现在马上将要发生什么,这些事会对我的生活产生巨大影响。在绝大多数时候,什么也没发生,只是我的钱花光了。熬过漫漫长夜,我抵达汉堡或柯尼斯堡,我在那里显然无所事事,一点儿都不像"游客",有时连房东和警察都感到纳闷。关于那些城市,关于那些令人兴奋的旅行,关于那些漫无目标的抵达,我最多只记住了几副面孔。在达姆施塔特[1],有一位理发师给我理发,并跟我争论起政治问题,他把我带回家,把我介绍

---

1 德国中西部城市。

给他的家人。我在他们家逗留了三日，直到我发现这家人——包括父母和两个孩子——都是精神病。但我自己就"正常"吗？每天晚上，我都像一个意外地得到一间游戏室做礼物的小孩子。在这间游戏室内，到处都堆着精心挑选、好玩的玩具，那是一个世界。在游戏期间（旅行，上大学，社交，这所有的一切对我来说都具有某些游戏的元素），我有时感到一种特殊，甚至痛苦的责任感。我活得非常焦虑，就像一个人有意辜负某项生死攸关的重要使命。我有很多事情要做，只是此时此刻不知道从何着手。一个人需要花很长时间才会明白自己其实无事可做；一般在这种时候，他才终于开始做点什么。

我在慕尼黑歇脚，想喘一口气；正好赶上了暴动之后，街巷里到处设满了路障。在那几个月里，在我流浪德国期间，不管在哪个外地城市都可能遇到类似情况：散步途中，革命者突然从某个街角开枪射击，警察迅猛反扑，巷战越演越烈，我有时不得不在哪个门洞里躲避一会儿，看子弹横飞。高烧虽退，但仍不时地畏寒。人们从大屠杀中返回家，藏起枪支，因为他们是绝对的硬汉，时不时要以"政治"的名义动用武器。在慕尼黑，我每个星期都会在路口遭遇险情。当时，革命分子已被驱散，被殴打，被投进监狱——但是"革命力量"始终不是一个可以统计、公开登记的政党，革命分子从那个时期一开始就在社会中存在，就跟其他政党一样，只是在特定的历史瞬间才浮出水面。当他们受到镇压、组织被迫解散、领导人被处死时（殉难者中包括一个心灵格外纯净、心地非常善良的人，古斯塔夫·兰道尔[1]）："革命分子"并没有消失，他们只是在白色恐怖的社会里转移到地下，如同细菌在危险的培养基里受到抑制，但随时随地试图东山再起。机关枪嗒嗒嗒地扫射，我躲进门洞，等待枪声平息。几辆卡车开过来，拉走了伤员，我终于可以走到街上，跨进街对面的咖啡馆……我并没有觉得特别震惊。我年轻时代的散步，有时被机关枪扫射打断，这对我来说很自然。人们做的一切，都自然而然。小小的宇宙，完全被存在的狂喜充满了；我满心迷恋地享受存在的美妙，那种迷恋阻碍了对细节的欣赏或怀疑。我在慕尼黑逗留期间，比在任何地方都更觉得自己是个外国人。这座城市忧郁，颓靡，到处充斥着啤酒的欢愉，职业的友善和品位低下、霸道、造作的艺术活动。我住

1　古斯塔夫·兰道尔（1870—1919），德国哲学家、安那祺主义的理论家、政治家、翻译家。1919年5月2日被杀害。

在"英国公园"[1]内的一个家庭旅店，住在一群附庸风雅的英国人和匈牙利人中间，他们去施瓦宾格区[2]参加画廊活动和在两次革命之间刚刚兴起的慕尼黑化装舞会。在施瓦宾格，在一个类似场合，我结识了一位说话有口音的慕尼黑女士。黎明时分，顶着朦胧的天光，她陪我回到"英国公园"内的住所，上床睡觉前，她像家庭主妇一样开始忙活，我吃惊得险些下颔脱臼：她先把我的外套刷干净挂好，用鹿皮擦亮我的皮鞋，将家具打扫得一尘不染，随后小心翼翼地脱下衣服，把每件衣物都整齐地叠好，摆好，最后将头发编成发辫，并用纸片将前额的发绺精心卷好。之后，她才用再自然不过的动作，用一位家庭主妇终于可以招呼客人了的那种亲热躺到床上。我困惑不解地看着她。无论之前，还是之后，我都没有遇到过这样居然能在偷情的时候，在一个陌生男人的住处，仍然保持家庭主妇美德的女人。我惊叹不已。跟我通过文学了解到的世界相比，世界毕竟是另一个样子。一切都是"另一个样子"——要想在如此纷杂无序的意外之中持有某种观

---

1 指慕尼黑城中的城市公园。
2 施瓦宾格区是慕尼黑的北部区域，著名的波希米亚街区，有许多酒吧、咖啡馆、餐馆和夜总会，"英国公园"也坐落在那里。

点，这是一个相当缓慢的过程。

8

在魏玛，我每天早晨都去公园，一直散步到歌德常在炎热的夏日去那里打盹儿的花园别墅。我走进屋里转上一圈，然后回到城里的歌德故居，在光线昏暗的卧室里站一会儿，那里现在也需要"更多的光明"；要么，我就徘徊在某间摆满矿石、手稿、木刻、雕塑和图片的展厅里，仔细端详诗人的遗物，努力从中领悟到什么。我就像一位业余侦探，正隐藏身份地侦破某桩神秘、怪异的奇案。我不用向任何人汇报，我想通过诗人生前使用过的物品和他的收藏，弄清这桩神秘、怪异案例中"天才"的秘密——我试图通过他的故居理解什么，理解某些不仅作品从未说透，就连生平和"个性"都不能完全解答的东西——这两者的相互作用，形成了比什么都更令人不安的现象，天才和他对世界的影响。我寻踪觅迹，在一只水杯上寻找手印、唇印和在人生各个阶段中的指纹变化，我凝视一幅描绘他在游历意大利途中小憩、风格朴实的学院派风景画，我能一周七天都在这些房间里踱步。在魏玛，这位大人物的肉体存在至今都未冷却，某种浓缩的化身留了下来，而他的存在的物质影响，只以无限缓慢的速度随时间消散。我不想对歌德做一番学术评价。我也不打算写一篇关于"诗人壮年时代"或晚年的研究论文……我在公爵公园里漫步，在那里，这位"小太阳王"[1]，邀请歌德前去的公爵，凭借不食人间烟火的唯美主义努力蹩脚地复制了凡尔赛宫的设想；夜晚，我走进剧院欣赏《坦克雷德》[2]或《伊菲革涅亚》[3]——在魏玛剧院里，我感觉到宾至如归的舒服自在，歌德曾在那里不无忌妒地目睹了广受赞美的柯策布[4]的成功……上午我去图书馆，歌德在那里至高无上，超越了所有被放大到极限的生活真理和人类可能达到的情感尺度。我跟图书管理员交上了朋友，他五十年如一日地负责保管、整理和收集所有与诗人在当地居住有关的警察局资料；我们一起核实洗衣费发票和买调料收据，满心惊喜地揣摩推

1　这里指1791年邀请歌德前去魏玛的卡尔·奥古斯特大公（1757—1828）。

2　指由歌德翻译的伏尔泰悲剧《坦克雷德》。

3　指歌德创作的《在陶里斯的伊菲革涅亚》。

4　奥古斯特·冯·柯策布（1761—1819），出生于魏玛的德国剧作家，十分多产，一生写了两百多部戏剧。

测，我们无须解释就彼此理解。我跟所有那些突然有意无意地走进歌德的世界并在那里驻足的人一样迷途其中，生活的内容也随之改变。

我们好几个人在一家名为"大象"的小客栈里投宿，大伙儿在魏玛都没有什么特别的事做，我们并不想通过自己的深入了解或在那里逗留的朴实体验传播歌德文学；我们只是住在歌德生活过的城市里，就像假期住在父亲家那样。魏玛是一座比例适当、精致优雅的城市，几乎凝固在歌德的传统中，不会苏醒，不敢谈论别的，也不敢想别的，一切都围绕着对天才的纪念。在客栈下榻的有苏格兰的"蓝丝袜"[1]，有脾气暴躁、神经兮兮的老妇人，有一位颇像塞特姆布里尼[2]的意大利人文主义者，不过他比托马斯·曼的《魔山》问世早十几年，晚上，他在旅馆会客厅里逐字逐句地给我讲"共和国与好国王"，还有心性孤独的斯堪的纳维亚人，他们到这里一待就是几个月，沉浸在冰冷闪烁的夜色里，沐浴着与众不同的精神之光，

1　18世纪中叶，伦敦人将那些学识丰富、对文学和其他知识均有相当了解的女性称为"蓝丝袜"。后来该称谓指代知识女性，也用作对那些不爱做家务、自以为是的知识女性的戏称。

2　塞特姆布里尼是托马斯·曼的长篇小说《魔山》中的人物。

陶醉在魏玛的氛围里。这里还有许多附庸风雅者和游客。但在这个精神错乱的世界里，转眼就能划拉进来几个死人，合同已经拟好，这为以后能在大屠杀中缓解内心的罪恶感提供了方式。魏玛，戏院，图书馆，那家"大象"客栈，以及另一家后来我在那里住过、由一位匈牙利学者的妻子主管的廉价旅店，我跟她有过几天身心的瓜葛：这一切加在一起，就像那类俗世修道院，只有精神气质相同的人才会心诚意切地聚到那里，进行俗世的灵魂修炼。从远处旁观，你也许会觉得这种做派有点夸张，但那些已习惯了的人，就会觉得找到了归宿。在歌德故居，每个人都多多少少能感到宾至如归，即使再过一百年也一样。歌德的世界收留旅人，即便不能给他们宽怀的慰藉，也能让人在某个角落里栖身。

人，具有物质的命运，也具有在其身上自然展开的精神的命运。一个人要么遇到歌德，要么遇不到；我很幸运，很早我就遇到了他。我不能说自己生活在某种狂热、傲慢的歌德崇拜中。但是我相信，当我在上中学时背诵海尔曼和多萝西娅的六步格诗时，我就已经在一位天才的气场里，以某种神秘莫测、无法解释的方式，接受了这一似曾相识的命运；我既没有吓得浑身发抖，也没有觉得自己堕落。

当我旅行到魏玛时，我大概还在读维特[1]；今天我站在壮年的门槛，已经在读《诗与真》了；歌德就这样陪伴着我的一生，就像是身体成长的物质阶梯，不可能"跳过"某个阶段，不可能抗拒，必须走完整个旅途，在道路的尽头有一首神秘的大合唱回答浮士德的提问——假如我有时间聆听和理解，我想做出这样的选择。在时间面前不能……我心情舒畅、多愁善感地住在魏玛。歌德不是一位导师；人们可以怀着某种崇敬但不羞怯的令人愉悦的亲密与他为邻。无论从什么角度说，那里都是家，就连阳光、植物、日常熟悉的习惯和礼仪，都跟在家里一模一样。

在德国，我在三座城市住了较长时间：莱比锡、魏玛和法兰克福。我并没有刻意地计划，可也不能说完全偶然，我在流浪岁月里选择歇脚的这三座城市，都是歌德的城市。我沿着他的足迹旅行，本能地隐在他的影子里。读歌德的书，我从来不能这样随便：好吧，现在我坐下来翻翻《西东诗集》。如果我这样读他，很可能就会厌烦。歌德陪伴生命一起成长，一起前行，让人将自己与他连为一体。我随身总揣一本歌德的书，无论在家，还是在路上，至今如

---

1 指歌德的小说《少年维特的烦恼》。

此。后来，我只找到了一位能让我以如此固执的散漫阅读的作家，我手头总会有他的书，每天我都会读他的几行信或几句评论：他就是奥朗尼·雅诺什。我从奥朗尼那里学了匈牙利语，而且至今都在学。我从歌德那里什么都没学到。他天才的著作改变了他身后几代人的思想氛围；也许，我只在想摆脱他或否定他时，才会想起他。每过一段时间，我就会去一次魏玛。图书馆的人已经认识了我，看别墅的门房像熟人一样欢迎我，我看过园中的冬景和春色。我不敢写作；确切地说，我一到魏玛就不再写东西。歌德身上那种跟其作品相比或许稍显逊色但具有同样巨大感染力的永恒个性所形成的神话，是我在魏玛感知到的，这个神话与时间和作品无关，不会释解，不会消失，能够影响许多代人。在那里，我第一次读到这三行诗句，读它时我并没有特别在意，只是后来，过了许多年后我才意识到，它在我心里开启了什么，它活在我的体内，用不着加重语气，柔声细语，就像有人教我呼吸：

我曾经相信，现在才真正相信
我的命运时而奇妙，时而卑微
我继续恪守信徒的教规。

9

在法兰克福，我在棕榈园附近的利比希大街租下一个房间。房东是一个驼背的裁缝，他在我搬去后的第二周结的婚。他娶的女人又高又瘦，让人联想到神话中的女性人物。新婚之夜，她跟裁缝在隔壁小屋里做爱，午夜激战；驼背裁缝是个性虐待狂，用鞭子抽他两米高的妻子，新娘被抽得亢奋地呻吟，整夜欣狂地叫喊："你太棒了！"我饶有兴味地偷听这不同凡响的洞房狂想曲，丝毫没有厌恶感，一点不觉得有什么意外。我对一切都感到熟悉和自然，觉得不过是人生常态。这种态度不可能学来，而是精神气质的自然结果。有人敢吃老虎肉，法兰克福裁缝鞭挞妻子，女人亢奋地呻吟：这就是生活，我在天亮时想。新婚夫妇累了，我也睡着了。

每天上午十一点钟，我都站在窗前探出头张望，看罗斯柴尔德家族最年长的祖母古杜拉[1]老夫人布巾缠头，罩着披肩，打着蕾丝边绸伞，坐在由两匹黑骏马拉的轿

---

[1] 从时间来看，这里提到的"老夫人"不会是古杜拉·罗斯柴尔德（1753—1849），大概是阿德莱·冯·罗斯柴尔德（1843—1922）或汉娜·玛蒂尔德·冯·罗斯柴尔德（1932—1924）。

车上。她住在街道尽头、坐落在巨大园林正中的罗斯柴尔德城堡里。园林四周，昼夜都有持枪的警卫把守。古杜拉夫人透过轿厢的小窗温和地跟法兰克福市民打招呼，市民们摘下帽子向她致意，好像是对古代封建社会的公爵夫人致意。她年龄很大，干瘪的脸上布满皱纹。在驾驶位上，坐着头戴大礼帽、脚蹬漆皮靴、身穿白裤子的马夫和男仆，马车就这样在"革命的"德国共和国里招摇过市，简直像在示威游行或公开叫板。国王和王储们都逃走了，罗斯柴尔德家族留了下来。古杜拉夫人置身事外地住在她的法兰克福城堡里，她的儿子们、亲戚们和住在巴黎、伦敦、维也纳的罗斯柴尔德后代们每年只有一次借某个家族庆典之机，从世界各地赶过来探望她；每逢这种日子，利比希大街的所有窗户前都站满了人，当地居民争相目睹这个王朝的嘉年华。

这个家族在法兰克福发迹，钱多得就像博肯海姆大道宫殿前金属围栏矛尖上的镀金。钱在这座城市里落户，经过几个世纪的风雨已站稳了脚跟，辐射到城市的每个角落，一切都要用黄金打造。这个王朝还有一位成员住在法兰克福，他就是罗斯柴尔德男爵；在他的办公室里，来自世界各地的乞讨者接踵而至，其中有不少匈牙利流浪汉。这些游民带着写有准确姓名和地址的名单来到德国，就像勒奇的代理人，抱着做生意的态度逐个造访所有的慈善家、宗教组织负责人、各政治党派和国家或城市的慈善机构。有一个流浪汉，一个身高马大的塞凯伊[1]男孩还找到了我，声称是我在佩斯的一个熟人介绍来的，他在我那里借宿，跟我要干净衬衫，并向我借钱，并出于感激给我看了一份这样的"施主名单"。那是一本相当厚的小册子，用化学墨水写的，不知抄写过多少份，在每位施主的名字和住址旁，还简明扼要地注明了每个人的"软肋"；比方说，对拉比要称自己是流浪的犹太人，对牧师要称自己是基督教徒，在党部要称自己是逃亡的革命主义者，对布尔什维克要称自己是同路人，对民族组织要称自己在为爱国行动募捐，在特别愿意呵护音乐家的罗斯柴尔德——戈德史密斯男爵[2]的办公室里，则要称自己是游走世界的音乐家。男爵给每位造访者一张火车票和五十马克；当然，火车票随后会被卖掉。我的造访者是一个细心、谨慎、性情平和的人。

---

1 塞凯伊人是匈牙利人的一个分支，现在大多居住在罗马尼亚境内，是匈裔罗马尼亚人的主要组成部分。

2 戈德史密斯男爵，即弗雷海尔·冯·戈德史密斯-罗斯柴尔德（1843—1924），德国银行家、艺术品收藏家。

他旅行时不带任何行李，只带着那份"施主名单"，身披一件破旧雨披，口袋里揣着各种稀奇古怪、令人不安的东西来到我家，我记得有流行小说、放大镜镜片和一条很粗的船用缆绳。另外，他在德累斯顿银行的一家柏林分行开有账户，在流浪途中每天还能挣两三百马克，讲一口带塞凯伊口音的匈牙利语；他是一个生活节俭、行事周密的人，给我的印象是一位勤奋的小公务员。后来，我跟他在柏林重逢，那时候他已是一家大电影厂的一名经理。在那些年里，我遇到不少类似的人物。他们被暴风雨席卷，没有"原则"，没有目标；的确，连良心的不安都没有。他们只顾生活，现实而具体，把谋生当成一个职业，不大在乎世界观和社会良心。后来，地址在他们手中互相传递。他们中的大多数人都很有才华，但并非是在某个领域，而是一般而言，就像动物；他们处心积虑、不遗余力地逃避工作。不管怎样，他们注重"生活"，注重特殊的同盟，注重人的本性。他们中没有一个人偷过东西，如果借钱，大多数人都会寄还。总之，我觉得自己多多少少跟他们有一点亲属关系。

在那段时间里，我是一个没有目标的年轻人，谁也不是，也没想成为什么人。当时，文学对我而言还只是

一个市民的自白

团迷雾，只是一个朦胧、痛楚、恼人的含混概念。刚一开始，我就像一部罗曼蒂克小说里的主人公，整日游荡在法兰克福。中午起床，之后在市中心广场上气氛高雅的豪普特瓦咖啡馆里坐到深夜，抽廉价、甜味的英国雪茄，可以一连几周只读一本书。在那段时间里，我自己发现了一位名叫列内·希克莱的阿尔萨斯[1]作家，对他十分敬重，我现在已经忘了自己是不是真的一本不剩地读完了他的所有作品，因为我对他写的内容已经毫无印象可言。我记得，我在他身上感到一股"欧洲爱国主义精神"，并为之所吸引。我对每一个新认识的人，都从这个视角进行审视，我想知道，到底存不存在这样的欧洲人？在某个波兰沙龙或丹麦大学里，到底有没有这类首先作为欧洲人、之后才作为丹麦人或波兰人高谈阔论的人？那时候，理查德·库登霍夫·卡莱基[2]和胡伯曼·波罗尼斯拉夫[3]还未提出他们的泛欧洲主义观点，但空气中传播着类似的口号。有时我真以为，生活或文学将一个个这样

---

1 阿尔萨斯是法国东北部一个地区，隔莱茵河与德国相望。
2 理查德·库登霍夫·卡莱基（1894—1972），奥地利哲学家、历史学家、政治家，欧洲一体化的倡导者，他创建了国际泛欧联盟并担任其主席达49年。
3 胡伯曼·波罗尼斯拉夫（1882—1947），法国小提琴家。

的"欧洲人"推到我跟前。但是绝大多数时候，他们只是流浪汉或冒险家，他们是被富有的城市吸引来的。

我听漂泊者和流浪汉们说，在法兰克福所有人都给他们施舍，只有古杜拉夫人不给；她觉得，她的孩子们已经给得够多的了。这座城市，简直像一个洛可可沙龙。有一天早上我睁眼醒来，意识到自己已经被它接受了。在这里有18世纪人理解的那种"社交生活"；在宫殿和沙龙里，极具修养的富豪们以名副其实的欧洲人方式生活着——在这座城市里，人的心灵需求要比肉体生活的林林总总都更强烈、更通达。人们在宫殿里过着隐居生活，四周摆满了哥特和印度风格的收藏品。他们跟世界著名的作家、银行家、学者和神秘人物通信——有一天我应邀去喝茶，被一位身穿白礼服的男仆引到客厅，我才意识到，正是那些我从来没有见过、连名字都没有听说过的人，统治着这个工业发达与精神丰富的国家区域。这个意外发现，要感谢我在大学结识的新朋友汉斯-埃里希[1]。汉斯-埃里希对德国了如指掌，特别是这个封闭、矫情、法国味的法兰克福。汉斯-埃里希比我大两岁，是一个富有的西里西亚工厂主的

---

1 汉斯-埃里希，即汉斯-埃里希·卡明斯基（1899—1963），德裔法国作家、记者。

儿子，他的博士学位课题是斯宾诺莎。他是德国社会民主党党员，同时还加入了另外一个活跃在欧洲各地、由某种戚戚相通的文化自罪感集聚起来的国际组织。我对他心怀感激，另外，从我见到他的第一刻起，就怀疑他是一名同性恋者。但我这个猜测从来没能得到证实。

10

汉斯-埃里希住在离我很近、环境优雅的帝国饭店，他的女朋友是帝国议会的一位党派女议员。这位年轻女士留给我的印象，只有那双嘲讽、聪颖的大眼睛；出于过分的虚荣，她总是在装束上竭力符合自己女议员的身份，总是追赶大城市知识女性的时髦。我跟他俩一起参加工人集会，去法兰克福的贵族沙龙，能够参加这种小圈子聚会的都是些已在某个领域卓有名望或可以信赖的佼佼者。汉斯-埃里希和我算不上什么成功人士；但在那个时候，人们对帝国议会的女议员总会抱着某种期待。事实上，这两个团体对邀请的客人都很挑剔；的确，进德国工人圈子要比进摆满哥特风格雕塑的市民沙龙更困难。

在法兰克福，在这座多愁善感的城市里，不出几个月我的名字就广为人知。就像在生活中发生的所有至关重要、决定命运的转折一样，这次也是在未经筹算、揣测的情况下发生的：不是由"我自己决定的"，想来我下定决心、在纸上计划要实现的东西，在生活中一样都没有成功；但有时候会发生这样的事，我一早醒来，发现自己活在与以往截然不同、内容全新的生活里。我就这样去的《法兰克福日报》报社，有一天我去报社造访，给专栏编辑鲁道夫·吉克先生递了一张我的名片。编辑立即接待了我，我给了他一篇文章，然后惶惶不安地告辞离开。要知道，《法兰克福日报》对德语水平的要求苛刻至极，简直像提防七首毒龙。当然，在德国这份能够称得上唯一一名副其实的世界报版面上，一个副句里的连词符号，永远不会比副句的思想内容更重要。当时专栏有三位编辑：吉克先生是那种心地善良、自命不凡、中规中矩的公务员类型的记者，贝恩哈德·路德维希·迪博尔德[1]是一位评论家，还有一位则是可爱、热心，但完全不能让人信任的酒鬼威洛·乌尔。我的文章第二天就发表了。我并没感到意外，也不知为什么，我怀着一种恬不知耻、孩子式的自信，觉得这一切都

---

1 贝恩哈德·路德维希·迪博尔德（1886—1945），瑞士作家、戏剧家；从1917年开始为报纸撰写剧评。

很自然……托马斯·曼、斯蒂芬·茨威格、盖哈特·霍普特曼[1]等为《法兰克福日报》写专栏，他们的名字在中欧家喻户晓。报纸是在老城区的一条小巷，在埃舍尔谢梅尔大街一幢摇摇欲坠的老房子里编辑的，临街的墙壁刷得就像一座猎人城堡，夹在两座蒸汽磨坊中间。但是这份在这幢房子里编辑并印刷的报纸，在世界范围内都有很大影响。它的一条社会经济新闻，能够触动纽约或伦敦的股票市场；它的一行评论文字，每周让谁的名字出现两三次，足以让一个文坛新手在德国开始他的"职业生涯"。我带着一股盲目的自信开始写作，根本不知道什么是责任，不知道世界各地的读者对报社同仁的期待。我凭着源于潜意识的自发性理解与冷静，将自己的观点和对人对事的看法付诸笔端，就像米克萨特[2]在故事中描写的那个乡村铁匠用小刮刀做眼科手术。有一天，我突然明白了什么是文字该负的责任，这时候我才感到敬畏。但是在那之前，我已经写了好长时间，现在回想，《法兰克福日报》出于让我无法理解的善意

---

1 盖哈特·霍普特曼（1862—1946），德国著名的剧作家、小说家，1912年诺贝尔文学奖得主。
2 米克萨特，即米克萨特·卡尔曼（1847—1910），匈牙利著名的批判现实主义讽刺作家。

刊登我的文章。我为这家久负盛名、切实代表欧洲精神的报社工作了许多年。他们从来没有派给我任何无聊的任务；后来，我从国外，从巴黎、伦敦、耶路撒冷、开罗写文章寄给他们，我在篇幅有限的短文里写下所有可能引发读者兴趣的见闻与随想，写下某个特殊人物的声调，写下凯约[1]讲演的手势，写下杰里科[2]一位妇人的脚步，写下马赛一个跑堂的烦恼，写下里昂旅馆里的杂乱无序，写下拉宾德拉纳特·泰戈尔或一个皮革商写的小书；总之，我构思巧妙地写下生活中遇到的一切，发表在《法兰克福日报》上……那段时间我用德语写作，好像我真会德语似的；我的手迹原封原样地印在这份影响巨大、语言考究、门槛很高的报纸上。报社老板兼主编亨利·西蒙满怀善意地关注我的每个细微尝试，自始至终都对我的文章大开绿灯。

　　我根本没有想过要把写作当成自己的"职业"，我想，我根本就没把自己跟这份"外国报纸"之间的关系当成多大的一回事。至少对我来说，文章登在《法兰克福日

1　凯约，即约瑟夫·凯约（1863—1944），法国资产阶级激进党领袖之一，曾任总理。
2　杰里科是巴勒斯坦约旦河西岸的一座有千年古城，位于耶路撒冷以北。

报》上，还是登在考绍的报纸上，并没有什么太大区别，考绍和法兰克福评论家对我文章的看法同等重要；在我看来，都是在大报的星期日专栏版发表文章。在我的生活中，一切就这样一蹴而就。如果我特别"想"在《法兰克福日报》上发表文章，可能他们理都不会理我。一个新手要想跨进一家佩斯周报编辑部的门槛，肯定要比被这家世界级大报接受更难。对于写作，对于词语的分量，对于文字的后果，我根本毫无概念。我写文章就像一个年轻人的呼吸，抱着某种粗野的欢乐张大肺叶。我不知道一位年长、博学的作家为了能在这家报纸上发表几行自己的文字要走东闯西地花费多少精力；我不过把为大报工作视为一种消遣，他们为此支付昂贵的费用。我后来意识到，根本没必要向他们讨钱，如果完全听凭他们确定稿酬的额度，我会得到更多。在我离开法兰克福后，他们打电话到巴黎，派我去伦敦出席某个政治会议，或到日内瓦做一些"丰富多彩"的政治报道，或到意大利、比利时的某个"发生了什么事件"的小城市，或派我去东欧几个月，他们支付全部费用……我知道了，为《法兰克福日报》工作没有必要给他们寄费用清单，我从来不需要伸手要，报社就会主动给我汇足够的经费。

这家报社非常出色，就像一个小国的外交机构那样敏感。他们的外交官们坐在纽约、伦敦和巴黎，享有威望的编辑部能够通过电报、国外评论影响伦敦的时尚潮流……对报社而言，对事件进行追踪报道固然重要，但更重要、更有趣的则是对事件的政治意义进行评论，确定各种时代现象的精神或文化的历史地位。人们都说，德国的重工业是报纸的经济后盾；但在20世纪20年代初，这个传闻并不属实。德国工业最大的控股公司插手媒体是后来的事，更后来才是第三帝国，在相当长的时间里，他们对媒体都很谨慎；或许，在第三帝国时期，《法兰克福日报》是唯一一家纳粹很长时间都未能"操控住"的报纸。为了保持报纸的信誉、精神的高尚与独立，这份报纸以大家庭的方式在法兰克福总部进行编辑；亨利·维克多·西蒙[1]统管一切，事无巨细，即使一日出三份报纸，任何一个栏目都不会刊登一则无意义的消息，每则消息都要经主编兼社长亲自过目。他们只要接受了谁，就会将谁视为家庭成员。只要是他们相信的人，随时可以得到他们的帮助。的确，在这份报纸里刊登的每一行字，都必须能够经得住考验；从

1　亨利希·维克多·西蒙（1880—1941），德国记者、出版人。

他们手里绝不会漏出一行随便或懈怠的文字。

我跟这家大报社保持了许多年的工作关系。有一天，我们的联系就像刚开始建立时那样以特别的方式突然中断……那时，我已经移居巴黎多年，我为他们写过许多东西，在很多方面合作过。从某一天起，他们开始退我的稿子。发表一篇，退回三篇。我不明白这是因为什么，我写的文章跟以前的相比，既不差，也不蠢。他们在退稿信中写道："总之，我们希望您写的不是这样的文章……"我左思右想，表示理解。当我为他们写专栏时，我十分好学，耍小聪明；我给他们写他们希望我写的东西。当我慢慢找到了自己的声音后，我写的东西对他们来说变得陌生。我用德语写作，但是用外国人的心灵写作。偶尔，他们出于礼貌还会发表几篇，但就像一个人对待已被自己抛弃的情人。

11

有一天早晨，翻译克莱恩[1]带着两条狗和他的女友[2]从

1　克莱恩，即斯蒂芬·J.克莱恩（1889—1960），德国翻译家，翻译过匈牙利作家科斯托拉尼·德热、鲍比奇·米哈伊、雷维斯·贝拉等人的作品。
2　指海尔米尼娅·祖尔·慕贺兰（1883—1951），奥地利女作家、翻译家。

黑森林[1]来到法兰克福，与他同行的还有一位年轻，肥胖，总用充满苦难、愤世嫉俗的眼光看世界的匈牙利流亡作家。克莱恩的女友是一位奥地利女伯爵，她将美国作家的作品译成德语，后来，她本人也成为左翼德国文学"运动"中一位相当多产的女作家。我在火车站等他们。他们进驻法兰克福相当惹眼。那两条狗惹出不少麻烦，他们刚到那天，入住的家庭旅馆很快就下了驱逐令，我只好让他们住到我后来的住处；当时，我早就从虐待狂的裁缝家搬走，在埃舍尔谢梅尔大街离报社不远、与名为"吕腾与勒宁"的出版社紧邻的一幢房子里租了一套漂亮而敞亮的三室公寓。我一个人住在公寓的一层，非常喜欢屋里赏心悦目的陈设。当克莱恩和女友由于世界观和养狗问题跟法兰克福家庭旅馆的房东吵翻后，他们就搬到我那里住，我则搬到公寓二层的一间阁楼里。就这样，我跟在国外相遇的陌生人住到一起，三天两头发生争执。尤其是克莱恩，他最容易生气，也最爱生气。但是不管怎么样，我们过得十分开心。克莱恩两人和他的朋友们工作很忙，在那段时期，我自己也有固定工作。

1　黑森林是德国最大的森林山脉。

克莱恩是一个生性多疑的人，他对所有的人和所有的事都疑心重重，他把所有的猜疑都写到牢骚满腹的信件里，并且用挂号、加急、航空的方式邮寄。在我的熟人当中，他是写加急挂号信最多的人。后来，我在国外也收到过他寄的这类信件，信是克莱恩在半夜三更以加急、挂号的方式寄出来的，信里的全部内容只是告诉我，他的工作按计划进行，或者收回他对我的好感，或者他认为误解已经消除，我们的友谊依然如旧。对他来说，不管什么都十万火急。他性情火暴，经常跟德国人发生冲突，动不动就写信投诉。战争期间，他跟女伯爵在达沃斯[1]相识；当时两个人都在患病，他俩在达沃斯疗养院缔结的情谊，要比任何病人之间可能缔结的正式而永恒的友谊都更纯洁、更有魅力、更牢不可破。他们两人都激情洋溢，都喜欢文学，喜欢狗。从那以后，我再没见过能像克莱恩和他的女友那样奴颜媚骨地跟狗或作家说话的人。他们将自己的一生全部用在宠爱狗和翻译书上了。他们翻译了许多作品，他们是那个行业的艺术家。这是一个特殊行业，需要两位艺术家来完成：翻译家总是流

---

1 达沃斯是瑞士东部的一个城镇，靠近奥地利边境。

产的作家，就像摄影家总是迷途的画家。克莱恩和女伯爵用真正艺术家的谦逊将自己的天赋倾注到对外国作家作品的翻译上。有的时候，他们会为如何将一个匈牙利文或英文概念准确译成德语而争论好几个小时。克莱恩从匈牙利语翻译，他是第一个将匈牙利新文学介绍给世界的人。官方不仅从来没有支持过他，反而不承认他。

　　他们就这样生活在法兰克福的公寓里，克莱恩从早到晚都为他的两条狗捉虱子、逮跳蚤，经常写发泄牢骚的加急挂号信——毫不夸张地说，克莱恩的一半收入都花在为那些令人气愤的信贴邮票上——他总是躁动不安，兴奋不已；只要有克莱恩在，空气里总弥漫着火药味。我住在别墅的阁楼里，从早到晚都可以写诗。克莱恩做午饭，在手稿和打字机之间，他做得最多的是青菜炖牛肉，因为他不会做别的。

　　克莱恩和女伯爵，这两个人由一条牢不可破的纽带生死相系。如此牢固的人与人关系，我后来不曾在任何人身上看到过。我都不清楚，"他们活得好不好？"——通常被称为罗曼蒂克的东西，大概不是以这种依存关系为特征。他们是在患病的时候相识的。后来，克莱恩的病好了，但妇人患的是不治之症。女人给我留下的印象，与"健壮""沉静"等通常用来形容奥地利贵妇的概念毫无关联。她个子很高，消瘦羸弱；皮包骨头的脸上，只有一双充满激情的眼睛格外生动，那是一双因死亡恐惧而显得高贵、因人类团结而散射温暖光芒的眼睛。她自己缝制的衣裳和踱步时不安的神情，都让德国人惊叹不已。我们在城里所到之处，都会招致敌意的目光，因为在女人身上，总有什么让人感到与众不同，某种既令人害怕又让人着迷的鹤立鸡群，一道在痛苦、彻悟和激情中经受过洗礼的精神光芒。我们走到哪里，哪里的人就鸦雀无声。女伯爵走在前头，目不斜视，低着脑袋，像微服出逃似的穿过人群；身后是克莱恩，腋窝下夹着两条狗，他那副淡漠、抱怨的眼神惹人反感，充满猜疑、暴躁和忧伤，已经准备好立即给让他生疑的人写加急挂号信；我只是这行人里的一个小无赖，扬扬自得地走在队列最后。

女伯爵的父亲是奥匈帝国的一位大使，母亲是一位奥地利女男爵；女伯爵的孩提时代是在父亲出任外交官的地方度过的，从小就生活在大世界里。她嫁给了鲍尔提男爵，曾跟丈夫住在立陶宛的哪个地方，后来由于患病，从那里去了达沃斯，从那之后，她再也没有回到过丈夫的领地。她能讲和能写德语、法语、西班牙语、英语，翻译厄普敦·辛克莱尔[1]和查尔斯·佩吉[2]的作品；辛克莱尔用很小号的打字字体给她写过厚厚一大摞信，不管是谁，只要接触到这颗心灵，就会跟她成为一世的朋友。在政治上，她抱着充满激情的左翼观点；但我从来没有见过像她这样能将个性的傲慢与自己的言行，将无可仿效的知性女神做派与"女革命家"激昂的献身行为如此绝妙地结合到一起的女人。不管她坐到哪儿，那里就立即形成沙龙，所有人都会围绕着她——有的时候，一些狂热、暧昧的无政府主义者也坐在这个"沙龙"里，因为在克莱恩的周围聚集了不少崇拜他的"革命者"——他俩也不得不扮演沙龙主人的角色。每天下午，我们都这样待在女伯爵的客厅内，手里捧着茶杯；作家、工人、革命者、法兰克福的理论家和贵族们，都温柔地集聚在她的裙角下；无论是谁，只要一走近女伯爵，就再不可能从她身边逃走。我们举办"社交活动"，应邀前来的客人们感觉自己置身于女伯爵担任大使的父亲在开罗或巴黎的

1　厄普敦·辛克莱尔（1878—1968），美国作家，曾获得普利策小说奖。

2　查尔斯·佩吉（1873—1914），法国诗人、散文家、编辑，现代法国诗歌的奠基人之一。

奥匈帝国人使馆的宫殿内喝午茶。女伯爵士持"社交活动"——克莱恩则坐在某一个角落，宠护他的爱犬，用怀疑的眼光左顾右盼——应邀而来的客人们乖觉地追随那躁动不安的高贵心灵，浮游在文学与政治的战场上空。

不，这个女人不是"蓝丝袜"。在她羸弱、病重的躯体里，蕴含着能够蛊惑民众的力量。她的肺脏几近萎缩，即使这样，她仍每天工作十到十二个小时，伏身坐在打字机前，嘴里总叼着一支英国或美国产的很粗、冒烟的鸦片雪茄。她很少上街，害怕人们的眼神。有一次她跟我说"她非常可怜那些人"。她清晰地看到自己的阶层与过去，带着某种忌妒的怀旧之情憎恨它们。那些不时聚到她身边的人，时过不久会彻底消失，许多时候连姓名都不会留下；革命者们隐藏身份光顾女伯爵的沙龙，他们仿佛有一个誓约，都从来不讲更激烈的细节……有一天，一个有着女性般白皙面孔、留着栗色胡须的男人出现在我们的聚会上，他的手白皙、光润、柔软，目光迷离而狡黠，他坐在我们中间，断续、干巴地回答我们的提问，极力隐瞒自己的名字。有人传言，他是法兰克福一家汽车厂的工人。虽然他去哪儿都穿一件工作服，但从夹克细密的布纹看，肯定出于一位好裁缝之手；从雪白、光润的指甲看，那双手从来就没沾过机油碰过铁粉……他的头颅形状、嘴和额头，都很像哈布斯堡家族的人，毫无疑问，关于这个人的传说很快就开始在沙龙里流传。在女伯爵充满魔力的气场里，有过许多这样来无影去无踪的无名客。

克莱恩把他的酒、英国烟和书称作"孩子"，并且与我分享。我十分温存地生活在他身边，忍受他的粗暴、古怪、非人的特质，外加女人；我就这样无私、谦恭、悲伤地忍受着，就像忍受那位与众不同的女伯爵。痛苦的生活方式对她来说是命中注定，她带着蔑视和反抗予以接受。她是贵族，是地地道道、不折不扣的贵族。有一天，斯蒂芬·茨威格来看望我们，做完客后，我们在雨中散了几小时的步。茨威格向我讲述了这位卓尔不群的妇人的人生故事，感觉就像他写人物传记那样翔实细腻，充满感人的激情，讲述的方式我们只在谈论那种人时才会使用。当阶层、原则和价值准则在我们四周坍塌，他们能够有足够的力量与坚韧保持身心的平衡。有的时候，我们到法兰克福的郊区旅行，去工人聚居区，女伯爵在赫希斯特镇[1]一家大型化

1　德国黑森州的一个市镇。

工厂的工人宿舍里朗读作品。"运动"的积极分子们也怀着由衷的爱戴簇拥着她，尽管她并非完全、无条件地属于他们，但他们应该将她视为自己人。

初秋时节，克莱恩又被什么惹恼了，从楼下给我写了一封加急挂号信寄到阁楼。毫无疑问，女伯爵站在克莱恩的一边；不管遇到什么事情，她总是跟 K 团结一致，或许他们两人关系的特征和意义就是团结，就像一颗卓尔不群的心灵接纳了另一颗受伤、愤懑的心灵。当我离开他们搬到火车站对面一家旅馆后，我过了一段流浪艺术家的日子。在那段时间，我遇到了不少类似爱情的经历，我成了当地冒险故事中伤感的主人公，成天纠缠在分手与丑闻当中；我的行为举止已经染上了神经症，反映到所有的人际关系上。我不知道自己病了，也不知道这种病里蕴藏了多少反抗的力量。不管怎样我都觉得，我不能在法兰克福继续住下去了，在这里，我已从这座城市和人们那里得到了他们在深夜和雾中所能给予我的最多的东西。我没有跟周围的环境保持一致，没有跟各个阶级、利益阶层和任何人团结一心。我在旅馆的客房里跟仙人掌、黑人雕像为伍，每天夜里我都惴惴不安地回到住处，担心在凌晨会被逮捕。

12

有一天醒来我意识到，客居法兰克福的这一年在我体内引发了某种变化。我既没有足够的能力真正写下或表达什么只属于自己的东西，也不能以自己特有的方式进行表达。我在《法兰克福日报》发表的那些涂鸦之作，那些诗歌、戏剧习作，都不过是初试牛刀之人结结巴巴的表达尝试，有时候显得相当聪明，这样的文字就像小孩子抱着音乐家的自信在钢琴上乱敲，感觉占有了这件乐器。我意识到，客居法兰克福的这一年在我的内心勾勒出什么，某种写作的初始状态，或许，只不过是一些偶然、模糊、胆怯的举止。我生活在人群中间，我对这些人的了解少得可怜；我生活在青春的迷雾里，我上大学的感觉就像一个陌生人，脸拉得很长，一副军人做派，跟帅气可爱的同龄人一起既缺少共享的快乐，也没什么话好谈。我只对新闻写作感兴趣，我对唾手可得的成功虽然感觉良好，但并不太看重这种表达的机会。我觉得，新闻学对我来说只不过是一种谋生手段。作家的行为、态度和观点立场，都是在人与事件背后影绰浮现的另一种"幻想"。跟我唾手可及、受到制约的生活方式相比，我更喜欢对作家而言的那种真正现实。文字创作的终极意义不过是行为而已，如果用漂亮的话讲：道德行为。我意识到有某种使命在等着我，这种使命，我必须在没有外界帮助的情况下独自完成；由于我觉得自己还很软弱，还不成熟，这种任务让我感到焦虑，有时感到恐惧。

客居法兰克福的那一年，我结识了很多很多人。报社有时派我去达姆施塔特，恩斯特·路德维希大公[1]退位后仍旧住在位于该市中心的宫殿里，依然保持着宫廷内的精神生活；哲学家凯泽林伯爵[2]是精神领袖。那座年轻人云集的大公府邸，被人称作"智慧学校"，在那里，渴望知识的美少年们坐在丝绒面的扶手椅上，光着脚板在花园里散步，聆听盖沙令伯爵谈生活，谈死亡，或者参加某位应邀而来、地位显赫的外国贵客主持的讲座。在这里，我结识了拉宾德拉纳特·泰戈尔。对我来说，他的样子有些可疑，我对所有穿长袍的人都觉得可疑，感觉是反欧洲，反理性。跟大公府邸的日常生活相仿，"智

1　恩斯特·路德维希大公（1868—1937），黑森末代大公，酷爱艺术，达姆施塔特艺术家村的创建者。

2　凯泽林伯爵，即赫尔曼·亚历山大·凯泽林伯爵（1880—1946），德国哲学家、一战后著名思想家、波罗的海德国贵族、达姆施塔特自由哲学协会创办人。

慧学校"里也基本都是单一性别。恩斯特·路德维希身材矮胖，弗恩[1]模样，拄着拐杖，经常一瘸一拐地在学员们的众星捧月下出现在公园里，一声不语地观察着这支"精英队伍"，仿佛欣赏一件特别的造物，之后在神秘的沉默中返回城堡，回到罕见的书籍、陶瓷和他赏识的哲学家们中间。这些达姆施塔特的造访者们——我必须撰写关于这些地位显赫的外国贵客或讲演者的"报道"——给我留下了令人压抑、很不舒服的记忆。但是法兰克福本身也窒闷，拥挤——有太多的金钱和太多的人，那些人充满了因金钱诱发的恐惧、奇思妙想、怪癖和需求。在法兰克福的生活"有趣"得几乎不真实；我的每一天都过得矫揉造作，仿佛闪烁着石英的光，生活在紫外线的光芒里。在格罗撒·希尔施格拉本大街的歌德故居里，一百年前，人们在这里过着骄奢、舒适的生活，就像现在住在黑尔·拉特宫里的权贵家庭；毫无疑问，这里的城市氛围在整个德国最为奇特，我迟早必须得逃离这里，这里到处充满了刺激、甜蜜和过分的餍足。的确，我本可以在法兰克福干一番事业的。

---

1 弗恩是罗马神话中半人半羊的牧羊神。

但是当时对我来说更重要的，却是带着我的法兰克福情人，一位正在打离婚官司的女士，搭乘午夜列车逃亡柏林。我没有惊动任何人，只跟女伯爵、K 和他的狗道了别。那位正在打离婚官司的女士比我年长十岁，整夜抱着痉挛的肚子躺在车厢里。我情绪低落地坐在她身边，望着车窗外黎明破晓的德国，我并没有意识到我离开的是自己青年时代最重要的一站，后来我再没有回到过那里。就在客居法兰克福的那一年里，我的世界观或秉性气质逐步形成，从而决定了我整个一生跟写作和世界的关系。那时候我知道的只是自己的处境，我在那座异邦的城市里住了一年，并从那里将一个女人带入记忆，这个女人我并不爱，我真想尽快逃离她。那年我二十岁。我在生活刺眼的光芒里精神焕发。我走上了"冒险之路"。

第二章

1

　　我的记性不好。某个时期、某个人的相貌，以及与他的相识相交，都像细沙一样从我记忆的筛网里不留痕迹地漏了出去，我只对那些排成重要而松散队列的"事件矩阵"留有记忆。在这个矩阵里，就像凝冻在古代松香里的昆虫，凝冻了一个个故人栩栩如生的象征性生命。在我的记忆中，被我抛弃的人对我而言，就跟那些活在我记忆中的死者相仿。我是个忘恩负义的记忆者。总有一个又一个人从混沌中显现，周围堆积着记忆的烟霭，如海藻一般；因此，我必须清除那些随旧日潮汐卷来、早将重要记忆掩埋的垃圾。关于我在青年时代生活在国外的那最初几年，大概我能列出上百个名字，有男有女，他们都扮演过"角色"——那时候我很喜欢他们，他们有时会在我的生活中扮演"决定性的"重要角色。他们中间有的人，曾跟我你死我活地打过架；今天，或许我能记起打架的场景，但已经说不出他们的名字。在那段时期，我结识了许多女人；其中包括跟我一起逃离法兰克福的那一位，但我已经连她的名字都记不得了。在我出国的早期，只有一个人活在我的记忆里，那就是女伯爵。后来，汉斯–埃里希就像一个影子，经常浮现在我的眼前。在我们之间有过什么东西悬而未决，可能是种族差别，可能是畸形情感，我不知道。他也跟着我来到柏林。

法兰克福历险的女主人公留在了我的记忆之外，她在我记忆的堤坝上栽倒了。我没能爱上她，甚至对她不感兴趣。她大概是一个多愁善感、傲慢自负的女人，身材很高，头发金黄。在柏林，我把她安置在一个家庭旅馆里，后来就把她忘掉了。有一段时间，我给她写信或打电话，后来就胆怯地退缩了。她是突然与谁邂逅，还是返回了法兰克福？我不知道。我想不起她的名字，记不得她的眼睛和声调，只记得她的姿态、骄傲的相貌和修长、白皙的大腿。一段青年时代的爱情记忆，就这样由大腿、胳膊和动作组成。当面孔也浮现在肢体之间，说明青春期结束，男人期开始。

我在布吕切尔大街，在火车站对面的一栋红砖楼里租下一套公寓。火车站设在一座凌空高架、空空作响的铁路桥上，那栋居民楼让我联想到希特风格的匣子式建筑。楼里没有电灯照明系统。在木楼梯上每走一步，都会发出咯吱的声响；大多数住户都在黎明回家。那是一栋无产者聚居的公寓楼，住满了房客，房客们大都过着由柏林垃圾组成的夜生活。住在楼里的有跑堂、舞女和娼妓。我第一天去看房，就当即感到了神奇的本能。我本可以住到几条街之外，住到条件良好、我有能力支付的西部公寓小区里。但在第一时间，我就出于本能决定住到这里，住到点煤气灯、讲方言、每个人在别人眼里都有些鬼祟的柏林老区，午夜，警车刺耳的鸣笛在街巷里回荡。现在我已经明白了，我要在这里寻找的并不是大城市的地下浪漫，而是新奇。我寻找人的温暖、亲近和某种真实性。我痛苦于孤独，痛苦于那种造作的伪文化的孤独，那种孤独在我的成长期和后来不同寻常的法兰克福时期，都像某种特殊的氛围包绕着我，就像从原始物质上脱落的迈泰奥拉[1]。

在我周围漂满了浮冰状的孤独。这要比焦虑的孤独更严重：发自我的内心、我的本质、我的记忆。作家绝望的孤独，已经成为生活态度。我"亲近过的"那些人，都处于同一个文化培养基内，每个人都在自己的事业上前进或坠落，只相互发出光的讯号。在法兰克福，我们踮着脚尖走路，口齿不清、煞有介事地谈论玛丽·魏格曼[2]的舞蹈或共产主义。那一切都很有趣，令人眼界洞开，我自己也慢慢显得博学。空气里塞满了口号。社会主义者、共产主义者、唯美主义者和哥特雕塑收藏者教会了我相似的口号，但是与此同时我意识到，我对现实一无所知。我觉得，我的脚必须踏回到地上。我必须凭自己的能力，以自己的方式获取经验。现实可以说无处不在，同时发生：无论是在书籍里，还是沙龙里，都跟在妓女们身上，在与我一同夜饮啤酒的健硕士兵们身上，跟在斯泰提纳·班霍夫街区我的房东们身上，跟在那些由于我

---

1 迈泰奥拉，希腊语意为"悬浮的石头"，是希腊最大的东正教寺院，矗立在天然的砂岩柱上。

2 玛丽·魏格曼（1886—1973），德国女舞蹈家，1920年在德累斯顿创办舞蹈学校，使之成为知名的现代舞中心。

递上一张印有威廉大街地址的名片而邀请我作为"外国媒体"成员晚上去赴啤酒宴的新任魏玛部长们身上没什么两样。我惶恐而决然地投身到洪水之中，以再自然不过的举止投身到女人的石榴裙下。我认为，她们跟这座城市的关系最为贴近。但是托马斯·曼和文学，通常来讲要比这个或那个女人对现实的了解多得多。在我看来，"现实"就像一篇不应该跳过又没完没了的"课文"，一开始读，就差不多要忘掉。

在我住布吕切尔大街那段时间，日子过得稠密，有股原始的味道。当女伯爵把我带到工人们中间，我不仅怀着各种各样的良好愿望，还带着研究的目的。工人们就这样生活。工人们的精神生活就这个样子。工人们喜欢读这位和那位作家的作品。现实中，工人们读各种各样的书，不仅仅读"革命"文学，他们中有不少人更爱读、最欣赏科尔茨-马勒[1]的小说。工人们对于道德、婚姻与爱情，也有着与我们的期待不同的思考，他们对革命的渴望也跟理论中所写的不同，他们当中肯定也有不少人根本不觉得世界革命有多么急迫。大部分工人满足

1　科尔茨-马勒，即海德维希·库尔茨-马勒（1867—1950），德国女作家。

地住在房子里，他们有收音机，预订报纸，去剧院看戏看电影，领失业救济金；尽管过得并不宽裕，但那些年在德国没有人会饿死。现实与我们的想象并不相符。现实情况看上去跟我们想看到的样子截然不同：有时更糟，有时更好，总跟我们想象的不一样。我更多意识到的是，人们深受普遍而可怕的神经症折磨，在这个方面工人们跟女伯爵或贵族们并无区别。"健康人"跟白象一样稀有；人们抱有深深的偏见，在三百年的天主教统治之后，德国人开始习惯于政治思考。在这些人的言行举止里有着某种机械和固执。只有在这里，公务员们戴十厘米高、硬邦邦的立领；在"自由"中有着某些他们并不知晓、难以忍受的东西无从解决，无可慰藉。

在柏林，刚开始的时候我逃避自我。我不去文学咖啡馆，不钻孤独的迷宫，不给熟人打电话。我在布吕切尔大街租赁房里隐居，就像一个逃债者。房间是一位经纪人租给我的，煤气灯照明，墙上挂着宗教题材的东西，地板上撒满绿色的粉末，由于房子里有许多蟑螂，所以撒了某种杀虫剂。在那之前，我从来没住过这样的地方。我搬进去后，整整四天没有出屋，我买来纸笔，昼夜"工作"。四天四夜，我写了一部戏剧，为此我在法兰克福已准备了一年。那部戏写得并不好，后来被一位经纪人买走了，在一座德国小城市的实验剧院上演，但遭到令人蒙羞的失败。那时候，"成功"对我来说并不那么重要。但是，我在柏林的前四天，第一次敢在生活中构建什么。从那之后，我十五年没有再碰戏剧，打消了所有尝试的念头。在柏林，在爬满蟑螂、点煤气灯的客房里，我头一次感觉到当一个人在凭空创作自己的某种想象时所能感受到的那种特殊的兴奋与揪心的责任感。某种并不完美但属于他自己的东西，某种从前、今后都不会有人为他代劳的东西。那是一种令人惊骇的感觉。第一次感受到它的人，多少会感到在生命中迷惘，失掉一切，不知道该怎样应对这种突如其来的生命感受。在四天四夜忘我的状态下 —— 在某种冰冷和极度的忘我状态下，我坐在布吕切尔大街的客房里，密密麻麻写满了好几沓稿纸，随后将手稿塞进皮箱，试图忘掉这次尝试。我出门去逛柏林城。在我周围有什么东西活着并咚咚拍案，鼓励我工作。我感觉到力量、诱惑、巨大人群与机会。我生活的新阶段开始了，而且开始得并不赖。

2

在柏林，我开始了意外的历险：青年时代的历险……现在我已经明白，青年时代并不是能用时间来衡量的生命阶段，它只不过是一种状态，其开始和结束都不能用年份标记。青年时代既没有伴着青春期开始，也不是在某一天（比方说，在我们四十岁某个星期天下午六点钟）结束。青年时代，这种格外奇特、根本不是"暴风骤雨式"的生命感受可以在我们最不经意的时候，在我们对此毫无准备且无特别期待的时候发生在我们身上。这是一种忧伤、纯洁、无私的状态。你不由自主地被各种力量所席卷。你也为此倍感折磨，还有一点羞惭。你想尽快地度过这段时光，变成留胡蓄须、满口都是原则和冷酷而明确理论的"成年人"。有一天你睁眼醒来，发现四周是别样的照明，别样的客观含义，别样的词语意味。从你护照上写的资料和你身体储蓄的能量来看，你还很年轻；也许从幻想破灭和责任感的意义上说，你还没成为一个男子汉。但在青年时代的初期，那种蛰伏的、怨恼而无辜的状态已经在你身上发生了，已经有别的什么开始替代它，生活的一幕过去了。我从魔法中醒来，感

　　　　　　　　　　一个市民的自白

到惊讶不已。这是一种怎样的"已经发生过了"的感觉，跟任何种类的肉身体验都截然不同，但在内心深处苦涩滋生，幻想短暂易逝。只要青年时代尚未过去，你就会刀枪不入。

毫无疑问，我的青年时代是在柏林开始的。对于那种状态，人们后来以青年时代的名义蓦然回溯。每天醒来，我都感觉在我的身上发生了什么。也说不上多么隆重，就是这样，我的青年时代在柏林开始，并且持续了一段时间；但也不能说平平淡淡。那是一个过渡状态，有着非同寻常的仪式、与众不同的戏服和重大的转折。在柏林，在我周围谁都没有时间做任何事情，我则做什么都有时间。城市生活正处于一个这样的阶段，不仅富于异乡风情，而且在大多数时候或从某些特殊领域看，它都给人留下国际大都市的印象。外国人布满了城市的犄角旮旯。在这座城市的迷宫内，挤满了俄罗斯人和挪威人，每个人都要创建什么，德国人会为所有人的创业铺垫基础，哪怕外国人自己都不相信自己的生意能够成功。德国人追着无所事事的外国人给他们钱。有一天下午，两个从符腾堡来到柏林的德国人在一家咖啡馆里跟我搭讪，随后我们联手创办了一份画报。两个星期后，我们在弗里德里希大街一栋公寓楼的楼上租了一套有好几间房间的办公室，不仅配备了电话和打字机，还雇了会计、收银员和打字员。画报还真的出版了，内容荒唐得不可思议，并且畅销了很长时间。创刊号刚一问世，我就与他们分道扬镳，我实在忍受不了他们那副一本正经的空洞无知。这类的"创业"在这座城里比比皆是。在选帝侯大街的一条小巷内，我在一家午夜酒吧里结识了两位退役的德国军官，他俩在半小时前刚刚相识，很快就成立了一家投资百万的铅笔进口公司，他们为我不肯加入这桩一本万利的生意大惑不解。几个月后，他们就用进口铅笔赚的钱购置了住房。那些年的柏林并不浪漫。不过，那座巨大的城市是独一无二的大实验室；外国人可以在德国的工厂、剧院、电影院、编辑部和办公室里随心所欲地小试身手。战后的柏林对抱有敌意的外国人俯首帖耳，百依百顺。乍看上去，那是一个到处散发着可卡因和威士忌味的冒险世界，但在醉生梦死的享乐背后，格调日益溃腐，观点日渐清晰。

在柏林做一个年轻人，一刻都不会感到无聊。我在柏林的那几年，遇到过许多善良的德国人，后来不管我去过多少地方，都再没有遇到过那么多的好心人。他们是那么迷惘，灵魂中充满了困惑、恐惧和复仇的欲望。那座城市是那般饥渴，渴望生命的快乐，渴望风格，渴望新的表现方式。我喜欢它的忧郁和无边无际。我喜欢上午步行穿过动物园，看身穿骑马服的女士们在那里散步，手执的马鞭不仅表明她们热爱运动，有时还暗示了另一种癖好，邀你跳神秘的死亡之舞。人们按性别分拨结派；开始只是出于时髦，后来同性恋像瘟疫一样播散。为了解决泛滥的欲望，巨大的色情产业应运而生。

有一天夜里，我将一个身穿长裙和绿色丝绸衣服的小伙子带到我住的公寓。我是在选帝侯大街上的一家酒吧里遇到他的，他是修理汽车的学徒工。他的一头金发剪得很短，有着一双手指很长的女人般的手，穿着肉色的长袜和丝绸面的鞋子，脸上涂了粉红的胭脂，嘴唇抹了朱红色唇膏，那对小小的乳房，以及那副音调较高、正值变声期的嗓音，这所有的一切都给人以巨大的惊喜。他戴了橡胶的假胸，白天在修车厂工作。我完全被这另类的性感迷住了，即所谓的"离经叛道"，用现在的话说是"厚颜无耻"。这个身穿女装的小伙子在我的公寓里表现得歇斯底里，一会儿唱歌，一会儿蒙着面纱跳舞。我饶有兴味地看着他。但是即使面对的是一头印度瘤牛，我也会怀着如此大的兴趣观看它。他既不那么诱人，但也不令人"反感"；我接受他，就像接受生活中的一种现象，会毫无抗拒地将自己投入到这种激情中。我意识到，这特别适合我的性爱形式。这次冒险的结局令我捧腹大笑，笑得抽筋；这个男孩张着嘴巴盯着我，抓起他的长裙，恼火地匆匆离开了。后来我再也没有做过类似的冒险，否则我会发现这所有的一切，这种性的吸引或同性的怜惜，是一种自然的爱。

在那段时间里，我体内燃烧着温度不同、光亮各异的火焰，那是纯粹、自然的厄洛斯[1]的快乐，让我既能投身于他，之后又不会感到自责或怨悔。那是一种特别的情感，就像在做爱之后我必须逃离"现场"，不会在体内蓄势累积。我伸出两手见什么抓什么，既无恐惧，也没愿望，不放过柏林给我的任何东西。那个时候，我年轻得那般纯粹、那样无辜……人们能从我身上感受到这种年轻。我所到之处，万物都向我张开臂膀。生活中存在这样的阶段，在一个人身上可以感受到厄洛斯的呼吸，他在别人中间随意穿行，仿佛是大自然挑选的灵物，既

---

1 厄洛斯，希腊神话中司"性爱"的原始神。

不能被伤害，也不会被玷污。

　　初到柏林的那段时间，充满了不期而至的爱情体验。在这座躁动不安的城市里，性别混乱，情色不羁。我认识的女人里，有的是秘密的普鲁士军官，她们在家里戴单片眼镜，抽雪茄烟，更有甚者，在她们的床头柜里放着军事书籍。而男人们呢，白天管理工厂，夜里打扮得像弄蛇人。柏林的冬季，有开不完的假面舞会。有的时候，情侣们戴着吓人的面具。我神情自若、心情愉快地出没在混乱不堪的舞会上，仿佛清楚地知道在寻找谁，不会迷失在疯狂情侣们的肢体之间。有一天下午，罗拉打电话给我，告诉我她已经从考绍来到柏林，想约我见面聊聊天。就在那天，假面舞会以全新的形式改变了我的生活。

3

　　汉斯-埃里希无条件地相信阶级斗争和无产阶级专政，相信在欧洲至高无上的德国精神；但是与此同时，他同样无条件地相信阿司匹林的疗效，相信穿用羊毛线织成的内裤可以保护他在冬天不得感冒。我兴奋不安地跟他交往，因为像他这样误入左翼阵营的德国市民阶层男孩，我从来没有遇到过。我无法理解他的脾性、他的品位、他的倾向和他的观点。在柏林，我认识不少瑞典人、法国人、罗马尼亚人、俄罗斯人，但从来没有遇到过像这位德国年轻人那样魅力十足、令人不安的外国人。他谈话的时候思路清晰，但在清晰的思路背后迷雾重重，无措无序。他既读伏尔泰、伊拉斯谟的著作，也心怀崇拜地谈论一位名叫瓦尔特玛尔·邦瑟尔斯[1]的德国作家鼓吹的"现代神秘主义"，他从中感觉到"建设的力量"。但是我感觉到的，只是一个蹩脚的末流作家。我们两个都读马丁·布伯[2]的传奇故事，吸引我的是作家率直、刚硬、传统的德国性，吸引他的则是犹太神秘主义的模糊性。许多年里，我们每天都在不停地交谈，几乎没有歇嘴的时候，我们的谈话硕果累累，这是由于我们永远不能让对方理解自己。我不能也不想摆脱他，因为从他的"存在"和"思想"中我嗅到了"德国人的秘密"，那是

---

1 瓦尔特玛尔·邦瑟尔斯（1880—1952），德国新浪漫主义诗人、儿童文学作家。

2 马丁·布伯（1878—1965），德国存在主义哲学的大师之一，也是现代德国最著名的宗教哲学家和宗教存在主义哲学的代表。晚年移居以色列。

一个难以言喻的，基于语言、血缘、环境和记忆能让一个人无可救药、确凿无疑地成为德国人的综合体。就我而言，我从来不是萨克森人，不是摩尔维亚人，而是无可置疑的匈牙利人——但我综合了他们的不同特质而成为自己。与此同时我也可以想象，假如二十年后我在北京变成一个中国人，我也不会觉得自己滑稽或可悲。

究竟是什么样的内心，使这个年轻的德国人成为无可仿效的孤独者？我们了解的所有德国人特征都不适合用来形容他。首先，他不是"典型的秩序癖"——事实上在他的内心深处，对秩序怀着痛楚不堪的思乡之情，只是在他的生活和世界观里不能够实现而已。一个人永远不能通过文学了解世界和种族差别（那种能让人群成为种族并与众不同之物），只能通过亲历和咖啡勺了解。汉斯-埃里希对秩序的渴望，就像一头野兽渴望自由。然而，秩序显然不能像汉斯-埃里希想象的那样唾手可得；尽管他循规蹈矩地生活，尽管他每天上午十点到十二点准时散步（一分钟都不会多），尽管他在客房墙上钉了鞋刷袋（因为"鞋刷不能随便放在橱柜上"），尽管他在读过的书上用红铅笔做了标记（以防万一再读一遍），但是仍旧无济于事：汉斯-埃里希的内心仍纷乱无序。他的生活和工作只有一个努力目标——实现秩序，这是他圣洁的远大理想。但是他所到之处，绝大多数只是制度，从不是秩序。这个信念是他最崇高的理想：庞大的制度，完美的生活方式。一切"庞然"之物都盛大辉煌，他生活在"量的欣狂"中。但在必须当机立断的日常小事上，他却思前想后，绞尽脑汁，犹豫不决。他对一切都追求"形式"，同时又担心生活对他追求的形式难以容忍，一切全都杂乱无序，超出唯有死亡才能界定的可怜框架。

他总是手忙脚乱地捕捉细节。他的本性惊人：惊人的善良，同时惊人的无助。他每天上午都来找我，置身于我所栖身的混乱中，他说无序是"我的生活方式"——我毫无目标的无序让他难以忍受，他试图在无序的背后找到形式、制度和观点——他问我晚上去哪儿。假如我跟我的律师朋友一起用晚餐，他会问我那个人住在哪儿，他的公寓什么样子，有几个房间，他住在那里多久了。听到回答之后他沉思片刻，然后又问：我们吃了什么？我们喝没喝葡萄酒，还是只喝了啤酒？谁坐在主人的右侧？他雇了几位仆人？晚饭前我们聊了些什么？随后又问：吃饭的时候聊了什么？吃完饭呢？另外，关于瓦尔特·拉特瑙[1]我们谈了些什么？谁先提起拉特瑙的名字？我不记得了吗？我得好好想想。邀请我的那个人是不是音乐教师？这个人怎么样？多少岁？一位音乐教师挣多少钱？在城市乐团工作是否也能得到家庭补贴？音乐教育由国家统一管理或推行音乐私教，我认为哪个模式更有效？音乐教师读拉特瑙的哪本书？他是哪个政治党派的成员？他的扣眼里戴没戴像章？（汉斯-埃里希戴。）我觉得拉特瑙的财产如今都到哪儿去了？我在拉特瑙的文字里是否发现了神秘主义元素？拉特瑙的实用政治是否可行？晚饭后有没有上咖啡？墙上有没有挂知名画家的画作？我是否无条件地相信一个人的才华早晚都会实现，还是只觉得有实现的可能？在当今的社会秩序里，是不是天才也会迷失？

后来，我们休息了片刻。他直眉瞪眼地擦着眼镜，消化从我嘴里获得的细节。我从来不能与他"交谈"；总是跟他聊些什么……跟这个年轻的德国人交谈，我感觉就像复杂的法院开庭、检查或警察听审。一个细节都不容含糊；他并不知道在人与人之间的交往中，最重要的

---

1 瓦尔特·拉特瑙（1867—1922），犹太裔德国人，实业家、作家、政治家，在魏玛共和国期间担任德国外交部长。

原则就是保持含糊。汉斯—埃里希病态地渴望清晰、秩序和详细。他一旦抓住什么就不会松手，必须连筋带肉、一丝不剩地剥下来。随后他无精打采地盯着光秃的骨头、交谈的结果和剩余的话题，心满意足地想：谢天谢地，剩下的只有这些了。休息之后，他又开始刨根问底。昨天上午我去哪儿了？去医院了？我有没有看医院的花园？有几公顷大？我都看到了什么？有没有看到鸟？大概几点钟？下午三点？朝哪个方向飞？我不知道？往北还是往西？我不知道哪边是北？鸽子的大小？直线飞，还是绕道飞？灰色的，还是灰绿色的？真的很奇怪。说来说去，那到底是一种什么鸟？他又开始折磨人地从头问起。飞得快还是慢？说完了鸟，我们接下来的话题是革命或爱默生的历史观。他是那样痛苦地渴望秩序，就像孩子们想要长大一样。他总是在窥伺别人，比方说，看看瑞典人或法国人知不知道什么被他忽略了的、历史里没写的、四五百年前的事；人们是不是在嘲笑他，是不是讥讽他无知。他认为生活中"怎么工作都没有够"——人们之所以工作，并不是为了满足要求、达到目的或者实现什么，而是"为了工作本身"。他心地善良，像孩子一样，同时又很强势和诡诈。他对一切都充满热忧，同时又对所有外国人满腹狐疑，在他的眼中，整个世界像一个同盟，有一个最高的目标和信念，即发现德国人的可笑之处，对纯洁的日耳曼种族的思想品头论足。我感觉到他活得忧伤而困惑，对他抱以由衷的同情。我敬重他的勤勉和多产。他总是描画蓝图，仿佛在用直尺和圆规丈量世界，努力将一些不可名状、难以捉摸的东西在日常实践中派上用场。由于他的努力时常受挫，于是他垂头丧气地擦拭眼镜，沉默了片刻，深叹口气，重又好奇不安地刨根问底。

他是一个家境宽裕的男孩，父母给他的零花钱相当多；他心地善良，试图讨我的欢心，经常送给我各种礼物。有一年的圣诞夜，他在我的房间里堆满礼物，并请我去西里西亚，去他的父母家做客。他不知疲倦地工作，因为他的本性极端懒惰；他总是想要整理什么，比如他的文章、学识、房间或周围世界，因为他的内心乱得不可救药。他只相信德国，认为整个世界混乱无序，颓废堕落，尤其是那些法国人。他的这一观点也影响了我。我确信无疑，德国是国家秩序的经典样板，正像我们在家乡和学校里学到的那样。在博物馆里，火车站上，百姓家中，到处都秩序井然。只是在精神世界，在德国人的心灵深处，并没有"秩序"；雾霭朦胧，孩子式的迷雾，血腥、复仇、无可救赎的神话迷雾。但是当时我并不理解汉斯—埃里希为什么如此迷狂地渴望秩序。……当我去了法国之后，那里日常性的无序令人作呕。我花了许多年时间才弄懂了什么是"秩序"——我花了许多年时间才理解，法国人虽然将垃圾随手扫到家具底下，但他们的头脑秩序井然，整洁明亮。汉斯—埃里希成为社会主义者，大概就像一个人有一天决定成为素食主义者那样简单。他的阶层背景和内心信仰，都跟这个立场风马牛不相及。我总抱有这样的想象：如果一个人成不了别的，就会成为革命者。汉斯—埃里希就这么简单地做出了决定。他渴望"职业"，这很自然。我们一起生活了很长时间，后来他也去了巴黎，在那里读了许多书，学习期间，他对巴黎人不可救药的无序感到紧张和厌恶。三十岁时，他已为德国最大的报社写头条文章；一两年后，他被选入了帝国议会。我在希特勒出任首相的几天之前去过一趟柏林，跟他一起散步。他的衣着打扮相当时髦，开着一辆崭新的轿车在城里疾驰；他向我介绍他的女友，那是一个漂亮、肥胖、体格硕大的女人。

我最后一次见他，是在巴黎广场；他停下车，我跳下车后跟他告别。

"革命将会逐渐取得胜利。"他沉思地说，胳膊肘支在车窗上。

三天之后，德国国家社会主义党[1]占领了帝国。汉斯—埃里希被关进集中营。他工作的报社也更换了主人，过去的同事全被扫地出门。汉斯—埃里希被时间遗忘了，就像我年轻时代的许多伙伴；我再没听说过他的一点消息。

4

我在柏林的那几年，也不乏风流倜傥的日子；那个时期，正是"忧郁柏林"的特殊岁月。我们轻浮、放浪地生活在灯红酒绿、矫揉造作的大城市里。城市的丑陋和建筑的贫瘠也讨人欢喜；假若让我现在回想那一段时间，我会惊诧地意识到：后来，不管我在哪个国家，都再也不曾像在战后一年半的柏林那样感受到那般神秘、浮浪、不羁、轻率的年轻。"革命"时常爆发，但在血腥的斯巴达克起义失败后，人们不再过分关心那类幕间休

---

1 即希特勒领导的"纳粹党"。

息式的丑闻，就连参与者也不。曾在魏玛时期为新宪法和自由权益欢呼的德国人民，不再关心自由问题。艾伯特[1]接受了其稳重而理性的政党的委托，收拾那个烂摊子。德国社会民主党暂时掌握了国家大权，但是既不会使用，也不会滥用。

绝大多数"革命"，包括在卡普[2]政变的日子里，都是平静无澜地进行的。同时代人对革命并没有直接的兴趣，只是注意到灯灭了，电话不响了，饭厅里的水龙头不流水了，我们要用矿泉水洗漱。我们很快学会了"现代革命"的生存技术：所有人都在家里备一小把蜡烛和几升瓶装的法辛艮牌[3]矿泉水。当时货币贬值还不那么严重，并不像后来马克在几天之内，甚至几小时之内就变成废纸。外国人拎着成筐的外币到物价便宜的德国来购物；在德国工厂的仓库里，则堆满了外国的原材料。每个人都有事可做；只有中产阶级、会拉丁文的学者和公务员损失惨重，靠薪金和退休金生活的中产阶级束手无策地

---

1 艾伯特，即弗里德里希·艾伯特（1871—1925），德国社会民主党政治家、魏玛共和国首任总统。
2 卡普，即沃尔夫冈·卡普（1858—1922），德国政治家。1920年，魏玛共和国爆发卡普政变，他是政变的名义首脑。
3 德国历史悠久的保健矿泉水品牌。

充当了"涨价""昂贵"的牺牲者。在那几个月里没有人相信，或许连国外都不相信：马克真会遭此劫难。千元面值的旧币仍在流通，有一次我去德意志银行取一笔国外来的汇款，领到的竟是几百张印有威廉头像的千元纸币，我感觉自己是一个富有的资产阶级分子。工人们迅速地集结起来，用复杂的提薪运动应对灾难；但是中产阶级惊恐万状地木然观望，仿佛小市民的偶像轰然倒塌，突然被货币贬值的台风从退休金、有保障的收入、储蓄存款和生活费的暖巢中吹走。有一天我们意识到，柏林的一切都在出售或出租。

我从布吕切尔大街点煤气灯式的孤单，很快搬到了摩登的柏林老区。我每个月都要换一套公寓。我在"将军们的遗孀"家里住过，女房东们住在上下五层的豪华府邸里忍饥挨饿；我在有八个房间的医生家住过，而医生要自己打扫整套公寓；我还在前普鲁士总理家寄宿过，他一年的退休金还不够买两磅面包。一座座神秘的豪宅在我眼前展现："西柏林"气宇轩昂、与世隔绝的大贵族庄园。一间巴黎顶楼客房的月租，可以在选帝侯大街租下四五个房间，沙龙里摆满了德国品味的珍贵艺术品，青铜雕塑和大理石像，我在文艺复兴风格的大床上睡觉，在古老的德式橡木雕花饭厅里用午餐。从那时候起，我不动脑子地挥霍钱财，我会在第二天意识到，我要比前一天更富有。人们在街上跌跌撞撞，嘴里胡乱喊着数字[1]。大凡那期间在德国人中间生活过的人，不管他有意无意，全都是骗子。疯人院里关满了疯子。在那几个月里，大工厂和银行都不可思议地暴富起来。斯廷内斯[2]的阴影在大地和水面上飘荡。中产阶级既无能又无助，绝望地等待厄运降临，被卷入了疯狂的假面舞会。

我用自己荒诞、可鄙的富裕，接济"将军们的遗孀"。我带回黄油送给她们，房东们低眉折腰、滋味难言地道谢并笑纳；至于普鲁士总理，我则给他雪茄。无论对于旁观者还是蒙难者来说，这一切都是说不出的令人生厌。但是，青春就在这一切中勃发，那是一段特别的胜利时光，生活中没有任何阻碍，仿佛自然法则和经济规律全部失效，不管在哪儿都整日乐声，而且是黑人音乐。钱变成了废纸，我们在垃圾中蹒跚，浑浊的浪潮

---

1 由于1921年德国爆发了经济危机，到1923年底，通货膨胀严重，仅一个月内，德国马克就以数千倍的比率急剧贬值。
2 斯廷内斯，即胡戈·斯廷内斯（1870—1924），德国实业家、政客和利用通货膨胀致富的投机家。美国《时代》周刊曾称他为"德国新皇帝"。

卷走了所有人的价值，我们为自己还在苟活而自惭形秽；但是生活还是让人快活……冬季在浑浑噩噩的半梦半醒中流逝，我们在灾难的上空浮游，并没有什么罪恶感。柏林，绝望而发疯了的柏林，在这个残酷的冬季变得美丽。通宵的舞会流光溢彩。每天晚上，我们都成群结伙地看遍柏林所有的演出。每个人都"寻欢作乐"，好像感觉到死亡的威胁。德国年轻人总是在街上欢庆爱的节日，家长们失败了，失败得是那么羞惭和不可理解，以至于连防卫都不敢。每天夜里，我都带着新情人回到将军遗孀们的家中，在凌晨相识和分手的时候，中产阶级家庭的女孩们将她们的电话号码塞给我，但有谁真的在乎黑夜和爱情呢？一夜醒来，我躺在城西豪宅的卧室里，在陌生的房间里搂着陌生的女士，豪宅的女主人睡在我怀里；昨天我还不认识这个女人，明晚我也不会再认识她。一座城市，可以在瘟疫的死亡恐惧中如此狂欢。在瘟疫暴发的日子里，虽然我也染上了一些，但我仍揣着一种刀枪不入的安全感，对我来说，青春的节日就在那年冬天破晓。我不能感到羞惭，更没觉得自己有罪。

在瘟疫的恐惧中，在疯癫的狂欢里，在预示凶兆的假面舞会上，柏林变得美丽起来。我下午醒来，我是被朋友们叫醒的。人们被一股隐秘的旋流卷到一起，他们中有瑞典人、俄罗斯人、匈牙利人、处心积虑又愤懑忧郁的一代人、有修养的风流子和投机者，大多数人我连名字都不知道。

我们组成了一个道德感薄弱的同济会式联盟，不仅有别于德国人，可以说是为跟他们作对而组成的——即便有一天我们被冷酷无情地从这座城市赶走，我也不会感到震惊。不过，德国人只是感到惊诧，沉默不语。我们坐在罗马咖啡馆内，一群欧陆精神的集大成者和所谓的精英，我们满脑子想的都是换钱和写诗，为皮货生意和佩吉争得面红耳赤。德国人严肃、静默地站成一堵不透风的人墙，组成一支跌撞蹒跚的队列。与此同时，我们以复杂的方式占尽便宜。德国人不仅将柏林拱手交给外国人，还给了他们值钱的外汇。柏林越来越城市化，越来越有气质，女士们学会了穿着打扮，城市氛围里充满了奇思妙想，城市活得生机盎然……在那年冬天，柏林很美，神秘莫测。上午，我在动物园里散步，林登大道弥散着汽油雾障的躁动不安。这座城市介于一座南方港口城市的暧昧和一座普鲁士大都市的严谨之间。残酷的活力与饥渴，让这座城市寻找平衡与满足，表白和思考无可非议的自由；虔诚与善良，让这座城市接受各种各样新的艺术探索，所有这一切使得柏林在很短时间内变成一座战后欧洲最具魅力，或许也最有希望的城市。在所有亲历了那些岁月的人们心里，"柏林的忧郁"是永恒的记忆。

转瞬之间，我自己也在这里变成了一个风流子。每天晚上我都西装革履地一头扎进夜生活，就像一位对这身都市夜礼服早习以为常、再自然不过的英伦青年。事实上，我觉得自己打扮得像一个粉墨登场的戏子。就我的良好感觉、自然率真和"大都市气质"而言，所缺少的恰恰正是大世界的见识和两三百年历史之久的沙龙生活，正是别让一个人在年轻时代感觉夜礼服、燕尾服是戏装并有安全感的前提条件。在我们家乡，通常只在上午穿礼服，去参加婚礼！——我亲眼所见，不仅在外地，即使在佩斯也这样！的确，我喜欢攥着身穿礼服的新郎的手，鼓励他说：别不好意思！这不是多大的罪过！……我们就是这样，谁要不喜欢，那就随他讥笑吧！但是，不管我如何毫不在乎地游荡在柏林的午夜里，多少总是觉得自己像在中学毕业的舞会上。

5

女演员住在阿德隆大酒店[1]。这里有前厅、沙龙、卧室、浴室和被称呼为"姑娘"的女仆，女仆也住在饭店里，住在一层。有一次，女演员让我陪她去银行，下到铁壁铜墙的保险室，嘟囔了一句密语，打开一只保险柜，我被珍珠、钻石和红宝石项链晃得眼花缭乱。她不久前刚从印度回来；她是第一位获准从英国殖民地返乡的"保皇派公民"。她的庇护者肯定极有权势，估计是哪个地位显赫的英国绅士；但我从来没有问过她那个人是谁——我尊重她的私生活，她也尊重我的隐私。她有汽车、在附近租住的别墅、各种支票簿和好几只猎犬。饭店服务生经常送去昂贵的花束和首饰，简直像小说里描写的那样。

她的生活准时准点，生活在美貌和女性——这种与众不同的奴役之下。对于"职业"，她并不那么尽心尽力，所以她跟所有喜欢穿金戴银、怀揣值钱外汇的女人一样精力充沛……每周六她都能领到一笔薪酬，一沓令人羡慕的钞票；我觉得她不配领那么多钱，因为我不认为她

---

1 阿德隆大酒店建于1907年，是柏林最豪华的饭店，威廉二世是首位贵客和赞助人，爱因斯坦、卓别林等无数名人曾在那里下榻。

是真正的女演员；她实在太漂亮了，过分热爱生活，所以成不了真正的女演员。我认为，一个人为了艺术，应该经历一些生生死死……是不是她投注给生活和周围人的美貌、慷慨、笑容可掬的热忱，远远超过了她为完美饰演"朱丽娅小姐"[1]所付出的所有努力？我知道，有一次她以大贵族的姿态仁慈地将自己的身体献给了一位地铁检票员，因为那天上午他对她露出充满渴望的微笑……但是她自豪地掏出"薪酬"给我看，要比展示她的印度财宝还要自豪。她靠"工作"挣来的这些钱，总以罗曼蒂克的方式随手送人：送给仆人或马夫。她对我总是很好很温情。她为自己的生活制定了许多规矩，俨如一位军人或仁慈的女执事。

但是，我能否知道她为什么这样？我要揭开人的秘密，但我面对难以靠近的"现实"秘密，总是一次又一次地望而却步。不管男人还是女人，我都能够接受他们投到地上的影子，我相信他们能以几乎不被察觉的方式，通过一句话或一个微笑让一颗心灵感动另一颗心灵，并在我身上塑造出什么。在我的记忆里，有许多时期都不

1 指瑞典戏剧家、作家奥古斯特·斯特林堡的名剧《朱丽娅小姐》。

留一丝痕迹地黯然消逝。我以自己的方式，的确，以一个孩子的方式，"亲历"了战争和一场场革命；但是时间及其所有的"历史"意味，不留踪迹地从我身上滤过，显然跟我没有什么关系，当时我的注意力投在别的上面。关于战争，我只隐约地记得征兵和患病；关于革命，我只能想起几张面孔，而且根本不是"革命者"的面孔；对我而言，有真正意味的是埃尔诺，我那位性情浪漫的舅舅在战争中往来穿行，感觉像是在周游世界的旅途上，他经常向我讲述他对世界局势的看法。我十七岁那年应征入伍[1]，磕磕绊绊地总算通过了战时毕业考试[2]，我的同学们被立即送到伊松佐河前线，当时，他们中就有十六人遭到屠杀；我跟已被派到训练营服役的厄顿[3]，在医院里保留下身心的健全；之后，我们目睹了革命爆发，盼望终于能出国的那一时刻……毫无疑问，我也亲历了那些"历史时期"；但是关于战争和革命的"历史"时期，我的记

---

1 事实上作者只是参加了征兵，但在1918年初由于身体原因被免于服兵役。

2 班里共有八人毕业，只有他和另一名同学考试及格。

3 厄顿，即施瓦茨·厄顿（1899—1929），匈牙利诗人，笔名为米哈伊·厄顿。1916年与马洛伊结下深厚友情，为1930年马洛伊创作的长篇小说《反叛者》提供了直接素材。1931年马洛伊为他的诗集作序。

忆只围绕着几副面孔沉积下些许零星的记忆，比如一个打牌者、一位诗人和一名吗啡成瘾的女医生，只有他们的轮廓能从那段时间里浮现出来，还算清晰……显然，对每个人来讲，世界历史都永远有两种；与被命运阴影笼罩的别人的那种相比，我感到自己的这种更为重要。

对那个投给我们瞬间微笑的女人，我们能够了解些什么？"相识"是件复杂而危险的事情，其结果往往只是开始。我对那位女演员的了解只有这些，她的情绪总是很好，她对男人和"生……活"懂得很多……她凭着自己女性的聪颖，掌握许多只有那些真正的女人才可能懂得的原始经验；男人们若能了解其中的些许碎片，就会为此自鸣得意！每天早上，我在白雪覆盖的动物园里等她，在一条路的拐弯处。她上完马术课回来，带着聪颖的微笑，在她的微笑、举止和眼神里洋溢着一种无间、真诚的生命欢乐，这种生命的欢乐实在令人销魂。她非常含蓄，也非常讲究。后来我才意识到，她以自己的方式谨慎而温情地教会了我什么，教给我复杂的日常礼仪，它们对"大都市生活"的自我约束做出了规定。她对我密切关注，严格管教；就像一位导演调教年轻演员身上的稚拙，她努力柔化我举止和观点的粗莽。我意识到在社交圈内，真正的礼貌是人们共同生存的唯一可能，这跟我在家里、学校里学到的知识截然不同，要复杂得多。我们在童年养成的"纪律"还相当低等；女演员努力用她美丽、轻柔的双手，解除我身上"低等纪律"的羁绊。她让我明白，真正的礼貌，并不是强打几分钟的精神参加一个我们并无兴致参加的约会；如果我们能把一次令人不舒服的约会无情地扼杀在萌芽期，那才更加礼貌……她教我懂得，如果没有无情，我们永远不可能得到自由，我们将永远成为同伴们的累赘。她还使我明白，一个人可以粗莽，但不能够无礼；可以挥拳打一个人的脸，但不能惹人厌烦；在那些对我们并没抱多少期待的人们面前假装充满爱心，实际上也是一种无礼。

晚上，我们总是去剧院。七点左右我去找她，等在她的客厅里；大饭店的隔音墙板和手工编织的窗帘，将这个优雅、可爱生灵的生活与世隔绝。如果她要登台演出——并不完美地扮演某出名剧中的重要角色，我就陪她到剧院门口，然后坐进隔壁的咖啡馆等她。如果一位女性赋予我友情，而她在专业上并不那么完美，这种情况总会让我感到一种身体上的痛。在她闲暇的日子里，我们会去莱恩哈德剧院；她解释说，没有意义去别的地方；有的时候，我们一连四五个晚上看同一出戏。我始终对她的私生活一无所知。后来，她嫁给了一位富翁。有的时候，她请我去她家用午餐，餐桌设在沙龙厅，饭桌上总是坐三个人。她不喜欢女人。她请来的"第三者"不是著名作家，就是德国贵族、富可敌国的银行家或叱咤风云的政治家。客人一走，她就会滔滔不绝地向我透露"第一手秘闻"——刚走客人的隐私，讲他现在跟谁住在哪里，遇到了什么烦心事，他有什么，没什么，喜欢什么。通过这些午餐，我慢慢熟悉了另一个柏林，当某位名人在什么地方遇到重挫或大获成功时常见于报端的那个柏林；有一种人，从来不会成为每日新闻。

我们之间没发生过"关系"，我想，我们根本就没有彼此相爱；我俩除了同龄之外，在别的方面都迥然相异，她要比我复杂，比我更老成、更有经验。我在所有人身上都期待奇迹，希望找到某种幻想；她则冷静地审视每位客人，注意他们的身体变化，吃什么，吃多少，留心哪一个动作、以什么样的方式泄露了客人内心的不满。有的时候，我需要陪她去外地城市，去温泉度假村；我从来不知道她前去探望的人到底是谁。对她来说我并不是"情夫"，因为我们都不是对方寻找的对象；我经常睡在离她不远的地方，但从来没有萌生过爱情；在我们的关系里，从第一刻起就缺少性别，我们之间完全是另一种亲密，我们都害怕会因为某个笨拙或不甚真诚的动作破坏这种信任。她以一种职业性的漠然和诱引，当着我的面穿衣、脱衣；我看着她，不抱任何欲望，那是一种充满特殊温情的爱，这种爱以某种复杂的、显然并不很"健康"的方式缔结，缺少了肉身的各种兴趣。通常来讲，我对这种"健康"，对人们在爱情中称为健康的所有东西都并不看重……在那段时间里，在舞会上，在聚会上，我的女朋友都是她亲自挑选的。

她掌握玄妙的秘诀：能够一个人独处。那些爱我、追我、亲近我的女人，几乎都是很好的人；她们对待我的态度，跟我对待她们的截然不同，她们更加通情达理，品行更高尚。我跟她们的关系都很短暂，一般见了两三面后，我就会或多或少地感到厌倦。但是，我以自己的方式爱那位女演员，我们之间维持的友情，要比任何可以想象的肉体关系都更可靠，我跟她友好地生活在一起：既不像男人与女人，也不像"同胞姐弟"——这样的同胞关系总会让人怀疑——而是更像两个男人，或更准确地说，像两个女人。在我的体内藏有女性的元素，她把它唤了出来，并把它收藏在黄金池里。我是那么温文尔雅，乖觉顺从，好像无论之前还是之后，我都没跟女人在一起待过。我会陪她散步，在寂静的房间里坐几个小时，看着她，看她坐在镜子前化妆，看她细心地护理身体——饭店的窗户朝向林登大道，冬日黄昏的街道上，弥漫着文明大都市的神秘气息——我听她通过屋里的电话跟陌生男人们撒谎或许诺。她从来没有要求过我什么，对我从不吝啬时间，夜以继日，温柔体贴，拥有某种非同凡响、格外珍贵的骑士风度。她很尊重我的忧郁，教我发现柏林的美丽，感受柏林的美好。她对孤独的艺术有着令人惊叹的理解力；她生活在贝壳内，就像一颗稀有的珍珠，价值连城；在那些怀揣欲望的人们眼里，她是可望而不可即的女人。

但是我对她没有欲望；也正因如此，她逐渐向我袒露了所有秘密。随着时间的推移，所有的面纱都从她头上飘落，这样的脱，要比所有的赤裸都更刺激。圣诞节的上午，她跟我说：

"凯泽[1]从监狱里放出来了。我们去看看他。"

---

1 凯泽，即格奥尔格·凯泽（1878—1945），德国表现主义剧作家，1918年卷入一场官司，1921年刑满释放。

6

　　我们乘郊区小火车从柏林出发，走了一个半小时的路程，终于抵达勃兰登堡伯爵家族的一个避暑地。那是一座简朴的乡村别墅，几幢花园小屋隐现在松林中、湖岸旁。陪我们同去的是一位柏林剧作家，凯泽的朋友，一位秃顶、耳背的德国先生。一路上他都喋喋不休，不等别人回应他的观点，就用力排众议的口吻大声断言："他是对的。"就在那天，在所有德国的文学咖啡馆和报纸上，都在争论这件事的对错。我们赶到那里时，天已经黑了。我们在一家小客栈投宿，屋里没有暖气，所有窗户都朝向湖水，房间已经几星期没有供暖，盥洗池里的水已经结了冰。女演员裹着裘皮大衣坐在床上，在烛光中，她神色忧伤地望着窗外。树林里，在白雪覆盖的小径上，伯利恒的孩子们[1]一脚深一脚浅地打着油灯在戏耍。"什么都不重要，"她说，"爱情也不重要。只有才华最重要。"她的声音很小，我知道，她说的是对的。一

1　伯利恒的孩子们，指圣诞夜孩子们在屋外游戏，传送耶稣诞生的喜讯。

个巳从生活中得到了一切的女人，一旦遇到真正的才华，就会藐视一切，摒弃一切。高傲、美丽、聪明的女人，一旦靠近才华，就突然变得谦卑起来。"凯泽很有才华，"她用固执的语调重复道，"他有权这样。"我缄口不语。我也这样觉得，他有权这样，但我拒绝凯泽采用的这种方式。这位作家想要"活着"——他到底想要怎么活着？这个我也很清楚，他想要旅行，想喝香槟酒——所以他才偷东西，从他的慕尼黑朋友，从他"恩人"的庄园里偷出价值不菲的波斯壁毯拿出去卖。女演员出于女性的本能从心里相信，凯泽是位"有品德的人"；我后来认定，他不会是她想象的那样。女演员冻得浑身打战。这个男人对她来说，意义远比"著名话剧导演"和临时情人更重要。她为他发誓，对他深信不疑，有那么一刻，只要男人想要，她可以为他付出一切；但我觉得，这种牺牲是白白的浪费，比错误更要命，是一场事故。我们坐在黑暗中，坐在冰冷的房间里，我们争论：有才华的人到底有权做什么？

　　女演员说，有权做一切。我惊讶地意识到，这也是我第一次意识到，那股迷人的宁静从她的身上消失了。她双手紧攥，像在乞求什么。她需要鼓励，需要帮助。

宁静的女人燃烧了起来，火焰熊熊。我这才得知，别墅是她租下的，也是她把凯泽一家，把他的妻子和孩子们安置到这里。我们坐在黑暗、冰冷的客房里，仿佛是在一部"栩栩如生"的小说中；但是，这部小说的主人公有无与伦比的才华。有什么东西在我们的眼前破碎了，我们拐进生活中的一条死巷，有什么东西结束了。我不认为对一位作家来说，偷壁毯、蹲监狱、和美女做爱、为喝法国香槟或开豪华汽车而挥金如土有什么好的。"作家应该活在生活的表层，"我向女演员解释，"模仿生活，十分专注地观察它，但是尽可能不要投身进去。"

但是女演员是一个无与伦比的高贵女人，美貌，年轻，善良，并且否认节制的必要性。她一窍不通，我是说，她根本不知道才华"有权"做什么或不做什么——简而言之，"生活"对作家来说根本毫无用途。因为在那里找到的只有物质；无论从质量上讲，还是从混乱状态上看，作家在"生活"中找到的都是一些无用之物。我对一位既想活着又想写作的作家，又能说些什么呢？……这次谈话一直持续到夜深。对我来说，那是一次难忘的记忆；当时，我在黑暗中道出了这个想法，这个每位创作者迟早都会意识到的认知；这一课是不可能从传闻里、

　　　　　　　　　一个市民的自白

从他人的经验中、从古典或美好的榜样身上学到的，就像那些直接作用到我们个体身上的任何宿命和法则一样，不可能从他人的经验中了解和接受。有朝一日，作家会知道自己的宿命，但他只能通过自己知道。在我们交谈时，我受到了某种命运的启蒙；我了解了自身的命运，并在那一刻把它讲述出来，几乎是自发地，带着冷静的自信。我越来越清楚地知道了什么是生活方式、写作和对生活的眷恋——我二十四岁那年，在"经验"匮乏的情况下，在一间漆黑的屋子里，获得了命运的启蒙，理解了这个与众不同的判决；我谦卑地接受了，那是适合我的唯一的谦卑。

写作，是可以让作家在其灵魂中纵容自己谦卑的奢华的唯一准则；否则就会带着冷酷的怀疑站到生活现象的背后，因为在那一瞬间，他在生活的"冒险"和"体验"中绕开了真正、完整的精神生存，从而丧失了作家的名衔。我就这样喋喋不休地诲人不倦。我们寻找生活的样板。女演员认定，"激情使人变得纯净，使人升华"。但是，这种苍白的德国式的理论并没能打动我。我回答说，只有写作能使人变得纯净。而且，我根本就不在乎一位作家在他生活、宿命所进行的地方，到底纯净不纯净。我只对作品的纯净感兴趣。我认为，假如作家将自己的好奇心给了生活阅历，那么他就迷失了自我。毫无疑问，王尔德[1]在蹲过监狱后再没能写出更好的东西;《雷丁监狱之歌》只是证明了伟大的才华什么都能忍受，包括"生活阅历"……

我们没有希望达成一致的看法，因为我想写作，而这位年轻女士想要爱谁。当我们动身穿过白雪覆盖的林间小路朝凯泽住的小屋走去时，夜已经很深了。房间里头应有尽有，但还是让人觉得像置身于一间旅馆客房，觉得住在里面的人不能保证周末是否付得起房租。房间里有着某种临时性的、既愤世嫉俗又惊恐无望的冷漠氛围，钢琴上摆着酒精炉，餐桌上摆着打字机和刚洗好的、还没晾干的尿布。三个可怜的小孩子在家具之间一声不响地摸来蹭去，孩子们带着本能的敌意，他们知道家里遇到了麻烦，巨大的偶像坍塌了，甜蜜的陌生人在胳肢窝下夹着成包的礼物，带着假装公正的笑容向他们俯身，实际上他们是食人族，靠他们全家人的血肉喂养自己。凯泽的妻子是一位高大、肥胖的金发妇人，以痛苦、无声的卑微接待"行善"的女

1　指英国作家奥斯卡·王尔德。

情敌和按踵进门的客人们：一位柏林记者和他的情人，一位未来派诗人和他的妻子，还有一位信奉共产主义的出版商，在聚会上，那人总以一种不满的眼神环顾四周，仿佛这天晚上只有他才真正地理解在天才身上发生的这出人生悲剧，仿佛那个壁毯是他偷的，仿佛凯泽的所有著作都是他写的。那位夫人，那位受挫诗人的妻子，后来坐到了孩子们中间，令人感动地将最小的男孩抱在膝头，整个晚上都充满敌意地一声不发。诗人在煮潘趣酒[1]。在这栋房子里，所有人都感觉像在自己家里，而且家里没有一个人，我们的举止都很放松。孩子们不时地开始尖叫或哭闹。

午夜时分，有人送来一封电报，内容是一份美国报纸驻柏林记者发给大家的新年问卷；这位记者想从德国名人们的嘴里知道，他们认不认识六个人；如果认识的话，哪几位是他们想在新的大洪水之日请上诺亚方舟的。凯泽将电报揉成一团，随手扔掉，神色冷漠地说："我一个也不救。"监牢并没有搞垮他。在这个人体内蕴藏着出奇的力量。他是第一位我能从他身上直接观察并体验到"天才悲剧"的悲剧样板，他是那类叵测"悲剧"的经典样板。在凯泽身上，在他的每

1　一种用酒、果汁、香料等调和的饮料。

句话、每个动作、每个行为里，都能让人感觉到某种宿命的力量，无法仿效、无可指摘的举止，天才的宿命。

我相信，他是一个天才，只出现过一次的天才，一个永远不可能再度出现的人类现象。在我的同时代人里，他是第一个让我明白这个道理的人：就作品而言，光有"天才"还远远不够；写作为创作者限定了条件，比我们所能想象出的条件要复杂得多，对写作而言，天才的能力只是其中一个条件。不管他做什么，无论他沉默，还是开口；无论他憎恨，还是无聊；无论他突然介入谈话使之发生转折，或是拒绝这样，这都是他，不可被说服，他刚愎自用，冷酷无情，小孩子气，并且——以他怯懦、羞惭的方式——惊慌失措。从他的外表上看，颇像一位超期服役的普鲁士中士。他是一个身材敦实、圆脑袋、小眼睛的金发德国人。一年之后，他加入了德国共产党。有一段时间他销声匿迹。偶尔，剧院里上演他的一两部戏，但并不太成功。在德国国家社会主义者统治的帝国里，他没有受迫害，因为他是雅利安人，但是他被赶进了巢穴。在新的强权扼住他的喉咙之前，真正的悲剧已经把他淹没了。

凯泽并不是经纪人常说的那种时髦意义上的"舞台剧作家"，他要比这个更重要。如果单看他的写作成果，我觉得他远不如那些勤奋、聪明的舞台剧大家们。在他所处的时代（十五年后，当我回过头来再看那一段流逝的岁月，仍觉得它比历史上一个已画上句号的章节要完美得多），或许他在我的同龄人中是唯一一个拥有力量和特殊能力唤醒先锋戏剧新生的人。

继豪普特曼之后，凯泽是当时欧洲唯一能够与之比肩的剧作家；萧伯纳拿大鼎，摆架势；皮兰德娄[1]当时还没那么有名。凯泽将自己剧作家的才华和罕见的文学天赋，全都牺牲给了时髦政治。他将自己的戏剧打造成时事政治的鼓动工具。他剧中的角色刚一登场，就以宣传画的风格在舞台上讲演。他不能承受这种成功，这种巨大无比的危险，这种对天才造成毁灭性威胁的危险中的危险。他四下嗅探民众的期待，极力附和他们的风格要求；他写人们希望他写的东西，不再写只有他才能写出的东西。我对他出类拔萃的能力十分尊重，尤其尊重他用来观察生活的特殊、酸涩、羞怯的好心肠和火暴脾气。在那段时间里，我为女演员写了一部戏——专门为她写了一个"角色"——那部戏里写了一位作家的悲剧：一

---

1 皮兰德娄，即路易吉·皮兰德娄（1867—1936），意大利小说家、戏剧家。

位绝望地从写作逃进生活的作家的悲剧。这出戏从文学上讲是不错的，但作为戏剧还是很弱，最后以这么一句漂亮话结束："语言扼杀了生活。"但是，凯泽只是希望能够这样发生；生活，出于次等的行为欲望，要比他内心文学行动的动机更为强烈；生活扼杀了他的文字。

7

这年冬天，罗拉被送到柏林，为了能够"忘掉"什么。她是一个在小城市里娇生惯养的富家闺秀，怀揣一股对父母粗莽的"敌意"。有一天，她带着少女时代尚未完全愈合的爱情创伤，在安哈尔特火车站[1]跳下列车。柏林城，到处充斥着化装舞会的喧嚣。她寄宿在一位亲戚家，在选帝侯大街附近，这位亲戚是她的舅舅，是最大的一家德国报业公司总经理。这些亲戚都是富人，而且都买了大房子。罗拉就在他们那里，过着她的"社会生活"。

她想要"忘掉"的那个男人是我朋友[2]。有一天，这人写信向我求助，要我去找罗拉，对他俩的事情表一个态。

---

1 柏林的一家老火车站，战争中遭到毁灭性空袭，现只存遗址。
2 指米哈伊·厄顿。

读完信后，我把信随手一放，并没把这事放在心上。几星期后的一个晚上，我跟罗拉在剧院巧遇。当时，正好我父亲也来柏林看我。父亲从布拉格过来，只逗留一天。那时候，我父亲在捷克斯洛伐克任匈牙利党议员，他利用一个上议院休会的机会转道来看我。无论之前，还是之后，他都没有到过柏林。我不清楚什么是"偶然"，这种邂逅有没有什么特殊意义？——不管怎样，我把这次见面记录下来：这两个人，罗拉和我父亲，这天晚上在柏林见面。就我的生活而言，他们确实是跟我有过什么关系的两个人。我们在剧院的前厅不期而遇。父亲在我的提醒下，机械地跟罗拉打了个招呼，并朝她的背影瞥了一眼，心不在焉地问："这个人是谁？"我告诉他后，他很有礼貌地说了一句："她很漂亮。"随后我们回到了观众席，再也没有提起过她。

第二天，我父亲启程离开，仿佛他只为了这次碰面——他这辈子第一次也是最后一次——来到柏林的。下午，我在选帝侯大街的一家咖啡馆露台上跟罗拉约会。我给她讲了朋友的来信，结结巴巴地说了两句什么无关痛痒的话。随后，我尴尬地沉默；她也一声不语。我们俩心里都很清楚，我们坐在这里已无事可做。这样的约会总是很简单。出生也很简单，死亡也一样。我对我的朋友从来没抱过一刻的"自罪感"。我装不出那种虚伪、扯谎的"骑士风度"。其实，这样的约会既没有意图，也没有确切结果。我什么也没做，也没有什么好做。后来，我多次从男人们手里抢走女人，男人们也从我手里抢走过女人。这种时候，我有过自罪感，或者感到羞惭，或者强词夺理，总之每次都能给这种法国式的四角关系做出"解释"。当我跟罗拉约会时，我既没有跟自己解释什么，也没有跟别人解释什么，就像一个人觉得没必要解释自己为什么活着，为什么呼吸。我在巴黎有一位朋友，住在瓦格兰大街，有一天下午四点钟，他在街上"叫住"一个女郎，后来跟她生活在一起。女郎还是处女，跟他走了。他们去了一家小客栈，从那以后一起生活了十五年。我跟所有人的关系都是这样开始的。我从来没"追"过任何人。我也不知道该怎么追——要么在约会时互相看对方第一眼就水到渠成，要么一切谈话都是枉费气力。我们坐在选帝侯大街的露台上，已经谈了有半个小时，之后我们都缄口不语，看别人跳舞。我对那天下午的每个细节都记得异常清晰。可以这么讲，我们根本还没谈自己的私事，我就已经满腹心事地坐在她旁边，盯着舞

　　　　　　　　　　一个市民的自白

女在心里暗想：我们以后靠什么谋生呢？这种本能的直觉，对两个人的关系起着至关重要的作用，不可能误解。后来，我们一起去看戏，去莱恩哈德剧院。那里正在上演斯特林堡的《一出梦的戏剧》。"为人类感到惋惜"，海伦·提米格[1]演唱。那是一个盛大，却不迷狂的夜晚。我们两个人都情绪不佳。那是一种"我们到底需不需要这个？"的感觉，焦虑，忧伤。必须得认识什么人，带着所有的秘密和所有的结果：就是这个，用嗲气、平俗的字眼讲，被称作"爱"。相识，完美的相识，从来都不那么罗曼蒂克。我们心绪惆怅地往家走。当我们在大门口告别的时候，我意识到，她哭了。我们两个都尴尬得不知如何是好。我还从来没有体验过这种在小城市的市民家庭中称之为"伴侣"的感觉。我还没到二十三岁，我是个诗人，靠临时性的收入谋生。

几个月后，我娶了她。柏林的亲戚们赞成这个计划。罗拉的舅舅出身于古老的柏林贵族家庭，是一位风度翩翩、温文尔雅的稳健派[2]绅士。他家里聚集了一大批德国

1　海伦·提米格（1889—1974），奥地利著名的戏剧和电影女演员。
2　原指19世纪上半叶流行的德国中产阶级艺术流派，这里指男人老派、沉稳的绅士派头。

名流：作家、前军官、实业家和将军们。他们的家宅大得出奇，老先生挣钱很多，但生活简单得令人难以置信。他们第一次正式邀请我去吃晚餐，一家人穿着节日盛装围桌而坐，女主人客气地劝我再吃一盘，因为"没有别的了"——当我按照家乡的习惯婉言谢绝，他们也不坚持，一家人继续享用冷餐，后来我才意识到，之后并没有下一道菜。他们经常在豪宅里大宴宾客，晚餐只有"德式三明治"和盛在黑盘子里的猪肝馅饼。老先生很喜欢我，有时非常隆重地写信邀请我过去"小酌一杯"。这有如授勋一般的邀请，在精心布置的仪式中进行。我们穿着黑西装，气氛沉闷地坐在那儿，围着一瓶葡萄酒，一脸虔诚地品饮高贵的琼浆。在我们家乡，如果来了客人，立刻会拎来一大桶酒。罗拉的两个表妹是女售货员，战后的柏林女孩都过着自由的生活。女孩们不带男伴去酒吧里寻欢，去"克罗尔[1]"，或去"动物园"参加著名的画室狂欢；这一类娱乐，并不是完全无害或毫无危险。凌晨时分，在"动物园"的大理石厅堂和楼梯昏暗的角落里，情侣们躺得横七竖八，有的在呕吐，有的在做爱。

1　指柏林歌剧院的建筑。

在这些柏林的化装晚会上，参加者将市民的道德准则抛到了脑后。在拂晓的朦胧中，"柏林西区"最上流家庭的闺秀们在台阶上打滚，躺在陌生骑士的怀抱里。后来，我在巴黎目睹了几次著名的画室狂欢，可那里的参加者也不会一直呻吟到黎明；这种疯狂的群交是柏林酒吧的唯一目的、意义与结局，我在别的任何地方都不曾再见到过。

罗拉的表妹们三天两头泡在酒吧。没有人在乎她们在这些化装晚会上的经历。她们的父母不在乎，她们后来嫁给的市民丈夫们也不在乎。对父母来说，已经成年的女孩们一个人在夜里游荡，直到天亮才衣裙皱巴、花环歪斜、发绺散乱地回到家，这很自然。简而言之，在化装晚会上发生的事情什么都不算；只有在白天——在苛刻的市民生活中，在符合全部规矩、章程和严格仪式的情况下——发生的事情才算数。这种不言自明的约定是说，女孩们的性自由一直持续到出嫁之日。这些柏林的女孩们，在疾风骤雨般的化装晚会后，带着天真无邪的羞涩嫁给在酒吧里遇到的某个舞男，摇身变成妻子和孩子们的母亲。这些女孩说起肉体之爱，就像谈论某项工作任务。后来，她们有一天退缩到婚姻里，结束了她们的爱情生涯。

对于家长们的自由主义态度，我一直未能找到恰当的解释。在这些柏林的市民女孩中，绝大多数都像罗拉的两个表妹，有着极其严格和精心的家教。在言谈中，父母们很难说出什么淫词秽语或轻浮的笑话。但是，他们对女孩们在走马灯般赶赴的舞会上偶尔怀孕，却又觉得再自然不过。那是一个有趣的反常世界；而且，不可救药地陌生。

8

初春，我们结婚了。我十分郑重地担负起一家之主的义务。首先，经过很长时间的深思熟虑，我买了一只鞋柜。我为了买这件必要、有用的家具，花掉了准备用来置备全部家当的钱——几百万或几千万，鬼知道花了多少。之后，别的我什么也没买。那是一只非常漂亮、硬木做的、对开门的鞋柜，里面能装二十四双鞋。几周之后，就在通货膨胀爆发之前，我们在动身去巴黎时将这只鞋柜送给了柏林的房东。我们若把它带到巴黎，不仅太麻烦了，而且毫无意义，因为我们总共只有三双鞋。

不管怎么说，我这样解释我买鞋柜的行为：我尽了自己所能尽的力量，我准备过神圣的生活，准备让罗拉过可以保持品位的舒服日子。她也是这样感觉的。我们把鞋柜摆在房间的正中央，里面放了三双鞋，由此开始了神圣的生活。我一大清早就离开家门，因为我觉得自己必须去找工作，应该做点什么事。从我们婚姻开始的第一刻起，我们就身无分文。的确，在那个时候，钱在柏林也不算什么，我们的口袋一天比一天被印满百万数字的纸钞塞得鼓鼓的。从某种角度说，"生活问题"简化成了某种真实的意义。我在早上离开家门，就像一个远古的农夫、猎人或渔夫，脑子里在使劲地琢磨：怎么能在戈壁滩上搞到一块黄油或几块甜点？我的家人并没把我们的婚姻当一回事，我们想住在哪儿，想以什么样的方式生活，他们完全听凭我们自己选择。他们等待这桩可笑的、孩子式的婚姻结束，他们认为我俩的婚姻维持不了几个月。有一段时间，他们在信中并不明言地暗示我，我可以在维也纳，在一家银行里谋到一个职位。这种机会让我震惊。我做梦都没想过，自己将在维也纳或别的哪个地方的银行里供职。我并不想找任何职业，尤其没有想过当"退休者"。我心里暗想，我已经有一个自己的职业，要做一辈子的职业，我已经有了一份工作，虽然"收入"不多，但完全可以够我花的。

在最初的几个星期里，我们的钱比后来更少；但是在当时的德国，没有人那么在乎钱。在那几个星期里，我在柏林的朋友们都在炒股，自然挣了很多钱。很多人不久前还付不起房租，转眼就在选帝侯大街或西区的小巷里购买位于街角的整幢房子。这并不需要你有什么特殊的知识：一个又饿又渴的外国人，只要张开双臂站到证券的尼加拉瀑布前，你手里能抓住多少就能抓到多少。人们在遥远、隐秘的地方工作，柏林的投机者们对这样的工厂一无所知，很多人根本不知道这些工厂在生产什么，他们只需站到银行分行交易台的铁栏后，或委托代理人购买这样或那样的"证券"——的确，买东西的时候连钱都不用付，而是使用某种贷款。"证券"那天还值十万，第二天就会值三倍或三千倍……每个人都有"贷款"，每个不工作的家伙都能搞到钱。但是绝大多数人，那些劳动者们，在这场风暴中愚蠢地踉跄，用呆滞的眼神盯着一个土豆或一只破鞋底，仿佛是看祭坛上的圣物。我没有钱，所以也从来没炒过股，我瞧不起这种赚钱的方式，甚至觉得厌恶。在我看来，即使玩纸牌也比这种光天化口下的集体抢劫要道德得多。我没有"证券"

我想，在那段时期内的柏林，只有诗人没有"证券"。

我给一家考绍和一家艾尔代伊[1]的匈牙利报社投寄文章，都是一些抒情短文，我就靠他们支付给我的几张外国纸币养家糊口。罗拉无条件地相信我，她相信我懂得该如何生活，认为我在解决烦琐复杂的日常俗事方面极其聪明，很有经验。但是很快她就明白，我对现实生活一无所知。狂风在我们头顶呼啸，我们在暴风雨中惊恐地活着——勉强地活着，我们怎么能够在这里"开始"？我能做出什么样的计划？一个人在这里能干些什么？什么命运在等待着我们？这个"家"对我们来说有什么意义？……从家乡传来的消息也令人震惊，让人难过。哪里能容下一位诗人？哪里都不能。那段时间，我跟德国人中断了联系。我没把手稿寄给德国报纸，我在我的德国编辑面前感到羞惭，况且，给他们投稿也挣不到钱，他们付的稿费不等我从银行里取出拿到街上，就在我手中变成了废纸……罗拉待在家里，我从早到晚在城里游荡，绞尽脑汁挣钱。但是绝大多数时候，我只能买些糖

1　即特兰西瓦尼亚，在中世纪曾是一个公国，历史上归匈牙利所有，一战后划归罗马尼亚。

或书，神情沮丧、一无所获地回到家。

这个"家"，我们的第一个家，单从所陈设的柏林家具来看，颇像一个大户人家。跟大多数柏林家庭一样，这里也堆满了笨重的德式家具，尺寸惊人的扶手椅、石膏像、瓦格纳头像、爱国主义和神秘主义风格的木刻，给人感觉像是进了瓦尔哈拉神殿[1]，还摆着威廉皇帝的铜像和大理石雕的腊肠犬。

我们的生活方式在德国家庭看来有点不可思议。我们起得很晚，睡得很晚，每天洗澡——尤其是我们过于频繁地洗澡令他们不悦。在柏林建有最漂亮的浴室，但在战后，人们洗澡越来越少。不过，公开的冲突后来只发生在斯托普家，在我们搬去几星期后，有一次罗拉烤面包。那时候，我们靠发酵粉和植物黄油度日已经好长时间了。罗拉烤蛋糕的本事远不如我，但不甘落后——也不知她从哪里搞到一份家乡食谱，花外汇搞来五只鸡蛋、面粉、糖和巧克力，开始在斯托普家的厨房里揉面，烤制。女房东用怀疑、忌妒的眼神暗中观察。当她断定罗拉将五只鸡蛋全都打到蛋糕里后，一场令人不解的冲

---

1 瓦尔哈拉神殿位于德国巴伐利亚州雷根斯堡以东的多瑙河畔，是纪念德国历史上著名人物的新古典主义建筑。

突爆发了——她歇斯底里地尖叫，在房间里冲来奔去，鼓动斯托普先生、仆人和孩子们也加入进来；从她语无伦次的话里只能够听出，罗拉玷污了德国人的习惯。"可耻，可耻！"她大声嚷道。他们丧失理智地说啊，喊啊，叫啊，斯托普先生也跟着帮腔，要我们尽早离开这幢房子。就这样，在这尴尬的一幕发生后的下一个月的第一天，我们搬了出去。那次"丑闻"的原因，我们始终没弄明白。也许他们误解了罗拉的意图，他们以为罗拉故意嘲讽他们因通货膨胀忍受的贫穷，当她挥霍五只鸡蛋做一块蛋糕时，斯托普一家一个月也吃不到五只鸡蛋。在战争期间，他们学会了秘传菜谱，用胡萝卜干做"烤牛排"；不管怎么说，他们吃了很多苦！假如他们是从这个角度理解那次悲剧性尝试，我可以理解他们的愤怒。罗拉只是搞到一份私家秘方，开头的第一句话就是："取五只鸡蛋……"她根本没有任何恶意。其实，即使在通货膨胀期间，斯托普夫妇也要比我们富有得多，我们只有一只鞋柜，曾经有过。我们总不至于用一份家乡食谱，破坏了什么股市的秘密。对于这类厨室机密，不同民族的反应截然不同。就连四岁的小男孩，金发的赫尔穆特，也觉得我们"侮辱"了他们。

9

我为自己的年轻吃了许多苦头，受到各种伤害和羞辱；我真想马上长出胡须，因为谁也不把我当成"名副其实的丈夫"。事实上，我在婚姻中的感觉并不那么良好。一方面我心里对罗拉抱有情感；另一方面我的焦虑和抵触不断升级，让我感到处于一种陌生的境地，仿佛一夜之间我们不得不在极地气候中求生。简而言之，我缺少投入婚姻——这一探险行动的必要装备。我习惯了爱上一个人，然后忘掉她。当然，我不可能把罗拉忘掉。从第一天开始，我就惶惑不安。我不知道我该相信什么，该渴望什么——我非常渴望罗拉、我的家人和熟人能把我当成"名副其实的丈夫"，但是与此同时我又心怀疑虑，担心这种努力维系出来的状态有一天会告终，就像迄今为止所有人际的、爱情的关系一样，有一天夜里我不再回家，之后我们通一阵电话，我把鞋柜送给罗拉，随后我去哪个国家旅行。我根本不知道作为一个丈夫该怎么行事，跟朋友们一起时我总感到精神紧张，拿着一家之主的做派为一些经济、政治问题争论不休；不同的仅是，我没有点一支雪茄……我不知道罗拉是否看出我绝望的努力，是否真的看透了我。我认为她看透了。她在人的事情上，在对人的判断上，毫无疑问要比我有经验得多。有一点可以肯定，我们不是一对寻常夫妻。我把自己打扮得像一位诗人，即使在冬汛季节，我也只穿一双单鞋和夏天的衣裳，仿佛没把残酷的自然法则放在眼里；我唯一的一件保暖衣裳，是父亲在韦尔泰姆百货商店给我买的毛线背心。那次父亲来柏林看我，实在忍受不了我那身要命的古怪打扮。这是我唯一的一件保暖衣裳，在我年轻时有人买来救我的"命"，为了我不被冻死……当时，我的自尊心受到伤害，我记得，我都没为这件背心道一声谢。

在我们新婚后的前几个星期，罗拉哭了很长时间；她察觉到有什么不太对劲，通过比我敏感得多的本能，她察觉到要把在这里的日子过好几乎不可能。我们咬紧牙关，愁眉苦脸地守在一起。对外，在我们家人和朋友面前，我们摆出一副"回头我让你们看看"的架势。我们两个都担负起角色；但是生活不是演戏，所有强摆硬撑的样子迟早都会摔成碎片。我就像一个年长的丈夫，心烦意乱地开始了我的婚姻生涯；我揣着一肚子主意回到家，经常生气，吵闹。罗拉像对一个孩子那样安慰我。她只能绝望地感觉到，我遇到了什么巨大的烦恼，不是现在，也不是我们之间，而是很早以前的事——我遇到了什么打击，我的心碎了，我不能完全将自己投入一种情感或一种关系，我因为什么事情生气，我很早以前就开始生气了——当然，我们谁都不知道，我到底因为什么或因为谁生气……连我自己都不清楚。我所能理解的只有这些，我承担了什么，由于这种承担我必须不惜一切代价地保持团结——我从哪儿能知道是什么样的代价？从第一刻开始，从我们的言行里就泄露出了某种意愿；但我们对此一无所知。我们都向对方表现出荒诞、粗鄙、完全没有必要、自欺欺人的骑士风度和忠诚，都在相互扮演心灵高尚、浪漫、可爱的角色，这一切赋予我们的内心活动以外在的表现。至于我们心里的感受，没有人知道，我们自己也不知道；但是内心活动与所下的决心无关。

　　不管怎么说，在我们婚姻的第一年，我们在柏林的所作所为都是一场彻底绝望、惊恐万分的"过家家"游戏。我根本不清楚，供养一个陌生人，对一个人来说意味着何等巨大的责任！我更不清楚，一个人无法靠近、无法改变的秉性到底是什么。在这段时间里，我总是不停地需要很多人。在我的同龄人中，大部分人都相继紧跟地逃进这孩子式的婚姻里。我们不惜代价地想在我们头上支起一片屋顶，建一个"家"，用我们笨拙的手为孩提时代未能感受到的家的浪漫，拼凑一个扭曲变形、粗陋不堪的顶替品。这一代人在所获得的所有"体验"中唯独缺少的就是家的体验。我们在国外租住的房间建了一个家；有鞋柜，没有"前景"。不过，在那个时候，我的生活能有什么"前景"？在柏林大学的名册里，始终保留着我的名字，我已经当上了"丈夫"和"养家者"，但我还是在期末偷偷地跑到林登大街的尽头，报名上了半个学期……只是没有人能够告诉我，我拿一个文凭能干什么。不管我往哪个方向看，前面都是漆黑一团。身后是战争和革命，眼前是政治和经济的颠覆，是"价值再评估"的混乱时期，最流行的是口号。我们在这样的机遇中"建立家庭"。许多年里，我从来不能肯定自己从哪里能挣到下两个星期的房钱，我们会不会有吃午饭的钱。跟在家乡相比，这是另一种贫困。在家里，人们的日子过得很穷：没有钱，命运不好，但至少有一个可以栖身的小窝，也总能有一小块面包吃，哪怕又干又没味。可是在国外，陌生的巨人扼住我们的脖子。我们生活在焦虑、惊恐、无助的世界里。我们有充分的理由从这个"家"，从这个拼凑的、孩子式的家的责任前连滚带爬地逃离。

罗拉在方方面面都很"节俭"。她把省下的马克存在一只旧雪茄烟盒里，这些马克到了第二天连面值的十分之一都不值。当德国的中产阶层和工人阶层，总共六千万人，一天又一天地丧失一切，她却毫不动摇地认真推敲，我们是坐地铁，还是坐电车，估算哪种交通方式最便宜。我怎么跟她解释都没有用，在排山倒海的大毁灭里，这种审慎改变不了我们的命运——当数十亿计地砍价时，亿就变成了零头。慢慢地，我让她懂得了这个"零头"的含义，我也自我封闭起来。

10

我在法兰克福开始喝酒；到了柏林，我变成了正经八百的酒鬼。二十一岁时，我就已经习惯让女仆每天早晨端一杯咖啡和一瓶白兰地、威士忌或小茴香酒，到了晚上，这瓶酒我会喝完最后一滴。我绝望、厌世地醉饮。我用最烈的白兰地开始一天的生活，然后用伏特加结束。我总是醉醺醺的，在那些年，我需要那种半意识状态。某种日子开始了，而这种日子离开了麻醉品就无可忍受。为什么一位健康、并非没有教养、不管怎么说都很娇气和讲究、风华正茂的年轻人要让人给自己送白兰地？这不可能还有另一种理解。正像俗语所说，"世界展现在我的面前"。没错，我周围的人也都酗酒。在我法兰克福的朋友圈里，大部分都是内心相当细腻的人；作家、艺术家、所谓的唯美主义者，他们从上午开始就痛饮白兰地。有好些次，我心怀好奇地观察我的那些熟人们，他们都是自然而然地酒精成瘾。德国人，其实是一个明智的、奉行市民道德的高尚民族，那些年的生活让他们实在难以承受。很少有人为了醺醉饮酒。一个人遭受各种伤害，有一天他再也承受不了，这个时候，他开始饮酒。

我在真真确确的白兰地氛围里开始饮酒。在家乡，人们轻饮小酌；我从来没看到父亲和他的朋友们醉过，然而葡萄酒每天都摆在桌子上。像我们这样每天都喝白兰地的人，在家乡人眼里算得上酒鬼了。德国人饮酒，根本没有感染我。在法兰克福，在"卫戍营"附近的一家荷兰人开的白兰地酒馆里，城里高地位、有名望的酒徒们每天上午都在那儿聚饮。上午十点，他们已经开始用大肚酒杯灌杜松子酒。我一脸苦相地坐在他们当中，根本就觉得不好喝。在这里，我第一次在德国人中看到酗酒的犹太人。在那之前，我觉得犹太人鄙视那种为了自己的"盲目"饮酒。在这里，在大学，在兄弟会[1]，那里接纳了他们并且容忍他们，他们怀着痛苦的自尊向酒精求助。在大学，我们所有人都饮酒，德国人，外国人，一呼百应；我们脸色阴郁、情绪厌恶地饮酒。当我意识到自己时，我已踯躅在酒气熏天的世界里。

　　显然，我是个有病之人，因此更没有能力承受什么。周围人只需把酒递到我手里；假如他们没在法兰克福教我饮酒，那么在大学或其他什么地方，在无论我浪荡到哪儿都颓唐散漫的社交生活里，很可能我会直接逃入其他种类的麻醉品里，也许会去寻找比酒精更加危险的镇静剂。的确，光喝酒并不能使人镇静。我记得有一年，我二十岁到二十一岁那年，每天晚上，准确地说是每天早上，连酒精也不能让我入睡，每天睡前我都要吃鲁米那[2]。焦虑感和强烈、抵抗的恐惧想象压倒了鲁米那的催眠作用。我吃鲁米那入睡，感觉就像晕厥一样；在深沉、无梦、滞闷的睡眠之后，我没精打采地醒来，立即去抓白兰地酒瓶。在这种生活方式下，再坚韧、再健

1　兄弟会是1815年在海德堡诞生的学生组织，后来遍及德国各地，是主张德意志统一的民族主义团体。
2　鲁米那是一种镇静剂。

康的年轻人也会很快变成一副烂皮囊，当初我也非常健康。我真不理解，我的内脏和神经是怎么承受的？事实上，我看上去根本就承受不了……但是，这种生活方式，这些一度滥用的麻醉品，还是帮我度过了生活中的许多危急时刻。现在我肯定地知道——这一点有许多细碎的符号记忆可以确凿无疑地证明——在那段时间里，我生活在慢性的生命危险之中，只有酒和毒品可以消除这种危险。比方说在德国，我不管白天黑夜都总是攥着一把上了膛的左轮手枪；如果我睡觉，手枪就躺在床头柜的大理石桌面上；我揣着左轮手枪去咖啡馆，去编辑部……为什么？我害怕谁？谁也不怕，我是怕我自己。在深埋的、优雅的、可以触及的记忆背后，有着某些令人无法忍受的羞辱记忆折磨我；有的时候，我一"想起"这些，这种羞耻堵在我的喉咙，就像受到身体攻击，被人蹂躏，扼住喉管，我阵阵作呕；准确地说，是我的身体想起了在某个场合我不能找到关联的记忆。这种耻辱究竟是什么？我到底在哪儿受到的伤害，让我承受如此的羞辱？我不知道。直到现在，我仍不知道。但是有一天，我能够忍受了这些记忆，不再痛楚，不再出现那种身体的不适感和无法忍受感；于是我不再需要安眠药，我跟酒的关系也变得较为健康，较为愉悦。离开麻醉品，生活难以承受；那些一旦离开助行器就无法保持身体平衡的人们，即使在今天也会对那些工具心怀感激，同时又投以怀疑的眼神，几乎是吃惊的怀疑。他们藏了什么秘密？毫无疑问，"健康人"也有，只是非常少。也许在女性当中可以最快找到简单、健康的心灵。我认识不少年长的女士，她们令人惊叹地承受生活之重，命运把她们放到哪儿，她们就在哪儿随遇而安，直至生命的最后一息；大多数情况下，她们的寿命远远超过平均寿命，"她们的秘密"不是别的，只是服侍和屈从。（茹莉表姑七十多岁时，有一次我开玩笑地问她长寿的秘诀——她不假思索地回答说："要保持常态。"）但是年轻人是没有常态的。

毫无疑问，我有神经症，我的神经症源于儿童时代的伤害；那时候，我对弗洛伊德知道得不多，几乎可以说一无所知，他的天才理论后来是通过外行人和庸医们的热心推广而变得那么流行，可我当时一窍不通。病人的心灵可以最准确地了解疾病的本质，他们确实花了很多心力和精力寻找灵丹妙药。后来，我吃惊地读那段时间写的信和诗歌——诗歌几乎写明了诊断，信件确凿地记录了病因。当我接触到精神分析法时，再想采用那种方法已经为时太晚；

快四十岁的人了，再做各种精神分析纯属浪费时间；太多的记忆，复杂地沉积，在伤口上已结了许多层痂。我相信，对年轻人，对相当年轻的人和患有神经症的孩子们而言，精神分析法确实能够取得疗效；或许对年龄再大些的人也有帮助，如果精神分析的学术之光在黑暗中照亮某种类型的创伤，可以让比较简单、不太成熟的心灵变得轻松；但是我从来不把它作为"治疗方法"，因为我不相信场景可以再现，因此我不能将它当成避难所。我见过不少神经症的病人，不用精神分析法也治好了；那些较为成熟的心灵，有着惊人的毅力和抵抗力；新的生存条件有的时候能使病人自然痊愈。弗洛伊德理论的天才活力与美感令我着迷；我认为"梦的解析"是20世纪最伟大的重要发现。我也能够想象，精神分析可以教会较为单纯的人更耐心地行事。即使有像"治愈"这类的情况发生，也是出于多种偶然影响因素的综合作用。当周围的骗子们和神医们正组成黑压压的大军鼓吹并滥用精神分析法时，我一方面拒绝接受这种疗法，同时我也怀着敬重和热忱了解这一理论，它对潜意识深层和未知生命的探索。毫无疑问，那些预言有损弗洛伊德的形象。我通常见到的情况是，神经症患者有时没接受精神分析也被治愈了；有时接受了精神分析后病也没好；还有时没做任何治疗，病人自己就康复了。当我了解了这一切时，尤其是当我细读了弗洛伊德的书时，神经症对我来说，已经多少变成了生存需要，工作的装备和条件之一；打一个粗陋的比方，我带着神经症"生存"，就像东方乞丐向人展示露骨头的断肢。

罗拉对这一切都一无所知。她只是惶惑地注意到，我有病。她始终不了解"疾病"的本质，对她来讲，它陌生得就像一个陌生人。她很难陈述我的"症状"。当神经症已出现身体与脏器的症候及功能紊乱，想要对付它不是一件容易的事。我的"疾病"最先表现为言行举止的古怪莫测。我从来不知道醒来时有什么在等着我。即使在今天，跟我一起生活也是一件令人疲惫不堪的事……罗拉在当时就感觉到了这一点，并已为照看我的这种隐疾做好了准备。神经症患者的共同特点是，敏感期会周期性地反复出现。我十五年前的状况跟现在的差不多，偶然发作，一小时就会变一个主意，会突然觉得必须去旅行，用不着任何特殊的理由；有时我只离开几日，但也有时候，我一走就是几个月。这种时候我不会克制，我什么都不管，不管工作，也不管周围情况。这种危机过去后，接下来是一段相对的平静期。一个人总能忍受这种"疾病"吗？总能忍受自己受伤心性的胁迫吗？我认为，能够忍受很久。这一切都是可怕地故意而为。就像一个人嗓子疼，我抱着同样客观的态度观察神经症的变化。一个人能够忍许多事，只要他很想忍，几乎能够忍受一切。神经症初期，我感到这种典型的焦虑，莫名的担忧，一开始就把人压垮了，患者感到万念俱灰，不由自主地自惭形秽……即便这样，我还是认为，心灵能在某种程度上战胜这种恐惧状态。这种焦虑——所有的神经症情绪——就像一团迷雾笼罩在心灵深处，有些东西我们处理不了，比如欲望或记忆，我们对自己的束手无策感到恼火。但是随后，经过一段时间，通过残酷的代价和艰难的努力，我们还是能够征服它的。我相信意志。我相信，人类能够借助意志和隐忍凌驾于雾气蒸腾的潜意识沼泽之上。我蔑视自己体内的神经症，我动用了意识、意志、隐忍等一切工具与它搏斗。我相信品质及其最高级表现——良心，能够维持我们疾病本能的监护与平衡；我相信生活加写作的综合疗法。缺乏这种能力的人，那就能怎么活就怎么活吧，或者坐以待毙；没有人关心他的命运……罗拉用她惊人的本能感知到我的疾患，她相信我能以这样或那样的方式承受它。我们俩的关系在婚姻的最初阶段，大概是一位患者与耐心照看他的护士之间的关系。

她怀着一股特殊的力量守在我身边，我清楚地知道，我最艰难的时刻是在她的帮助下度过的。这样的努力男人很少付出，女人也只是在极特殊的情况下才能这样。这颗心灵——罗拉的品质——从耗之不尽的储备里获取能量，随手挥霍。

11

罗拉是第一个探寻通向我的孤独之路的人；我惶恐不安地进行防卫。作家的意义，就是孤独。我总是逃避友谊；我觉得那是一种出卖，一种懦弱。在新教徒的德国人世界，保持孤独并不是很难。在灵魂内、性情中和品位上，我还是一个非常虔诚、不可改变的天主教徒。在这段时间里，我了解了法国诗歌，读了维永、魏尔伦、克劳德尔、马拉美和佩吉的诗作。尤其是维永和马拉美的诗句，十分熨帖地打动我的心；从他们的诗文里，我听到了亲人的声音，就像许多年前我从卡夫卡的书中听到的一样。这种亲情不是风格或气质，也不是出于观点的相似才将自己记入某个家谱。一个人归属某个精神家族，在这个等级体制里，在我看来，歌德是鼻祖，之后随着时间的流逝，我们找到了新的家族分支，出现了私生的精神兄弟和叔伯。当我拿到佩吉的书时，我是那样地喜欢，仿佛已经阅读过一样。这些灵魂对我来说，就像在一个家庭内用暗语交流的亲缘灵魂，用不着解释，我就立即能明白对方想指什么，想说什么。正是这些灵魂使我内心充满了作家的孤独；朋友和情人从来不会。

我小心翼翼地维护那块属于我的天地，采用实际手段，借助于生活方式和谨慎态度，尽量不让罗拉破坏我的孤独。灵魂有它最后的避难所，作家最终会逃向那里，寻找真理，但也将某些真理据为己有，不愿示人。我总是尽量做得自主而开明，保持真诚；我蔑视所有低贱、怯懦的不耻行径——我从来没有自己的"秘密"，生活赋予我的一切，我都像写报纸新闻一样记录下来——但是那个"秘密"，那个让我不能成为别人、只能成为我自己的"秘密"，那个让我"与众不同"的秘密，我绝不会告诉任何人。这个秘密的揭秘，通常被称为"艺术"。罗拉的进攻，迫使我变得小心翼翼。我必须意识到，她也有"秘密"——由于她不是艺术家，这个秘密无法公开。从后面的这个推测看，女人们确实为爱情付出了许多；假如我们揭开她们的秘密，会发现她们整个一生都在玩一场轰轰烈烈的游戏，而且她们当中大多数都是输者。

她的"秘密"是什么？我在罗拉身边开始猜测，忧心忡忡地憋闷于心，并且好奇地寻找蛛丝马迹。我心里明白，通过一个人的言语、观点、行为、同情心和憎恨看到的那个人，根本就不是这个人——在绝大多数情况下，那只不过是某样东西或某个具体人的投影；所有人都如此，在世界面前蒙了七层面纱，隐居在内心深处，活在可以触摸的外表背后。这让我感到可怕和吃惊。在此之前，我只是负责任地生活在大众中间，意识到他们的存在，并且做出判断；现在我开始关注他们，带着自觉自发的虔敬，对每个人都区别对待。这种突然注意到每个人的"个性"、秘密和个体存在的虔敬，是一个灵魂发展的浪漫阶段。在此之前，我对人总是根据他们的魅力做出判断。现在，我突然感到这种痛苦并快乐的惊喜，仿佛对我来说，"大众"的概念消失了；每个人都是相互独立的世界组成部分，都值得我们去探险去发现去查找去记录，穿过热带雨林和动植物群落，一个人的生命远远不够……这样的好奇心，一个人永远不可能从书本里获得。我再强调一遍，这是罗曼蒂克的生活阶段。世界，这个人类的世界，分解成了一个个原子；对作家来说，先是追寻这种"无序"，这种观点的"混乱"，之后才是传统、秩序和将对人类个体类型的观察纳入统一形式的方法。

我进行自卫，提防有人想要侵犯我的孤独，尽管他们有合法的权利和自发的能力对我的"个性"发起攻击——我在自卫的过程中发现了炼金用的神秘原料，那些在每个人的心里都会做出回应的东西，那些没有法则和理论进行揭秘的、无可争辩的事实：一个人或许遇见隐在另一个人内心深处的这种事实，或者遇不见。我突然变得好奇起来。我的性情发生了调整，发生了改变。我抱着这种关注走近每个人，就像天文学家坐到天文望远镜前，他掌握所有的数学公式，确定无疑地知道在迷雾背后，在某时某刻，将会出现一个发光的星体，毫无疑问，那是一个新世界……如果想用这种方法、这种立场来观察人类的星象图，不会取得太多的成效。我们和某个人一起生活，我们了解他的"一切"，与此同时，我们又对他一无所知。有一天早晨，醒来之后，我们突然发现并看到了另一个人，这个人好像以前我们从来未曾见过。他爱说什么说什么，爱做什么做什么，在他的言行举止背后肯定深藏着这样一个人，你会终于分辨出，冲着他大喊："啊哈，原来是你呀！"……这一发现令人兴奋。我懂得了，不存在"简单的人"，在肉体与精神的能力和特征背后，每个人体内都存在着某种真实之物，某种原始因素，人类的一个镭分子，幽幽飘曳，微微发光。

假如我在那段时间里能够写作，我最想写的是简单的游记，以伽什帕尔·费伦茨[1]博士和欧内斯特·沙克尔顿[2]那样的风格：写关于人的探险文字。我会这样去发现人，按我自己的目的，好像发现一个有些神秘的陌生部落。可是，在那段时间里我什么也没写。我甚至连诗歌都没再写。这是抒情诗般的生活体验，消隐在现实的体验之中；很可能正因如此，我才生了罗拉的气。诗人不能容忍任何人打乱他的诗人心境与习惯。

诗歌训练，"训练"这个词，是在修道士和杂技师的意义层面；谁若不懂这个道理，他只是自以为是的文艺爱好者。（马拉美，我最喜爱的大师，他是最纯洁、最高贵的诗人之一，他懂得这个；他实在太懂了，以至于有

1　伽什帕尔·费伦茨（1861—1923），匈牙利医生、旅行家。
2　欧内斯特·沙克尔顿（1874—1922），爱尔兰南极探险家。

一段时间他琢磨一种新式排版，以及增强或削弱诗歌"技巧"的字母形式。）做这种训练，必须要孤独，某种特别的、有时并不纯净的、混乱不堪的孤独。诗人们在喧嚣的文学咖啡馆里，在这种孤独之中，将胳膊肘支在桌子上，脑袋朝一侧耷拉着。有的时候，我下午去罗曼尼舍斯咖啡馆，坐到艾尔莎·拉斯凯尔-舒尔勒的桌前，我们一起喝茶，谈论雅典，一坐就是几个小时：谈雅典，谈底比斯，谈我们将要"返回"那里，种一棵棕榈树纪念她死去的情人们……（我们俩谁都没有去过雅典。）诗歌不是"幻觉"，更不是优美迷人的胡言乱语；伟大、纯粹的诗歌能够让我联想到数学，一个必须破解的化学方程式，这跟音乐中的纯粹相仿。跟其他地方一样，在德国也有两个国家并存：一个是能够看到的，到处是雪茄店铺、摩天大厦和外汇兑换所；另一个则是不太真实的、较难感受到的诗人国度。有时，林格尔纳茨[1]摇摇晃晃地跨进咖啡馆，带着满肚子的朗姆酒和怒火，把我拽到附近的动物园内，在那里他冲着动物做长篇大论、抑扬顿挫的革命演讲，号召全世界被压迫的老虎和蝾螈们联合

1　林格尔纳茨，即约阿希姆·林格尔纳茨（1883—1934），德国作家、诗人、幽默剧演员和画家。

起来……诗人们胆战心惊地生活在一个越来越野蛮的、黑人式艳俗的、刀光剑影的世界里……市民们挤满了我们周围各种各样的夜总会，并在那里扯破嗓子高唱："你在哪里听到歌声，就可以在哪里消磨时光，因为坏人从来不唱歌。"与此同时，他们自觉自愿地准备投身革命。为了得到各种各样的"补助"，他们义愤填膺；但诗人们不要求任何的补助。

在那段时间里，我还是写了几首诗；后来，抒情诗的素材枯竭了，我再也不能破解"方程式"了；再后来，我跟几位朋友结伴去了雅典和底比斯，但是"真正的"底比斯我再也不会看到……不管怎么讲，罗拉是"现实的"，现实得让人不由自主地感到恐怖；我必须从"真正的"底比斯和雅典流亡，好能生活在她现实的子午线之间。过了一段时间，我在咖啡馆里故意绕开艾尔莎·拉斯凯尔-舒尔勒的桌子，不再跟林格尔纳茨去动物园了，也不再去那些更暧昧的地方听人讲述"大洋彼岸"的历险……最后，我在另一个国家丢失了护照，丧失了国籍。在后来的日子里，我再没写过一首诗。但是关于这次流放，我就像一个被剥夺掉权力的国王，愤懑地沉默。

12

……德国那边，只有几盏路灯还冲我们照着；我们已经进入了比利时领土，我俩盯着车窗外面，一言不发。我将目光激动不安地投入黑暗。我们离开了哪里？我们丢下了什么？我们正朝着什么走去？那一刻，我名副其实地"在路上"，不仅是词语表层意义上的上路……我们穿过了国境，同时跨过了生活的一条可以感知的边境线；对我来说，有什么东西已不复存在，青年时代的一个阶段已告一段落。那个既"熟悉"又陌生的德国被远远甩到我们身后，我最重要的记忆跟这庞大、辽阔的帝国牢不可分，次要的、更复杂的记忆也与之相系。这个国家是我父亲的祖先曾经住过的地方；在德累斯顿附近的一个小村庄里，那里现在还以我们的家姓命名。他们在萨克森公国的铸币厂工作，两百年前的某一天，他们扛着包袱、拎着板斧从那里出发，穿过摩拉维亚森林，翻过喀尔巴阡山脉，来到蒂萨河畔，他们在那里定居，再也不想从那里离开……熟悉的德国被甩到我们背后，我在那里"真的"能听懂当地语言，不像后来在法国或英国，总是似懂非懂，感觉当地人谈话时，总有什么事情瞒了我。我们离开了大德意志帝国，离开了那座巨大的试验场和学校，在那里人们总是注重一切，在那里所有的"细节"都很重要，在那里我们匈牙利人也可以做"高贵的外国人"——虽然他们对我们这些外国人稍微有点嫉恨，但还是乐意接受；他们的那种热情，我后来在任何国家都没再遇到过。我开始怀疑，要了解一个种族是一件很难的事情；一个人要对一个民族做出"判定"，那是一种非常轻率、不负责任的做法，他只能基于僵化的、总是有些专横的印象，认为"德国人"这样或者那样。"德国人"有六千万人，甚至更多，他们确实喜欢军人和制服，但他们中间也有许多人，而且是为数不少的人，只认为军人和制服必不可少，可他们并不喜欢指挥令或紧急令。我在德国看到许多巨大的城市和迷人的风景，看到许多井然有序、收藏丰富的图书馆和博物馆，规模大得令人瞠目结舌的工厂，还有那些亭台楼阁。在那里年轻和年长的德国人聚在一起梦想崭新的优秀艺术，在那里我与他们相识，了解了他们的忧伤、敏感与不安，了解了他们的疑虑和"对欧洲的敌视"，因为他们中间有不少人憎恨欧洲；我还结识了另外一批人，他们做好了为欧洲而死的身心准备。通常来讲，他们更愿意为什么而死，而不是为什么而活；但是这种"通常"跟所有的"通常"一样，是那么轻率随便。帝国隐入了我们身后的黑暗中，连同那些万家灯火的城市。在那里，六千万人生活在数千年的文化和城市文明中。尤其是柏林的"地方风格"，我慢慢开始理解它，习惯它，并尊重它；我还了解了外地城市深厚而真实的文化底蕴，了解了魏玛、法兰克福和慕尼黑，了解了符腾堡州的森林、图林根州的群山、勃兰登堡州伯爵领地的湖泊和西里西亚的沼泽，还有那熟悉的风土人情，以及表面看来秩序严谨但表象背后令人不安地隐伏着的"无序"的焦虑与困惑。即便如此，要对它下一个平日所说的"一般性"定义，仍是一种危险、肤浅的做法……我从列车的车窗探出身子，浑身打战。已经驶入比利时的工业区，冶炼厂的火焰在黑暗中燃烧。

德国消失了。夜里，我们周围的人讲的都是陌生语言，我们困惑地跨过"真正"欧洲的大门槛，只有上帝知道，那里有怎样动人心魄的身心体验在等候着我们……但是，我在心里偷偷地惧怕那另一个欧洲。我是否做好了心理准备？我执刀叉的方式是否正确？等一会儿，假如外面有人谈论什么事情，我是否能笑得恰到时机？……

在漫漫长夜里，我开始偷偷地想家，想念另一个更熟悉、更自在，却被我无情抛弃的欧洲，另一个德国。的确，对真正的欧洲来说，德国人可能是很危险的，他们有着不能释怀、仇怨难解、神秘莫测的罪孽感，非常复杂，令人恐惧，就像生性好战、结帮聚伙、寻欢纵欲、爱穿令人不安的制服、格外渴望秩序、内心极度无序的剑客——但是在踌躇满志、精神错乱、磨刀霍霍、出于恐惧而好战、统一并酷爱组织的德国背后，另一个德国正雄鸡破晓，沐浴着清晰、不灭、柔和的光——谁知道，谁敢断言，哪一个德国是真的呢？另一个德国，是歌德哺育的德国。在那里，不管德国人喜不喜欢托马斯·曼的《布登勃洛克一家》，他们也购买了一百万册；在那里，这位伟大、高贵的作家用他的著作和做人的态度，无论是在和平时期还是在战争时期，都跟欧洲站在一起；大约有三百万德国人读过他的全部作品——在另一个德国，读托尔斯泰、陀思妥耶夫斯基作品的人，至少跟俄国的读者一样多；在那里，人们怀着某种孩子式的、踌躇满志的虔诚，但不管怎样，他们毕竟怀着虔诚之心去读所有铅印的字母；在那里，人们以最完美的方式演奏音乐，以恪守良心的责任感在化工厂里做化学分离，在手术台上抢救痛苦的患者——另一个，另一个！出色的学校，出色的教师，我流浪岁月的德国。到底哪一个是真的？我不能回答这个问题。我将身子探出车窗，感到忧伤和不安；我凝视黑暗，泪水盈眶！

我向西旅行，带着简陋的行囊，有点无家可归的感觉；不管怎么说，我对那个我正在逃离的地方怀着无法释解的牵系。一位年轻的女性陪伴着我，此刻，她肯定在为某些更实际的任务绞尽脑汁，而不是欧洲的命运；行囊里揣着刚动笔的手稿，我带着它西行，估计将来这些手稿不会唤起我太大的兴奋，即使唤起也会转瞬即逝。我是"已婚者"、丈夫和养家糊口的一家之主，流浪岁月的记忆在我的身后时隐时现，我刚满二十三岁。刚才，在破晓时分，法国边境站的海关检查员在边境向我要去了护照。在我的护照上可以读到以下信息："二十三岁，匈牙利人，已婚，学生"，"旅游目的：学习"……他看了看护照，也瞅了瞅我，然后仔细打量了罗拉几眼，耸了耸肩膀，咧嘴笑了。那是黎明五点，火车停在边防哨所前，四面八方的公鸡都在鸣叫，大概是高卢的公鸡吧。我在小卖铺买了一包烟，点燃一支，那是我有生以来第一次抽甜丝丝的、黄花烟草味的法国香烟。随后，我买了一份《马丁报》，坐到长椅上，直到开车之前我都在读报上的小广告。有一条说，巴黎有一家肉铺有意转让；另一条说，有人愿意倒插门到外地的饭店，最好是在"塞纳""瓦兹"等省份。火车站又脏又乱，烟蒂和橘子皮扔得满地都是。

　　　　　　　　　　　　一个市民的自白

第三章

1

我们计划在巴黎逗留三个星期。但是后来住了六年。

在头几个月里，我们挨个住过沃吉拉德大街延伸至拉丁区内的那段街上的各家旅店。这些旅店又脏又臭，破破烂烂，摇摇欲坠。早晨，我们用酒精[1]炉热牛奶，用泻药味道的代巧克力粉添加甜味。那种代巧克力粉的牌子叫"艾莱丝卡"，罗拉从某个电影广告里发现了它的好处：在节奏很快、动感强烈的动画片里，杜蓬先生在清晨将"艾莱丝卡"迅速撒到热牛奶里，满意地吸溜进那杯难喝的液体，然后心满意足地拍拍肚子。在德国，所

---

1 原文中特指用劣质葡萄酒提纯的酒精。

有人都习惯了吃替代品度日，我们从来都不沾那种难吃的营养品。但是"艾莱丝卡"非常便宜，而罗拉对每一苏[1]都精打细算。在德国时，我总是住在豪华酒店或将军遗孀们家中，在那些地方有生活所需的各种用品任你选用；而在巴黎，客房里连橱柜都没有，我们只能将衣服放在皮箱里或挂在衣架上，然后罩上一条床单。盥洗池里总冒出一股排水沟的恶臭。旅店号称有"热自来水"，为此要付很多钱，但事实上只在早晨和晚上才会从水龙头里流出很少的热水。我们生活在一种哈喇难闻的贫寒里。我们去圣日耳曼大道上一家脏兮兮的小饭馆用午餐，那里会将常客使用过的桌布收起来，留到第二天继续使用，这样我们可以节省每日的"餐具费"。这家饭馆还卖马肉早餐，提供可怕的筋肉、难吃的烩蔬菜、用发酵粉做的面条。我们二十个人围桌而坐，浸泡在炸薯条的油烟味里。在大堂尽头，在没有遮挡的炉火前，一个穿着脏得简直出乎中欧人想象的厨师服、满头大汗的家伙在炸马肉饼。即便我们离开了那里，西服上那股令人窒息的油烟味，几个小时也散不干净。

1　苏，是一种法国旧铜币。

我们从一家旅店搬到另一家旅店。一家比一家更破更脏。开始那段时间，我在巴黎犯了名副其实的洁癖，不停地洗漱，每天我从圣米哈伊大街的咖啡馆要跑回家洗好几遍手，因为在咖啡馆里不管碰哪儿都黏糊糊地粘手，那里的卫生间看上去就像一列载满闹痢疾士兵的战时救护专列上的厕所。在我们住过的大多数旅店里，要花几个小时说服房东们为我们这些外国"小资"准备洗澡水；我的卫生需求在他们眼里，简直就是别出心裁、恬不知耻的异想天开。在旅店和咖啡馆里，我们随地都能踩到传统的锯末，锯末被精心地撒在地上，为的是不把地板弄坏。我们体验的一切都跟我们过去学到、想象的样子"不同"。我们胆战心惊地住在巴黎。法国人讲话我们听不太懂，他们语速飞快，大多数场合我们只能礼貌而尴尬地点点头，权当是回答。我们无亲无故地住在城里，我们谁都不认识，那时候中欧的外国人还很少敢去凯歌高奏的巴黎。我们对法国毫无了解。我们只认识一位匈牙利画家，还有几位设计师和学生。这些家伙整日闲泡在蒙帕纳斯街区的咖啡馆里。但是，我对那些整日被来自两大洲的"波希米亚"流民占据的咖啡馆十分痛恨。我更喜欢在学生街区，在卢森堡公园附近消磨时光。

开始那段时间，我们在巴黎毫无羞愧地以出乎所有人想象的方式感到无聊。这种无聊，我们谁都没向对方承认：每天早晨我们都发誓，今天要好好"逛逛巴黎"，以证明我们在这里生活得多么惬意，我们离开柏林来到这里是多么的正确……每天早晨，我都一个人去巴黎城；罗拉留在家里洗熨衣服，因为我们没钱把衣服送到洗衣店洗，再者说，巴黎的洗衣店会过度漂洗我们精良的内衣。在这座城市，一切都让我痛苦不堪。我厌恶宽大的法式双人床；但我们却努力向彼此证明，这张床是多么漂亮啊，让人感到亲密和舒适……开始那段时间，我的身体一触到浆洗挺括的法式床单，就会感到凉气刺骨，浑身起一层鸡皮疙瘩。罗拉上午在家洗衣服，用电熨斗熨烫，直到旅店里发现耗电增多，引发争吵。之后，快到中午时，她也出门"逛逛巴黎"。但是，她大多数时候只待在塞纳河左岸的老区；她最远敢走到克拉尼博物馆，去到"蓬马歇"百货商店的橱窗前，看着"巴黎新款"出一会儿神，之后坐到卢森堡公园，在那里看看街景，直至从万神殿后面传来正午的钟声。这时，她散步到那家炸怪肉饼的饭馆，坐到铺了纸巾的桌前，在那里等我。我们就这样生活了好几个月。

我也不敢走太远。早上，我从家里出来，坐到圣米哈伊大街一家咖啡馆里，连蒙带猜地点一杯彩色的含酒精饮料，因为我看周围几位酒糟红鼻头的法国人都在喝它；我手里拿一份新买的法国报纸，观望街景，就这样无聊地泡到中午。我说服自己相信，我是在巴黎，这里的一切都与众不同，一切都很"欧洲"，只在这里存在真正的艺术和文学，只在这里住着文化修养很高的市民们，所有能够住在这里，住在法国人中间的人都会中彩票。在双叟咖啡馆里，每天下午匈牙利画家都指指点点地给我介绍"名人"——名人们就坐在隔壁的桌前抽雪茄，常去那里的有画家安德列·德朗[1]，作家乔治·杜亚美[2]，还有许多不知名的大人物，达达主义的明星们，怀着无穷无尽的艺术思想在灰底子上画黑点的超现实主义者们。我们满心虔诚地坐在阴影里。就连罗拉也惊叹不已，按理说她通常不会根据鼻子的形状、手势和音调判断一个人的。午饭后，罗拉回家，我一直到晚上，都站在街道

---

[1] 安德列·德朗（1880—1954），法国画家，和马蒂斯一起创建了野兽派。

[2] 乔治·杜亚美（1884—1966），法国作家、医生、反战者，1935年当选为法兰西学院院士。

对面教堂的大门口看一场场葬礼。那是燥热的秋季。我感到无聊至极。我没有心思看书，我只会一点法语，我羞于在巴黎的咖啡馆里翻着字典读法文书。在柏林，每天都会"发生什么"。在巴黎，什么都没发生……

有的时候，我们下午穿过林荫大道去塞纳河右岸，站在圣马德莱娜教堂的石柱或某家商场的转门前——在发出一阵惊叹后，我们小心翼翼地朝旁边挪挪，哪里都不敢进去。（过了好几年后，我才敢进入卢浮宫。）有一次我们去歌剧院，罗拉自己在家笨手笨脚地缝了一件晚礼服；但是我们自惭形秽，精神紧张，感觉自己是乡下人、外国人，不是本地人，于是垂头丧气地回到拉丁区。只有在卢森堡公园附近，我才会有回家的感觉。我对那里的几条街道和房子已经非常熟悉。我喜欢在天文台周围散步，溜达到女士大街，或从解剖研究所前走过，在潮腐的秋日，透过敞开的窗户，飘出舒爽、清新的石碳酸味；在败叶铺地、污迹满街的环境下，这种消毒用的药液散发出某种文明、卫生、可以信赖的气味……我们根本不敢去剧院。我们生活在法国人中间，但是我们越来越觉得，想要结识一位法国人简直是件不可能的事；旅店老板都不跟我们搭话。我怕他们。我害怕，因为他们是陌生人，是"欧洲人"。现在我已经明白了，我之所以怕他们，是因为他们是"胜利者"，他们是另一类人，敌人，凯歌高唱的种族。在那一年里，每个法国人嘴里谈论的都是胜利。强大、好战的一代人统治政坛。就连街角卖杂货的小贩，也张口闭口都是"胜利"和"荣光"。占领鲁尔[1]，对许多法国家庭来说都感觉像是一桩私事或家事。

在一家咖啡馆里，我遇到了少年时代的法语女教师克雷门汀女士的哥哥。他是一位身材肥胖的法国律师，嘴里总是叼着烟斗，停战已经五年了，可他每天上午仍然做血腥味十足的演讲，总抱怨德国兵在战争中的伤亡太少太少。在那些年里，获胜的父辈们总喜欢在人前慷慨陈词。我感到困惑和孤单。而另一个巴黎，那个"流光溢彩的巴黎"，我什么都没看到。我所指的真正的巴黎，是从文学作品里品味到的那个宁静、温和、谦虚、含蓄、充满平民化的生活愉悦的城市。暂时，我们被放逐般地生活在一个野蛮、带着恶意的城市里。每星期我们都做出决定，必须尽快离开这里。

---

1 1923年1月，法国和比利时军队占领德国的鲁尔产煤区，强迫德国履行一战后的赔款义务。1925年占领结束。

2

然而，我们留了下来。为什么呢？我不知道。在巴黎我没有任何"事"可做。有时我去索邦大学，但只是去那里逛一逛，听听课，我再也没有正式修学业。有的时候，我去国立图书馆翻阅杂志，我意识到，在各种日报和报刊亭里卖的那些杂志背后，有一个在从没听说过剧名的时事讽刺剧中寻求表达的、我不知道的陌生法国，那里的情况跟我通过官方途径获知的法国毫无任何相似之处。"运动"，隐在"党派生活"的背后，在杂志里面酝酿、发展。一份军事专业杂志《法国军事》以肯定的态度评价了纪德的作品。不管是大型时事讽刺剧，还是官方或半官方的信息途径，都流露和展示出某种精神；大辩论在别的什么地方进行着，在朦胧的地带，在陌生的讲坛。我不大理解它们之间的关联，只是出于本能地关注和了解。

不管怎么说，我留了下来。三个星期过去了，三个月又过去了，我仍住在沃吉拉德大街，住在没有橱柜和浴室、散发着排水沟臭气的客房里。我们的钱越来越难挣。我们慢慢地变卖掉所有的一切。罗拉搜罗出几副小

　　　　　　　　　一个市民的自白

首饰、一枚戒指、一只旧望远镜和一把象牙骨扇，出门去了拉斯巴依林荫大道的古董店。我家人偶尔寄来几个马克，考绍的报纸也付给我一点专栏稿费。德国人深陷在货币贬值的旋涡里，现在连一枚铜币也不寄给我。我们卖掉衣服，就为了能去吃顿晚饭。这一切我们既不觉得罗曼蒂克，也不觉得刺激好玩。在巴黎当穷人，是一种残酷的娱乐。我们身无分文，毫无浪漫可言。

　　如果生活在离家乡近一些的维也纳，怎么讲也会容易一些。但我们还是留了下来。我一向喜欢这样"毫无目的"、置身局外、看起来没有任何理由地住在一座陌生的城市里——但是出乎我意料的是，罗拉也绝口不提离开的事。她甚至连这种话都不说：咱们最好"开始"做点什么吧。在巴黎，什么都不可能"开始"。总之，她忍受住了我们这种丝毫不具任何实际内容的游荡、临时性的存在和彻底绝望的逛街；我们生活在我们并不了解其真正生活方式的人群中间。在那几个月里，我们在巴黎看到的东西，不外乎是一个外国游客所能看到的浮光掠影。在我们日复一日地试图向彼此证实这座城市意义的热忱里，颇有一些中世纪的味道、履行义务的性质、文学痴狂和附庸风雅。事实上，我们的自我感觉非常糟糕。

后来，我在欧洲各地，总能在第一瞬间感到熟悉和自在，从不像我刚到巴黎的那段时间。出于某种原因，我不知道如何接近这座城市。对于呈现在眼前的景物，我缺乏评测标准。对周围的冷漠，我以前连做梦都未曾想到，我不知道在人与人之间竟会弥漫着如此浓密、无法穿透的冷漠。在那之前我一直相信，人与人之间存在着某种家庭式的紧密联系：彼此相爱，彼此憎恨，有时还会彼此残杀，但不管怎样，在人们之间存在着联系。在刚到巴黎的那几周，我就已经明白，我就是饿死在法国人眼前，他们连肩膀都不会耸一下，连一杯水也不会递给我。这一教训使我幡然醒悟。通过刻毒的冷漠，我感受到巨大的力量，感受到拉丁式的严酷与公正。由于这种冷漠的态度，我几乎对他们报以尊崇之心。很自然，我们无法出于某种"无条件的需求"在这里多逗留一天。每天我们都处在这种不确定的限期里。因为我已经意识到，我并不是完全"没有理由"地待在这里，我在这里有什么事情要做，有某种使命在等待我。罗拉也是这样感觉的。只是对此我们都避而不谈。我们根本就不清楚，在巴黎我们有什么事能做。一个人感到自己的命运，幽幽抱怨，瑟瑟蜷缩。我们时刻准备上路地生活在这儿，只差行李没有打包，我们就这样地等待和逗留。

圣诞节期间，罗拉病了；她在新年前夜差一点死掉。她是内出血，已经奄奄一息。我们在巴黎谁都不认识，也没有钱。旅店老板在新年前的那天下午，请来了一位法国医生。蓄着胡须的年轻法国医生上门之后，要了二十法郎，耸了耸肩，给病人注射了一针吗啡，若有所思地盯着这张苍白、冒汗、扭曲的面孔，抽着烟，沉思不语。过了一会儿，他把我叫到房间的一角，告诉我说，问题非常严重，情况很危险，内出血已经渗入了腹腔，必须马上动手术，最好就在一小时内。我绝望、呆滞地望着他；现在我能做什么呢？我是一个外国人，举目无亲，不知道能够向谁求助，在新年前夜，在巴黎。医生耸耸肩膀，神情漠然地催我先交给他三千法郎，他去联系医院，请外科医生，否则很遗憾，他也无能为力。我结结巴巴地解释说，我们都是外国人，我给他看我的护照，家里肯定出得起这笔钱，等节日一过我就去找使馆，他们了解我家的情况，肯定会提供帮助的，他们会发电报……但是在新年前夜，在一个小时之内，我从谁那儿能搞到这三千法郎？他戴上礼帽，环顾了一圈，看到墙上挂着几件衣服，角落里放着一两只破旧的皮箱，心想，他在这儿能"捞到"什么油水？……只需凭经验瞥上一眼，他就知道，捞不到什么；一个外国人，一个在学生区一间旅店客房内奄奄一息的外国学生：关他什么事？他嘟嘟囔囔地找了句托词，扬长离去。

罗拉在那个时辰里，与其说活着，不如说死了。半小时后，房间里挤满了匈牙利人。我始终没弄明白，这一切到底是怎么发生的——在一个陌生的国度，在生死关头，同类的人群通过某种密电的方式相互通告。我曾听人讲起过，在欧洲的大城市里，中国人以某种隐秘的方式紧密联合，一人有难，八方相助。这个去凑钱，那个去找医生。没过多久，一位年长的俄罗斯医生被请到家里，他硬着头皮、神色忧郁地忙活了一通，抱着深切的同情，充满了爱心，只是不知道该怎么帮她。这些流亡的俄罗斯医生，大部分在巴黎偷偷地行医，法国人要求这些来自圣彼得堡和莫斯科年长的、著名的临床医生和"大学教授"去索邦大学认证他们的学历。晚上，俄罗斯医生急匆匆地走了，带回一位法国外科医生，这名巴黎外科界的耀眼新星是从新年舞会上被拽到学生区的。外科医生穿一件燕尾服，纽扣上别着闪闪的勋章，他是驾驶自己的轿车来的，这位法兰西人文质彬彬，高傲自信。他一进门就果断做出决定，在蒙马特疗养院开了一间病房，叫来一辆救护车停在旅店门前，午夜时分，把罗拉接走了。他没有提钱的事情。俄罗斯医生的温情令人感动，有那么浓的"人情味"；法国医生冷峻、绅士，行事果决，能呼风唤雨。

通过某一个人的性格特征来推断一个民族的特征，这是多么轻率的做法！我在那个令人难忘的巴黎新年前夜遇到的两位医生都是法国人——假如我现在一言以蔽之地说"法国医生"这样或那样，该是多么轻率啊。实际上，有多少个人就有多少种人——或许能够对人群进行归类的是学派、观点和某种知识的"渊博"，还有在我们国家医生的行为准则来看属于"草率""不周"的雷厉风行……比如说，就在那个天寒地冻的夜晚，收罗拉住院的疗养院里没有冰块，午夜时分，我跑遍蒙马特新年狂欢的咖啡馆，乘出租车在一家家歌舞厅、夜总会之间疾驰，求他们高价卖给我降温用的冰块……可是蒙马特的娱乐场所也需要冰块，跑堂领班只是向我耸耸肩……噢，法兰西式的耸肩！很长时间我都不能忘记这个熟悉的动作，但是我能平和地接受，因为我还见过另外一种更温情的动作。最终，拉特——莫特歌舞厅的大堂领班以出奇的高价仁慈地卖我一桶冰块，疗养院的一位护士被从梦中叫醒，手忙脚乱地准备手术室，法国医生在清晨为罗拉做了手术。他没有问我们是谁，是哪里人，这位知识分子以他高尚的同情心向我们伸出救援之手，为病人安排好所需的一切，在疗养院为我们提供救助，他既不询问，也无要求，他做这一切时的态度委婉而周到，甚至带有一点羞涩。出于复杂的绅士精神，他知道施与、"行善"总有点像蹩脚演员的举止，是人类最危险的行为之一……在疗养院里，大家对我们的态度大都挺好；只有第一天夜里我们请的那位值班女护士，趁着罗拉病弱不堪，偷走了屋里所有能拿的东西；当然，我们不敢对她直说，于是在床头柜的抽屉里放些新的诱饵，让她安心去偷，只要她不伤害罗拉。"疗养院"是一幢坐落在蒙马特最高处、类似别墅的楼房，以前可能曾是妓院或幽会场所；房间的布局、门上忘了撕掉的名片卡（"吉奈特""妮娜""朱丽叶"）和楼道里散发的廉价香水的刺鼻气味，都确定无疑地向人证明：这栋建筑用于公共医疗目的已经很久了。只要医生和护士在疗养院里，就会对我们有求必应；但是晚上七点之后，所有人都去忙自己的事。有的时候，白天刚做完手术的重症病人，夜里不得不在没有一位医生、护士值班的情况下熬到天亮，只有女门房为他煮茶。最初几日，疗养院的管理让我有点吃惊。在家乡或在德国，疗养院里通常都会储备冰块，夜里不会丢下刚做完手术的病人而无人监护。我跟一位医生聊起这段独特的经历，他吃惊地听我讲完后，带着烦躁的宽宏大量说，他不理解我担心什么，这是多么"德国式"啊。其他人则态度亲切，热心相帮，只要他们有空或想起我们。

两星期后，罗拉出院回到旅店。这两个星期，我们结识了几张新面孔，结交了几位好朋友，后来，他们陪伴我们走过了生活的一个阶段。罗拉的身体非常虚弱，惶恐不安。不管怎么说，在巴黎终于"发生了什么"。仿佛我们之所以来到巴黎，就是为了让罗拉生一场大病，动一次手术，现在，所有的一切我们都挺了过来。经过那段收获不小的巴黎历险，我们可以离开那里了。于是，我们满心伤感、浑身哆嗦地开始收拾行囊。我们看到了巴黎，并且经历了什么……在一个冬季的清晨，我们上路了，朝着意大利，朝着家乡。

3

我们一声不响地在充满敌意和紧张的情绪中旅行。

我们顶着烈日，沿着法国的蔚蓝海岸走了好几天。在尼斯度假的都是英国人，我们在他们中间穷得自惭形秽，兜里仅有的几个克拉伊卡，我们也不假思索地当作闲钱输在了蒙特卡洛[1]；我们几乎身无分文地跨过意大利边境。在那些天里，罗拉对自然风光漠然无视，要知道她刚从一次巨大历险中幸存归来。我们离家乡越来越近，我开始感到惊慌不安。我们计划在佛罗伦萨逗留几日，然后启程回家。"家"——当时对我们来说是一个宽泛、松散、不确定的概念！——指维也纳、佩斯或考绍……我们怯懦地安慰自己，我们的家人肯定能为我在维也纳或佩斯找到一份"职业"；事实上，他们自己都不知道以后该拿我怎么办，他们暗中为我们的婚姻能"维持至今"惊诧不已。我们自己也为此感到意外。那几个星期，我们的"婚姻"出现了一些问题。罗拉总是通过手柄式的单片眼镜看周围的世界，就像一个死而复活的人，不再相信任何东西，不再做长期存活的打算，用观望的态度审视我和我们途经的国家，并无抵触地接受眼前的风景与一路体验——假如这时候我向她建议，我们去日本并在那里

1　摩纳哥公国的著名赌城。

开始"新生活"，很可能她会跟我去。但是，我们在巴黎逗留的那段时光和现在伤残、沮丧的蹒跚回乡，恰让我感到十分奇妙……我从四面八方都嗅到了危险，心里揣满了疑惑不安的担忧。我感觉罗拉的患病是一种个体的伤害与出卖。她想死，我通过这一切感觉到的只是，我们进入了危险地带，在我们周围隐患四伏。毫无疑问，我非常同情她，但与此同时我并不明白：为什么会发生这些事？为什么要有这样的"体验"？这一切跟我有什么关系？我在热那亚[1]第一次"发作"。我一反常态，不再温顺，我向她表示，我不再固守我们的共同生活，换句话说，"顺其自然"吧。我并不知道，恰恰这种"顺其自然"永远不会发生。我们计划在佛罗伦萨睡足了之后去维也纳，在那里我们有的是时间决定我们今后的命运。我们两个都筋疲力尽；我们的"婚姻"，在巴黎逗留的日子，还有在蒙马特疗养院的那一段小小、浪漫、生死攸关的郊游，这一切都让我们受够了；我们由激情变得麻木，神情惊愕地面面相觑。我从来就不适合让别人在我身上搭建他们的生活，尤其在那段时间里，更不适

1　意大利北部的港口城市。

合；我的一言一行都暗藏着背叛，我时刻做着逃跑计划，准备逃离这个虽然世俗却也奇妙的"终身监禁地"卡宴[1]……我们就这样抵达了佛罗伦萨。

城里正在闹瘟疫，冰雨飘落。家庭旅店里，老妇们整日手捧装满炭火的陶罐在大理石铺地的厅堂里穿来走去，街上寒风呼啸，人待在屋里也会感冒发烧。我们实在太想休息了，想睡上一觉，换一身衣裳。我们已经没钱继续旅行了，意大利的银行代理忘了通知我们汇款已到。一天上午，罗拉跑到托纳布奥尼大街一家意大利大银行的支行去碰运气，她跟一名职员软磨硬泡，在国外业务记账簿里找到一笔寄到我们住址的汇款；无须出示护照或任何证明，她就在支行业务员欣慰的祝福下取钱后离开……这全都归功于她的个人魅力、率直与自信。现在我们可以旅行了。那段时间，我对博物馆颇为不屑，我用布尔什维克式的口吻喋喋不休地说："我只对生活感兴趣。"在托斯卡纳的冬季，我们冻得浑身发抖，无情的严寒让人绝难想得到妩媚的城市之光和气味。我们正准备收拾行李离开，罗拉染上了重感冒，并有折磨人的并

---

1 南美洲的一个港口城市，法属圭亚那的首府，曾是法国的流放处刑地。

发症，用我们现在的话说是"额窦炎"，高烧不退，在床上又躺了三个星期，我们有机会在亚诺河畔的旅店里用炭火罐取暖……急救车一天到晚在城里疾驰；狭窄街巷的拐角处，瘟疫车的笛声长鸣不断，从各个角落搜集发烧病人。直到今天，无论在世界的哪个角落，我一听到这刺耳的鸣笛，就必定无疑地回想起佛罗伦萨的那个冬季；我在某种夸大了的薄伽丘小说的氛围中熬过几个星期，书名为《佛罗伦萨的瘟疫》，头上顶着死亡的凶兆。我们到达佛罗伦萨的第三个星期，罗拉痊愈了，她逃亡般地拔腿回家，仿佛是被暴风雨卷走，既遭到了别样的掠夺，也收到了别样的厚礼。在佛罗伦萨火车站我伫立了很久，望着载她回乡的列车徐徐远去，我惶惑地盯着列车消失的方向，不知道自己更希望什么：希望她回来，还是就此分手？我们是继续活下去，还是死掉算了？自从我们相遇之后，我们生活在怎样邪恶的凶兆下？我们还很年轻，我们本可以分手的。不管怎么说，我独自留在了佛罗伦萨。

　　生活中总发生这样的事，生活赋予我的一切，总是跟计划和约定唱反调：我到一个地方旅游，结果在那里一住六年；或者我在一个陌生的城市下车，原只为好好睡上一觉，换一身衣裳，结果四个月待在那里迈不动步，就像萤火虫见到了光，我在佛罗伦萨被周围璀璨耀眼、令人惊叹的光明迷住了。至少这一天我已经知道，我不会去维也纳，不会回家，也不想谋任何"职业"。危险的直觉敲响所有的警钟警告我，当我再一次应该做出"不忠"的选择时，我必须谨慎对待各种计划，以及别人为了收买、诱惑而向我兜售的聪明建议。在这一时刻，在佛罗伦萨或其他什么地方（比如在罗马或巴黎）有我的位置和我要做的事，我将被引上正确的道路，我不能软弱，不能轻信任何家庭的、三室带厨房的、固定薪金的"解决办法"，那一切归根结底都是为了对抗我们而设下的陷阱……佛罗伦萨阳光明媚，三月初就已经开春了。

旅店里住的外国人很少，退休的托斯卡纳夫妇们聚集在这栋经风历雨的楼阁里，女主人是当地的一位贵妇人，她以无法仿效的高傲坐在长餐桌的主位上。在城市之上，在山丘之上，春天有如发起进攻一般突如其来、毫无过渡地到来了。有一天早晨我推开窗户，惊得目瞪口呆。我周围的美丽是如此澎湃，美得这般自然、这般温馨、这般寂静；这种美，我做梦都未曾梦见过，感动得我热泪盈眶。丝毫都不夸张地讲，我浑身战栗，脊背发凉，瑟瑟发抖。我仿佛学会了一种我以前从未听说过的语言。我突然理解了佛罗伦萨。突然之间，那些山丘、河流、架在水上的桥梁、楼阁，以及教堂、绘画和雕塑都有了意义；仿佛我知道咒语一样，我走进一个新的家，我熟悉这里的一切，从很久很久以前我就对它了如指掌，现在所有的一切都在这个新世界里展现，对我诉说……就这样，我开始激情万丈地在佛罗伦萨生活。我从来没有，从那之后再也未曾从生活手中得到像佛罗伦萨春天这般天赐的礼物。我吝啬、孤独地将这突然展现在我眼前的珍宝据为己有；罗拉在考绍的某个地方休养，试图从我们相识的惊厥中清醒过来，我将她的未来完全交给她自己决定。"我要做的事情"已亮若晨曦，再清楚不过：我必须留在这里，留在佛罗伦萨，留在离另一个世界最近的地方，直到最后一刻，直到操纵我生命的神秘力量把我放走。

4

要知道，当一个人放弃动机、憧憬、"心智"而屈从于某种内心抵抗的那一刻，生活才会出现转折：人们彷徨，迷途，盲目地寻路，从来不知道该寻找什么，但有的时候，人们会确定无疑地知道自己不能做什么……我们不能预测自己的行动；但也存在这类消极的行动：当我们明确意识到应该否定某个念头，不离开某个地方，拒绝做某件事情，待在一个地方不要挪动，我们会采取明确的行动。笔直的大路通向家乡；我两手抓紧我可能抓到的一切，不让自己被这股突然产生的内在焦虑、这场个人的暴风雨和出于软弱与怯懦的"理智"卷走，冲走；我要留在外边，在佛罗伦萨或其他什么地方，我该回家的时候还没有到……世界朝各个方向敞开胸襟。的确，有时我连买一张有轨电车票的钱都没有，但我从来没有因为钱恐惧过，现在也不，我根本不会将钱视为生活的障碍，钱不在我该为之调整自己生命行动的条件之列。我知道，自由是内在的条件、心灵的能力；一个人贫穷，照样可以拥有无限的自由和独立。后来，我有了比较幸运的生活环境，口袋里也有了钱和护照，但是我却寸步难行；内在的激情没有了，被无形的重量拖住，被神秘的绳索绑缚……在佛罗伦萨，我再次听到那个清脆悦耳的年轻声音：你必须留在这里，不要讨价还价，不要惊恐退缩！就这样，我留了下来。

这座城市是年轻法西斯分子的巢穴。住在托斯卡纳郊外的贵族们和城里的年轻人们身穿骇人的制服列队聚集在法西斯的徽章下；街上黑压压一片站满了潇洒俊帅、头发浓密、狂傲自负、目光严肃而固执、在制服的魔法下变得迷狂的年轻人。年轻的意大利精英们一旦穿上制服，就可以领取每日的补助，并且能够得到一份工作；难怪他们会有如此高涨的激情！生活服从于僵化的官方秩序；房子的外墙上画着鼓动、号召的宣传画，介绍维护法西斯秩序取得的成果，例如"准点列车"，里拉的价值，公共安全……法西斯主义在那几个月里如风扫残云般将社会民主主义击得粉碎，使之化成飞烟。社会主义者遭到迫害，转入地下，就像第一批天主教徒在地洞里集会。我是来自彼岸的人，对受到重挫的工人运动充满同情，我紧张地目睹胜利的独裁者耀武扬威的大游行，内心深处充满了抵抗。不管怎么讲，我必须意识到这一点：我在中欧被灌输的那套"社会进化法则"，不大适用于意大利的灵魂。我不可能没有意识到那几个月里在意大利发生的事情，那是一个民族意志的集体表达。所有的外国旁观者都心怀疑虑地密切注视事态的发展和夺权者[1]的行踪。"这个人"孤注一掷，能量四射，在那几个月经常来到佛罗伦萨；我以前在柏林也见到过他，那还是在"进军罗马"[2]之前，在一家老城饭店的大堂内，他在回答记者提问；现在，我在群众集会上看到了他，被煽动得激情四射的民众追随着他的一举一动，先是在佛罗伦萨，后是在博洛尼亚和威尼斯。在那段时期，这个人将自己的性命相当廉价地投到国际市场，我在佛罗伦萨看到过他，在维克托·伊曼纽尔广场，他被数以万计的民众包围着，身边几乎没有警卫，似乎只有他的星象和命运能够保护他免遭政敌的报复。

他从内到外，仿佛都刀枪不入。这个人给甜蜜无为[3]的意大利注入了成千上万马力的能量，让每个人都获得了全新的速度；从阿尔卑斯山到西西里，这股生猛的力量所向披靡，开始泛滥，吞噬了政治，淹没了口号。这股汹涌泛滥的力量就来自这个人——墨索里尼。没在意

1　指墨索里尼。

2　1922年10月28日，墨索里尼因不满法西斯党在1921年国会选举中的535席只取得105个议席而号召支持者进入罗马。该事件成功地令意大利国王伊曼纽尔三世任命墨索里尼为首相，同时也向外界展示了法西斯党的势力，并使意大利成为第一个由法西斯掌权的国家。

3　原文为意大利谚语"dolce far niente"，直译为"甜蜜无为"，意思是"彻底的无为能带来甜蜜的幸福生活"。

大利亲身经历过法西斯主义最初阶段的人，永远不会理解这种运动的成功秘诀。一个人，能够成为什么？可以说，能够成为一切。

佛罗伦萨，烈日当头。市政广场上，农妇们兜售阔檐的编织草帽；古廊桥上，每天上午金银匠们都在本韦努托·切利尼[1]银像周围支起货摊。上午，我泡在贾科萨咖啡馆或奈芙咖啡馆漂亮的大堂内，这是一天的开胃酒；下午，我跟英国人一起喝午茶，这些英国人也入乡随俗地喝苦艾酒和茶。身穿黑色礼服的托斯卡纳贵族坐在带阳篷的马车上沿亚诺河岸兜风。在托纳布奥尼大街，成群的男子无所事事地站在那儿，目不转睛地观赏外国女人；她们身上那股充满欲望的女性感，我在此之前从未见过。我住在特立尼塔大桥的"布达"[2]桥头，在圣马尔顿广场上，对面是一座教堂和一家妓院。早晨，当我推开窗户，屋外阳光刺眼，广场空空荡荡，透过斜对面教区公寓的窗口，我能瞅见老神父们在明媚的春光下心满意足地晒太阳，抽烟斗；妓院稍远，跟教堂隔了三栋房子，

---

1 本韦努托·切利尼（1500—1571），意大利伟大的金匠和雕刻家。
2 这里套用布达佩斯人的说法，"布达"在多瑙河右岸。这里指亚诺河右岸。

门口总有行色匆匆、绅士打扮、手提公文包的年轻人在按门铃——早晨九点，就一小会儿，在上班之前，就跟别人去咖啡馆一样。这一切我都能理解；熟悉的景色，我怀着顿悟的感觉在城里游逛。上午，我去那位疯神父的修道院或波波里花园[1]；下午我去菲耶索莱[2]，或到卡茨尼公园看赛马；晚上我泡在小酒馆里，置身于农民中间，我学习他们的语言，一杯杯地喝酸涩、黑色的基安蒂[3]。每天，我都带着一种持久、恒温、不变的幸福感从睡梦中醒来。离我住的地方不远，勃朗宁[4]和伊丽莎白·巴蕾特曾在那里住过；我从来没抱过比这更好的愿望，我想在佛罗伦萨度过平实的一生。组成这座城市的所有一切，都是从这片丘陵里长出来的；这里没"引进"任何东西，既没有外来的建筑师，也没有外来的画家……城市和她的杰作共同呼吸，跟每栋建筑、每尊雕塑、每幅图画都有机地融合在一起。我亲身体验到这个——在此之前对

1　梅蒂奇家族的私家花园。
2　菲耶索莱是距佛罗伦萨八公里的一个美丽小镇。
3　基安蒂是意大利最有名的红葡萄酒。
4　勃朗宁，即罗伯特·勃朗宁（1812—1889），英国诗人。他与女诗人伊丽莎白·巴蕾特（1806—1861）结婚后于1846年到佛罗伦萨定居，在那里生活了十五年。

我来说始终含糊不清的教科书概念：文艺复兴。多么熟悉的氛围，多么特别的体验，多么的似曾相识[1]啊……我记得三月午后细碎的光影，我走在有沿街别墅与古柏的马基雅维利大道，走过圣米尼亚托教堂，在那里，大卫像的青铜复制品目光炯炯地注视着城池；在山上米开朗琪罗广场旁的小咖啡馆里，我一坐就是几个小时，一动不动地眺望城市，心里怀着封冻的乡情。我既不阅读，也不跟人交谈；不寻求"历险"，也不渴望友人。我是如此贪婪地将城市的风景、丘陵的轮廓、山谷的蓝雾藏入记忆，就像流亡者目不转睛地看一张从家乡寄来的全景明信片……我搭乘有轨电车去塞尔托萨，去皮斯托亚，那里并没有什么特别的"景观"——但也正因如此，那里的一切都很值得观赏：村舍和修道院，教堂和小酒馆，一切都用来自这片泥土、来自过去时光、来自逝者心灵的同一种材料建造。对我来讲，那是一段多情的时光。肯定不是我青年时代最糟糕的阶段。我现在有时还会梦到那幅风景。

我到博洛尼亚和威尼斯旅行，由于我既没有钱，也

---

1 原文为法语"déjà vu"，指似曾见过、似曾相识的记忆错觉或旧事幻现。

没有事，所以待在哪座城市都无所谓。因为我的行动不
受任何限制，每星期兜里的钱都不够花，能做的事情就
更少了……罗拉偶尔用带衬纸的信封寄些零钱来接济我，
另外，我写一些体裁含糊的文章换取可怜的生活费，有
几份费尔维迪克、艾尔代伊地区和布拉格的报纸[1]出于好
心予以登载，大部分稿费用来支付账单。每次旅行结束，
回到佛罗伦萨，我都像撤退回某个绝对安全的大本营、
城堡或防御工事。旅店提供日常所需的一切用品，对房
租催得也不那么紧。在那几个月里，我体内泛滥着发自
内心的轻松和随意，仿佛获得了能够将自己置身局外的
特权。我至今记得当时那段"无忧无虑"的生活……罗
拉回到佛罗伦萨时，已经是炎热的夏季了。她带来了里
拉，还带来匈牙利辣味香肠作为礼物送给我。这就是我
们拥有的一切。我们前往都灵[2]，因为我们"无论如何"都
想去看看科舒特故居；今天我已经不知道为什么了……
我们在都灵吃了午餐，无忧无虑，格外快活，似乎万事

1　除了之前提过的报纸外，马洛伊还为《布拉格匈牙利新闻报》《东方
　　新闻报》等撰写专栏或评论。
2　作者于1924年5月参观都灵的科舒特故居，并写了一篇题为《科舒
　　特故居》的文章刊登在《考绍日记》报纸上。

大吉，想都不会想到可能还会有其他的目标。我们搭夜车回到巴黎。

5

我们的行动是那么轻便，背着破烂的行囊，既没有钱，也没有前景……即使美国也想去就能去！后来，许多年后，一张我在街上看到的宣传画把我带到了巴勒斯坦，甚至更远的大马士革。我说走就走，仿佛在那里有什么紧急事等我去做！……只要我保持内心的自由和不羁，我就不知道什么叫"阻碍"。

我们对巴黎已相当熟悉，既有经验又小心谨慎地选择住处。我们在新区找到一套公寓，在里沃利大街拐角，在"右岸"；我们熟悉了这个"新巴黎"……在右岸的巴黎，既不闲逸，也无浪漫。我们落脚的那栋房子位于康邦街，是一幢墙壁很厚、建于拿破仑时期的公寓楼。安东尼[1]的美发店开在一层，他不仅是巴黎最时尚的女性发型设计师，还为美国最大的一家摄影经纪公司做代

---

1 安东尼，即安东尼·西尔普利科夫斯基（1884—1976），波兰美发师，当时他在巴黎开的美容店名流聚集。

理。现在，我必须不惜一切代价地开始赚钱：我凑出自己所有的钱，搞来一台打字机，将我写的"巴黎报道"一式三四份地打出来投稿，而且使用三种语言，寄向四面八方……我们在康邦街的住房宽敞漂亮，并且属于"带家具"的那类；房东夫妇除家具之外什么都不给，甚至连服务也不愿意提供；但是不管怎么说，还是比较有人情味，"比较中欧"，一切都能让我隐约联想到家乡人对"家"的那种概念，感觉仍住在传统街区。那些家具，让人感到某种早期、内敛的帝国气派；另外，公寓内的楼道、前厅、走廊都是那样吸音，遮光，隐秘……几个星期后，我们理解了在这种悄然无声的恢宏寂静背后隐藏的原因。亨利艾特夫人，那位富有的、头发染得乌黑的女房东，虽然按月出租客房，但主要是为了维护自己可敬的形象；她更乐意将客房租给"半小时情侣"，每天下午，萍水相逢的男女们来这里速战速决地享受鱼水之欢……尤其是在我们隔壁那间贴了红色墙纸的客房，每天下午，都深受老先生和热情似火的女郎们青睐。有一段时间，我的市民意识让我对"我跟妻子住在这样的地方"感到恼火；但在罗拉身上并没有这类市民式偏见，她为我的大惊小怪感到好笑，所以我们还是留了下来……实际上也是，哪家巴黎旅馆或客栈不接待偷情的男女呢？

另外，这栋房子、这条大街、这个街区，更让人联想到哪个英属殖民地。在通向安东尼神秘店铺的楼道里，每天的每个时辰都云集着仪态大方的英国名媛和性情放浪的巴黎女士，世界著名的美发师则开出高价兜售自己的知识和本领；客人们在楼道里领号排队，最昂贵的轿车排成长队在楼门前静候，不是"劳斯莱斯"，就是"希斯巴诺"，女主人坐在楼上光线朦胧的窗后享受安东尼及助手们的揉捏和卷烫。正对楼门的马路对面，是一家冷僻、无聊、没趣的茶馆，旅居巴黎的英国侨民每天下午都聚在那里饮茶。在这个地方，所有人都在为他们服务：银行、商场、饭店、茶馆、酒吧，包括那些大多开在城中心小街内的妓院，光在康邦街上就有两家。其中一家消费昂贵，极尽奢华，我这么说，不仅由于店里家具和所有的陈设，还因为许多登门的贵客是路易·菲利普时代[1]的遗老。街道、茶馆、饭店，到处都不分昼夜地回荡着英语交谈的声音。这些英国人僵化、固执地保持着殖民国的习俗，神气地开着英国牌号的轿车出现：英

---

[1] 指法王路易·菲利普一世（1773—1850）统治时期（1839—1848），他是奥尔良王朝的创立者。

国老先生们头发雪白，目光沉滞，皮肤因打高尔夫球晒得通红；而那些年过五旬的妇人们全都打扮得像玛丽女王，都戴着蜂房形状的礼帽，身穿长裙，白天执手杖行路，下午到隆佩梅耶尔喝茶，但是到了夜里，她们在安东尼和裁缝的帮助下乔装打扮，摇身变成世俗的舞女……这些在自己家乡是那样谦恭内敛、节制有度、彬彬有礼、循规蹈矩的英国人，在运河[1]的对岸，在巴黎世俗的街区内，却变得如此饥渴，如此道貌岸然地贪婪，如此一意孤行地追情逐欲！我在巴黎，在康邦街一带，在短短几周内对他们的真实了解，远远超过了后来我在英国对他们长达数月的了解和窥伺。

他们住在这里，住在里沃利大街几乎隐形的、建于19世纪的酒店里。临街的那面几乎不露酒店的痕迹，所有的富丽奢华和宽敞大堂都朝向内侧，朝向弗布尔-圣安娜大街。他们住在莫里斯酒店、达尔巴尼酒店或州际酒店，开着所有零件都为手工制造的劳斯莱斯轿车，带着他们经过安东尼和巴黎外科医生精心修复、重现维多利亚时代美丽余韵的妻子们……"睁开你的眼睛吧，我的

---

1 指巴黎的圣马丁运河。

朋友！"我自豪地对罗拉说，"你在这里看到的是以后永远不可能再看到的东西；这就是你以后将在画报里读到的'大世界'……"可这个大世界是多么小啊。在这里，人们在隔壁的克里伦酒店和莫里斯酒店之间散步；在这里，最昂贵的裁缝店、时装店和大银行的支行鳞次栉比；在这里，橱窗内不断更换着各种各样毫无用途的小玩意儿、小摆设、钢笔、首饰、花哨东西，以及因其繁赘琐饰而永远属于自己那"另一个"世界的小设计。我们瞠目结舌、神不守舍地住在这些窄街里。在这里，有许多地方我们连门槛都不敢跨进：比如巴黎咖啡馆，那里的菜单上不标价格；比如维尔森饭店，途经这里的国王和比国王更有权势的美国银行家们在这里通过烤肉和汤汁神采飞扬地展示自己的文化，至少跟卢森堡博物馆里的藏画一样特别……

丽兹酒店的大堂正门开向康邦街。下午四点到五点之间，我坐到酒店的吸烟室里读报纸，喝一杯苦艾酒，将报纸摊在桌子上，随后我跟所有进出酒店的访客们一样，开始全神贯注地投身到"微服出行者"的角色里。墙上挂着骏马、名犬的彩色木刻和时髦美术家"塞姆"创作的漫画；过路的外国游客坐在桌旁，坐在磨破了皮面的沙发上，在朦胧的光线中喝威士忌；领班侍者面带甜蜜的倦意慵懒地坐在吧台后，不时会有人推门进来：西班牙国王、威尔斯王储、罗斯柴尔德家族的某位成员、摩根也经常光顾这里……领班侍者对客人们的习惯了如指掌，无须询问，就将鸡尾酒端到他们跟前。西班牙国王跟驻巴黎大使基尼奥内斯·德·莱昂促膝密谈，一谈就是几个小时——所有来这里的客人都是"微服出行者"，我也是。没人注意坐在自己旁边的人，跑堂对摩根先生的态度跟对我一样，说一句"谢谢，先生！"，然后将摩根先生留下的小费扫到手心。从某种角度说，丽兹酒店的吸烟室悬浮在世界、时间和约法之上。在这里，造访者置身于一个非常特殊的局外地带，国王们、匈牙利记者们、画家们、皮条客们、世界著名的女演员们、途经这里的巴尔干国王们——只有领班侍者认识所有客人，他基于特殊的训练和丰富的经验，只用一个眼神或一抹微笑，无须尊呼名衔就能准确地向每位客人致以相称的敬意——只需要这些，既不要多，也不能少！在每天下午四五点之间，这间小厅的空气里弥散着某种不可抗拒的诱惑。我在这里揣测世界，揣测它的深度、高度和隐秘的联系……我将许多副面孔存入了记忆，那些面孔，后来我在其他许多地方重又遇到，在软卧车厢的过道里，在海滨，在机舱里，在英国或法国著名画报的封面上……在那几个小时里，我一刻都不觉得自己"附庸风雅"；我没有别的目的，只想近距离地"看"一会儿那些世界名角，看看在过去的一个半世纪里，究竟有多少人在历史的沟壑里栽倒或爬出！在"鸡尾酒时间"，大概六点钟左右，在抽两支雪茄的间歇，在一张张方桌旁，英国、法国、美国的先生们跟西班牙经纪人，或跟隔壁旺多姆广场上营业规模神速扩大的美国银行家只需通过握手和微笑，就能在闲谈中顺便谈成大笔的生意。银行家们之所以下班后去丽兹吸烟室坐半个小时，就为做几宗真正的买卖……在那段时间，梅隆[1]光顾过这里，还有一位波旁王朝的王储也经常来这儿。一般来说，每个属于这个"世界"的人，其姓名和住址都被收录在《谁是谁》[2]或别的哪部根据血缘、财富、权势编排的不成文、不公开的权贵名册里。在这个老派的地方，空气里弥漫着某种危险四伏的窒闷气息；客人们静静地坐着，抽着烟，与此同

---

1 梅隆，即安德鲁·威廉·梅隆（1855—1937），美国银行家，曾在三任总统内阁里任财政部长。
2 《谁是谁》是创刊于1903年的法国著名的名人录。

时，大堂内发生着什么虽不可见但可感知的大事件。"谢谢，陛下！"小跑堂低声地对坐在我邻桌的葡萄牙或希腊的前国王说；没有人应声，没有人从报纸上抬起眼看，没有谁的视线从《纽约时报》欧陆版的股票新闻栏移开。

我将丽兹吸烟室视为只属于自己的某种秘密。匈牙利人大多去蒙帕纳斯的艺术家咖啡馆。我更对这类巴黎大社交圈的秘密场所感兴趣；我审视一张张面孔，观察每个人的气质、风度和言谈举止。我就像一位身穿便装的肖像摄影师在这里"工作"。我闯进了一个新世界，我在那里连嘴巴都不敢张开。我小心地品尝这个特殊世界的奇味菜肴。每天晚上，我们都坐到大环路上的某家咖啡馆前。壮观的风景，巴黎的街道，满足了我所有的娱乐需求。在巴黎，我不记得有哪个晚上我们感到无聊。我经常在咖啡馆的露台上一直坐到拂晓，在"小那不勒斯"或"马德里"，或在那家正对晨报总部，午夜之后单身牌友、赛马手、站街女郎和皮条客聚集的简陋不堪的小酒馆里，望着街道出神……初到巴黎的那段时间，有一点梦幻，有一点迷茫和羞怯。慢慢地，这座城市变得迷人起来，我开始听懂这里的俚语，了解这里的小秘密，在窄街小巷里穿行自如——她将我诱到怀抱里，待我像一个旧日知己，不再放我走开。我已经熟悉并喜欢上她的味道，这股甜丝丝的黄花烟草和汽车尾气的味道，我的神经系统已经适应了她的节奏，适应了这种令人紧张、昼夜影响着这座城市的经济波动。我在咖啡馆里已不摘礼帽，半夜我跑到普吕尼耶小饭馆，虽不算麻利但相当专业地用娴熟的动作吃一堆牡蛎。种种迹象表明我已"巴黎化"了。我已经变得没有教养，要比早先在柏林更没教养。我开始学习欧洲人的生活习俗。

6

随着时光的流逝，当我真心地获得了一切，当我刻意追逐"体验"时，我的情感变得日益丰富，除了经验，除了"真实"印象之外，别的我什么都不看重。我还不懂得这个道理：对一位作家而言，一切事物的价值只取决于能在自己个性的炼金炉中淬炼出多少。我想看……究竟想看什么？我的上帝，我想看一切的一切！一天上午，我跑到大学解剖室看尸体，下午五点我在丽兹酒店喝茶，晚上我在追欢逐乐的夜店里看身体，或在一场"咖啡音乐会"的露台上看面孔。我爬到圣母院的钟楼顶，或钻进地下，钻进迷宫。我在巴黎城内东跑西颠，就像一只被松开狗链的小狗。我对拿破仑墓所抱的兴趣，丝毫不亚于"维莱特"的断头台。阿纳托尔·法朗士对我来说，就跟我的楼长一样陌生；我闯进他们的房子里，在他们家中四下环顾，嗅闻，记录，用眼睛和心灵拍照。从我的体内迸发出一股原始的生命欲望，就像一个可以不受惩罚、毫无障碍地在白人城市里行走的黑人。我的法语并不好，但我总是心急火燎地语速飞快；在这种状态下，谁会在乎不规则动词的特殊性呢？早晨，我离开康邦街，沿着将杜伊勒里宫花园与沃利拱廊隔开的栅栏散步，我看鲜花，看铜像，看卢浮宫屋顶上雾气朦胧的晨曦；之后，我怀着"前进"的感觉冲向城市，几乎是在放声叫嚷，就像一个不能快速迈开脚步的人。那些街名，那些建筑，那所有的一切都是"记忆"，这记忆来自文学，这记忆来自经遥远的时间、时代、民众和习俗过滤下的知识，现在，这记忆慢慢复苏并变成了现实，具有了形体，可以被触摸。"日常安排"的多姿多彩让我沉迷其中：对我来讲，不管做任何事情都不存在本质区别；我下午去法兰西学院出席一次纯化语言会议，或走进某家百货商店的旋转门，或在和平街看看商店的橱窗，

　　　　　　　　一个市民的自白

或在国立图书馆大厅里读《箴言报》的某个合订本，或去皮托镇[1]旅行，在那里拍售廉价机票——这所有的一切组成"记忆"，这所有的一切都"很有趣味"。无论我翻开大画册的哪一页，图中的风景都令人心旷神怡……仿佛一个相隔久远、已被忘掉大半的童年时代——某种共同拥有的、欧洲人的童年时代——的记忆被唤醒了：许多场景与人物都从历史、小说和童话里复活，从雨果、法朗士、拉马丁[2]、米什莱[3]的笔下复活，成为时下话题，成为日常新闻。全世界所说的"法国"到底是什么？石头、血液和纸，风景和气候，具有特别的、"那么法国"味道的水果，微笑与风度的区别、与神经系统的区别和地理学因素，某种超人类的、超越其他种族的东西……为什么法国人拥有自己的文学，比方说荷兰人就没有？为什么德国的平原人拥有自己的艺术，而斯堪的纳维亚人就从来没有过？为什么挪威人能拥有自己的文学？为什么法国音乐很一般？我在巴黎嗅到了"种族"的秘密；我所知道的东西，总是对差别

---

1 法国塞纳省的一个小镇。

2 拉马丁（1790—1869），法国浪漫主义诗人、作家、政治家。

3 米什莱，即儒勒·米什莱（1798—1874），法国历史学家，被誉为"法国史学之父"。

的证实，但从来不是回答。

这种好奇心的自然结果是，我用自己的双手借助于铅笔和打字机，不由自主、激情勃发地开始在咖啡馆里、在地铁中、在火车上为报纸撰稿。我跟"事件"的关系仅仅在于我觉得自己是"在场者"，感觉自己生来逢时。从这个角度讲，我认为所"发生"的一切都极其重要。我没有进行太多的挑选。早晨我出门上路，穿过杜伊勒里宫花园的郁金香花圃，开始做报道……假如哪栋房子失火了，我会立即冲进去；我感觉那房子似乎是"为我点着的"，因为我在场，因为这个场面我只能看到一次，此时此刻，我生活在这里，在这个星球上，在法国人中间……尤其是，那栋正在燃烧的房子是"法国的"，因此要比葡萄牙的房子"更有意义"；我必须迅速、仔细地进行观察。写新闻报道也可以成为一件苦差事，可以是一项"使命"，但绝大多数时候，它只是一种紧张状态而已。我总是时刻警惕着，仿佛巴黎和欧洲大陆的所有报纸都需要我提供新闻填充版面。我急匆匆地吃完午餐，胡乱抹了一下嘴，立即直奔议会大厦去听卡约[1]的讲演，好像

1　卡约，即约瑟夫·卡约（1863—1944），法国第三共和国总理、政治家。

这事跟我有关系似的……但这真的跟我没关系吗？莫非在万象中、俗世里、地球上所能意识到的所有事情真跟我，跟我这个同时代人，跟我过客的灵魂无关？卡约在讲演，其实我听不太懂他在讲什么；但我屏息静气地坐在议会大厦的旁听席上，出神地盯着国家政要们肥如仓鼠、忽红忽紫、吃过午餐的脸。当然，不少人是从外地赶过来的，形形色色的法国人在大厅里用拳头捶椅子，在厅外走廊里大喊大叫，享受各种方言的欣狂。中午，他们在波旁宫附近的小酒馆里用午餐，胃里灌满了勃艮第葡萄酒，从他们的呼吸中能闻到大蒜味，他们滔滔不绝，醉意醺醺，满腹伎俩，夸夸其谈；不管怎么说他们在这里是民主的卫士、文明的最后堡垒，除了维护地方利益和拉选票外，他们还代表这个付出巨大代价、举步维艰、虽不完美但毕竟在向更高的人类准则前进的欧洲。与此同时，他们毫无疑问地也在做生意，贪婪而执着；必须抓紧时间，这个国家很大，裙带关系都饥肠辘辘，总理们像走马灯似的上台下台。我永远不能理解法国党派政治的瞬息万变；我不理解，因为我对这个不感兴趣，我无法集中心思听他们解释。但是这一点我能够理解：第三共和国在也就半个世纪的时间里，一百一十或一百二十届政府内阁不得不为饿得发慌的一代代人提供职位和津贴——总理们在宝座上的时间以小时计算，他们不得不发疯似的任命亲属和助选人，向他们发放退休金和养恤金。所有的人都匆匆忙忙，议员们，总理们和那群紧随其后、渴望获得职位、生意和薪水的隐形帮伙……我坐在旁听席上，看着坐在议席上的民主代表们，像听一场酒气冲天、怒火万丈的斗殴音乐会——他们单枪匹马，或许只是些偷鸡摸狗者，不过聚集到一起还是颇有力量，颇具权势，还是有良心有纪律，在决定命运的问题上还是有民族的良心、法国的意志。卡约在讲演，白里安[1]在讲演，普恩加莱[2]在讲台上拍桌子，情绪开朗的布伊松[3]议长带着资产阶级的傲慢和无党派的气质不露声色地正襟危坐。除了政治之外，法国议会还是雄辩与风格的自由大学；人们对发言者的讲演风格、定语的清晰和力度、谓词的力量、句与句连接的乐感所进行的评论，跟对其政治理念进行评论一样认真。

---

1 白里安，即阿里斯蒂德·白里安（1862—1932），法国政治家，1926年获诺贝尔和平奖。

2 普恩加莱，即雷蒙·普恩加莱（1860—1934），法国总理、政治家。

3 布伊松，即费尔南德·布伊松（1874—1959），法国政治家，曾担任法兰西第三共和国的议长、总理。

我还去了里尔[1]，我是乘特快列车去的，因为有一位绝食艺术家已经三十天没吃东西了。我去机场等候林德伯格[2]；他走下旋梯时，所有人都激动得流泪，大声呼喊，这里发生了什么，这个人再次证明了自己的魅力……我参加了阿纳托尔·法朗士的葬礼；我在火车站等候阿富汗国王阿曼努拉[3]；我在奥赛火车站等候流亡的西班牙王后，看到她到达和流泪……我去过凡尔赛宫，见到了下台的白里安，看到他步履蹒跚地走下台阶，再次感觉法国人是对的，在这一刻，他们需要的不是仁爱、天才的白里安，而是不怎么仁爱、较为粗莽的杜美[4]。我去造访哈瑙夫人[5]，听她讲据她所知谁在法国偷得最多；我还去过塞茜尔·索莱尔[6]家，她给我看了她的浴缸；我去拜访了住在巴黎的

1　法国北部的大城市。

2　林德伯格，即查尔斯·林德伯格（1902—1974），美国飞行员、作家、社会活动家。1927年5月21至22日以三十三个半小时从纽约飞抵巴黎，成为第一个飞越大西洋的人。

3　阿曼努拉（1892—1960），阿富汗君主，试图在英国统治下维护阿富汗独立。1929年流亡欧洲，逝世于瑞士。

4　杜美，即保罗·杜美（1857—1932），法兰西第三共和国总统，遇刺身亡。

5　哈瑙夫人，即玛尔蒂·哈瑙（1886—1935），法国骗子，20世纪20年代她在法国以各种手段进行银行转账行骗著称，马洛伊对她的采访以《哈瑙夫人》为标题刊登在1931年3月1日佩斯《新闻报》上。

6　塞茜尔·索莱尔（1873—1966），法国著名女演员。

罗斯柴尔德[1]，他用不容辩驳的声调高声朗诵了他新剧本中最打动人的一段戏。我目睹过死刑，做过关于卢尔德[2]的报道。我坐在宣誓就职大厅里听小个子、红头发、枪杀乌克兰匪首彼得留拉[3]的乌克兰钟表匠自白，他自豪地说："因为他杀害了我的全家，所以我冲他开了六枪。在他倒地后，我又向他补了一枪。"他一边说一边得意地微笑。我认真注视着他的微笑，努力在心里原谅斯托尔派先生。

随后，我写了一篇一百到一百五十行的报道，激动地记述了我的所见所闻。我总是一句话从中间说起，迫不及待地匆忙讲述，仿佛害怕被人将想说的话掐在嗓子眼里。我睡不安生，经常半夜里爬起来，钻进出租车，跑到蒙帕纳斯，坐到酒桌旁偷听别人谈话，撰写新闻。

7

接近岁末，我开始适应了蒙帕纳斯的咖啡馆。我终于

1 罗斯柴尔德，即亨利·罗斯柴尔德（1872—1942），法国医生、剧作家。
2 卢尔德位于法国西南部，是法国最大的天主教朝圣地。
3 彼得留拉，即西蒙·瓦西里耶维奇·彼得留拉（1879—1926），乌克兰政客、民族主义者。

一个市民的自白

厌倦了丽兹酒店吸烟室独立于世的那种状态。就在那一年和之后动荡不安的几年里，在左岸的拉斯帕伊大道街角有两家著名的"艺术家咖啡馆"，那里曾是欧洲精神与艺术运动的自由大学。我在那里的感觉从来就没有良好过；但是如果我哪天没在某个嘈杂拥挤的露台上聊上个把小时，我就会心颤手抖地烦躁不安，因为我的喉咙里没吸到法兰西的黄花烟草，没有感到迷蒙的醉意。想来在那片街区里每个人都喝酒，一天到晚都有人醉醺醺地蹒跚走在汽车之间，在马路上穿行；他们用水杯喝廉价威士忌，即使贤哲们也把啤酒当水喝。这两家享誉世界的咖啡馆是："多摩"和"圆顶"——在它们周围追风般地开了十多家歌舞场和饭馆——就在那一年，这里算得上是地球上最重要的中央实验室之一；一切都在这里煮沸，蒸馏，革命与品性，政治与激情；谁要是绕开了这些肮脏的街巷，谁就错过了诸多的大事件……

　　乌纳穆诺[1]每天下午都坐在这里，带着睿智的微笑和理解的目光，愉悦地承受流亡的残酷；在他身边聚集起一大批新西班牙的知识精英和冒险者、军人、哲学家和

1　乌纳穆诺，即米格尔·德·乌纳穆诺（1864—1936），西班牙哲学家、文学家和学者。

作家们。我很愿意坐在他们中间。他们都是忧伤的人；一般来说，跑到蒙帕纳斯的家伙们大都是试图寻找自身位置和身心家园的脆弱者。乌纳穆诺安慰他的战友们，相信西班牙的明天，对欧洲文化的未来充满怀疑。这位西班牙流亡者的浪漫主义感召力，大概能跟1848年的科舒特媲美。马西亚上校[1]是加泰罗尼亚流亡者团体的灵魂人物，同时他也跟那些留在祖国的敌人们，跟何塞·安东尼奥·普里莫·德里维拉[2]和长枪党的将军们一样，是位充满激情的民粹主义者；午夜过后，他神色迷乱地用水杯豪饮杜松子酒，这位陌生的旁观者实在弄不清楚：流亡者跟国内的"压迫者"之间到底有什么区别？有一天早晨，马西亚等人和乌纳穆诺前脚刚刚返回祖国，西班牙大公、女大公们和显贵、侯爵们就带着首饰、爱犬、支票本和大管家搭乘南方特快列车抵达了巴黎——"西班牙流亡者"遍布巴黎，只是调换了一下角色而已。维

1　马西亚上校，即弗朗西斯科·马西亚·鲁萨（1859—1933），西班牙加泰罗尼亚独立党领导人。1923年被流放，1926年起义失败，流亡法国。1931年出任过几周自治政府主席。

2　何塞·安东尼奥·普里莫·德里维拉（1903—1936），西班牙将军和独裁者，西班牙法西斯主义长枪党的创始人，曾任总理。

森特·布拉斯科·伊巴涅斯[1]是这一流亡群体中广受喜爱的著名作家，他是阿方索国王[2]的死敌和激情澎湃的时事评论家；这位西班牙的约卡伊没能看到他斗争的胜利，在西班牙革命前夕死在了普罗旺斯的"玫瑰庄园"。伊巴涅斯的同胞们、流亡哲学家和军官们都对他非常尊敬和爱戴。我吃惊地发现，通常在流亡群体中扮演核心角色的一个个人物，就其思想和领导能力而言，远不配担任这一角色。跟在"玫瑰庄园"里写文风矫饰、水平中等的小说的伊巴涅斯相比，乌纳穆诺要更聪明，而寡言、忧伤、脾气暴躁的佛朗哥[3]少校则更具有革命性，但结果还是伊巴涅斯成为所有人公认的精神领袖；就连那些比他更杰出的知识精英和著名人物，也都心甘情愿地居身其下。

在蒙帕纳斯，每个人以各自独特的方式，在那段时间里都算是流亡者。荷兰、美国和苏门答腊的流亡者们

---

1 维森特·布拉斯科·伊巴涅斯（1867—1928），西班牙小说家，由于反对保皇党，大部分时间流亡国外，死在法国蒙顿。

2 阿方索国王，即阿方索十三世（1886—1941），波旁王朝的西班牙国王。1931年，西班牙爆发了革命。阿方索十三世被迫退位并逃亡，死于罗马。

3 佛朗哥，即弗朗西斯科·佛朗哥（1892—1975），西班牙国家元首、大元帅。

也生活在这里——这些人既没在自己的国家里受到歧视，也没跟国家政权发生对抗，而是为了逃离时间；他们从第二个家乡逃到蒙帕纳斯，在这里存在着另一套时间体系，在这里即便是《拿破仑法典》[1]也会突然失效……蒙帕纳斯是全世界无家可归者的收容站，流亡者们忧伤地支着臂肘，托着腮帮，等待拯救他们命运的天象或地兆出现。俄罗斯的流亡者也坐在这里，他们对祖国的制度不满；我见过有些俄罗斯年轻人将自己国家大权独揽的当权者，将斯大林和捷尔任斯基数落得体无完肤……蒙帕纳斯的部落成员活在时间的前头。对老百姓来说尚不知道为何物的时尚和信条，在他们嘴里不过是些过时、过气的陈芝麻烂谷子。当莫里哀剧院公演让·科克多[2]创作的戏剧，"达达派"还让市民们大惊失色；当画商们还在用毕加索的立体派构图刺激艺术爱好者，这位伟大的探索者和嬗变者已经回归传统形式。当昔日的"超现实主义者"已经写下错综复杂、掷地有声的诗歌，当

---

1 《拿破仑法典》，也称《法国民法典》，1804年制定，是法国民法的法源中最重要的一部法律。
2 让·科克多（1889—1963），法国先锋派作家、诗人、戏剧家、艺术家。

莫里斯·尤特里罗[1]已经以图画书的风格画房子和风景，公众刚开始意识到在天地之间还存在着这类的艺术实验……蒙帕纳斯不是一所"学校"，而是一种氛围，在那里充满了艺术创作的势能，就像伊甸园的果实嘲讽四季法则。

除此之外，这里还像一个南方的累范特[2]码头。时过不久，拉丁区果真变成了那个样子：在街上就有人挥刀舞匕，黑人们拎着左轮手枪聚众闹事，马来人、英国人、希腊人、瑞典人和匈牙利人也带着自己的忧伤、愿望和浅见加入午夜后的大辩论里，最后经常以刀光和枪声一决雌雄；尤其是波兰人和意大利人，他们为各自的恐慌大声争执。巴黎警察手挽手地站在街角，一副视死如归的冷漠神情。法国平民在星期天下午倾巢出动，拥向蒙帕纳斯，就像古代去东方做生意的法国人那样目不转睛地观赏异国情调：父亲、母亲和已经成熟到足够能接受这种体验的青春期孩子都身穿黑色礼服，一本正经、面带惊惧地坐在多摩咖啡馆的大

1　莫里斯·尤特里罗（1883—1955），20世纪法国最重要的风景画家。
2　累范特是个不精确的历史上的地理名称，指"意大利以东的地中海土地"。历史上，累范特在西欧与奥斯曼帝国之间的贸易中担当重要的经济角色，是中世纪东西方贸易的传统路线。

理石桌旁，听那些单调叫卖、满腹怨气的小商贩高声兜售美国花生，听醉酒女人的尖叫，听那些带着野兽般的眼神，通过言语、动作和情态蔑视文明的神圣法则的外国人用世界上的各种语言进行争辩，抱怨，挑衅，梦想。恐怕很可能会有那么一天，某个愤怒的法国市民团体向这个闯入国门、聚众闹事的外来部落发起进攻，将他们踩成肉泥……法国人去蒙帕纳斯看外国人，就像我们外国人逛民俗博物馆或卢浮宫一样。在他们的脸上挂着厌恶、恐惧的神情。的确，我们身上有什么东西值得他们喜欢呢？我们将自己标榜为"游牧部落"，在画室舞会结束后，浑身涂满彩色颜料在巴黎街道上裸体狂奔，跑到协和广场的喷泉池里洗澡……在巴黎人眼里，这片街区和蒙帕纳斯的艺术咖啡馆就像是搬入动物园的喀麦隆部落，或是展示幽灵一般、唇大如盘、属于巴黎冷漠而睿智的普世观一部分的非洲民俗村。掌灯时分，这群乌合之众——全世界忧伤的精英和婊子，妓女和天才，大艺术家和小偷，哲学家和用哥罗芳[1]作案的窃贼们，诗人和旧货商，捕鲸者和教派创建者——在这里尽情狂欢，就像在斋月之后，在古尔邦节之夜的开罗

---

1 即氯仿，一种镇静剂和麻醉剂，人在短时间吸入就会产生晕眩、疲倦、头痛等症状。

或大马士革广场上。巴黎民众拘谨地坐在他们中间，捻着胡须，戴着礼帽，观赏这一节日盛况。两家咖啡馆之间的马路，慢慢被堵得水泄不通。便道上，马路上，街角上，人们挤得没有立足之地。人们大喊大叫、载歌载舞地欢庆什么。

蒙帕纳斯集大学神学院、蒸汽浴室和自由讲坛于一体。我在某张桌子旁坐上半个小时，孤独地坐在人群里抽完一支雪茄；我感到紧张焦虑，我待在这里无所事事，虚度昼夜，命运在悄悄地向我靠近，这是蒙帕纳斯的命运，即便那些较为年长、较有经验、较具阅历的人也无力挣脱……在那些年里，这种特别的"蒙帕纳斯的命运"降落到许多才华横溢的人身上；那些人来自智利、纽约或鹿特丹，他们来到那个充满异邦情调的码头，怀揣着生活计划，好奇而幼稚地坐到著名的多摩咖啡馆的一张桌子旁，从那之后，他们一直这样坐在那儿，怀着期待，也许一坐就是十个春秋……他们激烈辩论，喝法国白兰地兑苏打水，慢慢忘记了承诺、家庭、过去、家乡和计划，变成了蒙帕纳斯的"名人"；就另一个家乡和世界而言，他们悄无声息、义无反顾地死掉了。另一些人在这个肮脏不堪的收容站里建立家庭，安居乐业，并且赢得了世界声誉。尤莱斯·帕斯森[1]在这里生活，并自缢。我总是淡定地注视着周围的一切，怀着不良之心……但是，不管晚上我去哪里，我都会在午夜时平心静气地撇下友人，纵身跳上某辆驶向拉斯帕伊大道、颠簸摇晃的公共汽车。

8

在蒙帕纳斯背后的某个地方，巴黎城隐约若现。现在，我有时能看到某一个片段：远眺的街巷，一间公寓，一个人的面孔，忽东忽西地跟哪个法国人聊天，跟牙科医生，跟邮递员，跟某位部长……或许，对我这样的外国人来说，见国家元首比造访一个法国市民家庭要容易得多。我总是在观看"演出"，看巴黎盛大节庆的演出，就像看彩色的瀑布和别开生面的万众狂欢；但时光过去了许多年，"甜蜜的生活"，神秘的法国人生活，我始终未能看见。法兰西市民回避外国人，仿佛我们每个人都来自霍乱之乡，仿佛我们喝水的杯子上沾满了麻风

1　尤莱斯·帕斯森（1885—1930），保加利亚人，一战后去法国，成为20世纪初巴黎画派画家，人称"蒙帕纳斯王子"。

杆菌；就连给我们看病的医生都是如此，他们看我们的喉咙，听我们的肺部，仿佛我们的每根神经都携带着恐怖、神秘疾病的毒芽……有一次我生病了，因为嗓子疼去看一位著名的专科医生。当他刷我的喉咙取菌样时，显然带着满脸的怒气——他有一只眼睛在战争中被子弹打瞎，现在我都能看到他那张向我俯身、缠着黑色绷带、浮着扭曲并充满敌意狞笑的独目巨人的脸——出于对我的不信任，他每次都事先索要治疗费，用小刷子在我的嘴里刮来刮去，怀着灼热的激情将由衷的憎恨发泄到我脸上。对这种憎恨，他从没做出过任何解释。在那些年里，外国人将成麻袋的黄金扛到法国，每季度花在那里的钱都数以十亿计；然而，法国人除了想沐浴在地中海的蔚蓝里，想在从佛日山脉到普罗旺斯的那片蓝天下晒太阳，别无所求……他们憎恨外国人搭乘载满货物的轮船抵达这里，后来又憎恨他们不再来这儿。在富裕的年代，法国人丧失了对数字的概念和现实本能：他们每个人都很富有，他们咬牙切齿、一脸不悦地盯着我们，盯着那些使他们变得富有的外国人。即便在高档饭店里也会发生类似情况，男总管对我们这些外国人的态度，就像对那类受到宽容的殖民地国的有色人种。在那段时间里，向世界贡献文明的法国人，俨然已完成了自己的使命，傲慢地将注意力转向自己。伏尔泰和丹东那代人彻头彻尾地向金钱投降。在法国人眼里闪烁着如此饥饿的光焰，充满无法掩饰的愤怒和令人战栗的贪婪。他们鄙视一切其他民族的东西，甚至鄙视那些清楚地知道自己没有资格谈论"法兰西"民族的外族人。他们多多少少只把英国人视为人类；德国人始终是"德寇"；至于其他民族，从希腊人到匈牙利人到扬基人，都是可疑的"外国佬"，粗蛮的异邦人。

当然，这里的"精英"持另外的观点；但这类精英在什么地方跟我们交谈呢？他们通过自己的著作和艺术品向世界喊话，发出原则性的团结信号，但他们连地图都不看。在那期间，莱昂·都德[1]曾向六百名法国议员发出过一封公开信；他在这篇激情洋溢的文字里，请求法兰西民族最杰出的代表们支持被迫害、被压榨、被宰割的高贵的斯拉翁民族，请求他们将回信寄到"斯拉翁民族运动"日内瓦总部的地址。结果，大多数议员都热忱回复，表示对高贵的斯拉翁民族抱以深切的同情；但居

1　莱昂·都德（1867—1942），法国记者、作家、社会活动家。

然没有一个人想到要查一查百科全书，看看到底存在不存在一个这样的民族。如果存在，他们在什么地方过着如此悲惨的生活？……这个奇闻令人震惊，但又千真万确。在巴黎，外国人生活在某种令人发疯的孤独和放逐中；只有金钱的魔力才能够缓解这种孤独，以及这种悲凉的放逐。

罗拉表示，必须学到法国人的"秘密"——因为他们有一些小心隐藏的秘密，即这个伟大民族的生活方式，意味着幸福生存的原则与共识。我们以为是这样。他们每个人都很富有：楼长，邮递员，包括送煤的小伙子。法国人的节俭全世界有名，这么说没错；但若从近距离观察，他们的节俭也与众不同：他们在住房、衣服、书和剧院方面花钱较少，但在吃和女人方面，出手相当大方……作为标本，我把周围遇到为数不多的法国人放到显微镜下进行研究。每个人都有不多的"存款"——大约两千法郎，可保证以后退隐到乡下小屋；包括楼长和旅店女佣。我对他们的生活进行拆解和分析，但并没有找到答案。没错，他们忘我地工作，挣一点小钱，花每枚硬币都要精打细算；但在我们家乡不管你怎么辛苦劳作，也不可能攒出两千法郎来。我曾毫不害臊地追问

"他们的秘密"，但他们只是报以微笑。最后每个人都说，是继承来的；这个国家非常大，几世纪的经济积少成多；有谁敢动用资本呢？所有的都是继承来的，用心相爱，但理性结婚。爱情有时让人丧失理智，或杀人，或啼哭；但很少有人在没有嫁妆的情况下穷结婚。我们那条街上的面点师将自己的女儿连同三千法郎嫁妆嫁给了一位年轻面点师，屠夫则给了女儿一百万的陪嫁。没有"经营资产"，法国人不会去办结婚证。

后来我发现，法国人的低调和节俭，完全出乎我们的想象。一切全都那样实际，经过周密考虑；一切全都参照经验，讲究方式……我近距离地接触，并仔细地窥探"欧洲人"的生活；我满脸羞红、惭愧不安地感到，我根本不懂得生活的责任，我只是这样活在世界上，我的生活方式和需求超过了一位法国百万富翁的需求。许多年里，我搭乘公共汽车都要坐到最里面的座位；法国人有时会花半个小时等一辆人少的空车，为了能坐二等的硬座……为了能节省两三苏，他们穿着沾满泥水的鞋子，打着雨伞在雨里等待；噢，不仅穷人这样，当地有名的百万富翁也是如此……的确，他们喜欢美食，用餐考究；他们星期日吃烤羊腿，一点都不在乎钱。但在平时，他们用马肉和让人胀肚的白面包充饥；他们吃廉价奶酪和粗糙、带筋的次等肉，吃最为便宜、冻得发紫的鸡禽，吃"削价处理"、最后甩卖的死鱼和劣等罐头，吃缺少营养的烩菜和我们从来不堪下咽的发酵粉面条……食品原料的售价极其昂贵；那个时候，中间商与经销商开始狼狈为奸，牟取暴利，这场影响巨大的运动在无形中摧毁了法国人的生活，他们就像政治舞台上的间谍和使节一样遭人厌恨……我们想学会法国人的生活技巧，但是我们缺乏他们拥有自制力的内在素质。法国人能够积攒成财产的那些钱，我们都花到哪儿去了？我自己都搞不清楚。可能花在了出租车上。出租车费是那么便宜，而生活节奏又是那般匆忙……只要我在视野里没看到公车，就会下意识地扬起手，立即招来一辆疾驰而至的小轿车。他们对小费格外看重，尤其当客人是外国人时；法国人彬彬有礼地将硬币摆在手掌边缘，跑堂默契地点一下头，收下这笔菲薄的馈赠；但我从来都大手大脚，缺少"零钱智慧"，因此我总是多给小费，脸皮很薄，让我改变做派实在不太可能……当然，我们还雇女佣，那类料理家务的小时工；我为她们敷衍、仓促的工作支付的薪酬，高于我们家乡政府付给持有文凭的公务员的工资。许多年过去，我才意识到，在我周围只有最富有的法国人才雇女佣；就连律师、医生、家境殷实的中产阶级，也不过雇一位"清洁妇"而已，每天上门干一两个小时，一旦被发现把垃圾扫到了床底下，立即被解雇……只有在名副其实的豪门，只有富得流油的豪绅，才会雇帮佣、厨师、女仆和男仆。法国的中产阶级活得相当低调，就像我们家乡的手工匠。在我住的那个街区内，没有一户小手工匠雇打杂的仆人。

秘密不可能"学到"，这是血缘的秘密，是传统的秘密；有的时候我甚至认为，这是文明的秘密……这些富裕的法国人，住在多么狭小的屋子里；这些有钱的屠夫、面点师、食品商、蔬菜小贩和家财万贯的杂货店主，穿着多么破旧、闪光、惹眼的衣服招摇过市；女人们带着多么妩媚、亲切的神情，身穿在百货商场购买的巴黎烂布头[1]！他们午餐时品饮葡萄酒，但他们喝的是多么没味儿的葡萄渣酒[2]！他们的心灵、他们的欢乐都是多么的质朴无华，晚上，他们在人民公园是多么身心投入地欣赏蹩脚音乐——假若一位常受交响乐熏陶的德国杂货店主听到演技糟糕的巴黎街头音乐，肯定会逃之夭夭的……这些百万富翁抽的是多么廉价的烟草啊，他们多么耐心地坐在咖啡馆里，能

1　指批量生产、价格低廉的大众时装。
2　指用榨汁后剩下的葡萄残渣兑水后发酵、类似葡萄酒的加糖饮料。

守着一杯咖啡一直坐到午夜！他们多么贴近生活，多么全神贯注地体验生活琐碎而宁静的快乐和日子赐予他们的一切，他们有多么丰富的情感层次来享受生活，他们用多么庄重的形式包装自己的每一个言行，可一旦受到心性或情景的激发，他们又能多么轻松、自然地抛掉形式！他们到底有没有"秘密"？的确，法国人是有秘密的。他们是雅各宾主义者和"自由石匠"[1]，是天主教徒和胡格诺派教徒，是小市民和共产主义者；他们并不是字面意义上的"人种"，但在生活方式、行为举止和处事态度上，都是特立独行的法兰西人。当他们在集市上打架，当他们想到上帝，当他们感受到生活现实，当他们在私生活中"混乱无序"，当他们在关键时刻理清自己的思绪时，他们都是无与伦比的法兰西人。外国人学会了他们的语言和他们的风格，永远不能学会他们行为的秘密。

9

　　城市向着讷伊镇[2]延伸；新型的香榭大道，流光溢彩，

1　指共济会会员，"共济会"的英文字面意思为"自由石匠"。
2　法国巴黎西北郊的市镇，属于巴黎以西的上塞纳省。

就像美国的某条大道，在每个街角都耸立着不太张扬的摩天大楼。帝国时代的亭台楼阁，那些19世纪末建在庭院和花园之间的豪华宫殿都被拆掉。城市大声尖叫、躁乱不安地美国化。城市中汽车的鸣笛、广告的霓虹、俗艳的街景令人头昏眼花；这种风格让法国人也感到陌生，他们被迫接受，心怀鄙视……真正的法国人在灵魂、品位、感知和性情上都很法兰西，他们高傲地漠视野蛮叫嚣和军事炫耀。外国征服者们大把大把地将钞票撒在巴黎的街巷里——用"撒"这个字形容毫不夸张。有一天夜里，我在多摩咖啡馆的地板上、垃圾里、锯末中看到两千法郎，二十张崭新的百元钞票，肯定是从哪个酩酊大醉的美国人口袋里掉出来的；有人把钱捡起来，怒气冲冲地揣进兜里，骂骂咧咧地绕开在场的外国人扬长而去。

在巴黎定居的外国人，也在这个充满敌意的氛围里邯郸学步地效仿法国人。他们认为，"值得为巴黎做一次弥撒"[1]；他们在生活方式和言行举止上，都好像受洗成了法兰西人。有一位匈牙利画家蜕变得是那样的彻头彻尾，

1　法王亨利四世赞美巴黎的一句名言。

以至连法国人都认为他是继图卢兹·罗特列克[1]之后第一位终于能够注释和再现"真正巴黎"的艺术家……在法国人中间，我们用缺乏教养的市井语言交谈，衣着打扮都很法式；可即便如此，我们看上去还是有点像皮条客，有点像葡萄酒商。当然，我们必须赶紧租房，毕竟我们是生活在法国的外乡人。我们在布格涅森林附近找到我们的隐身地，距离凯旋门只有几步之遥，在一幢摇摇欲坠老房子的第五层。我们充满好奇地搬进去，搬进法国房东以很高的房租、恩赐的态度和无法掩饰的鄙视租给我们的两间小屋，感觉像占领者进驻外族领地：打算支起帐篷，但他们心里清楚，在灌木丛中有敌人在窥视。我们在巴黎有了住房，这是多么令人兴奋的大事啊！——窝在旅馆客房里的同胞们从心里非常忌妒我们。他们羡慕我们小小的占领，好奇地跑来做客，爬上五层楼，摇头惊叹。当我第一次睡在"自己的巴黎公寓"里，也感到幸福得晕眩，感觉自己的欧洲职业生涯开始步入正轨……

我们在五层楼上租了两间屋子，卧室和饭厅；还有

1　图卢兹·罗特列克（1864—1900），法国后印象派画家。

一间名副其实的浴室，只是煤气炉的火苗像抽风似的不断熄灭；不管怎么说，那也是浴室，我们总是乐此不疲地浪费煤气和水。罗拉注意到，法国人长寿，因为他们"吃很多沙拉并且不洗澡"；但是我固执地坚持匈牙利人的生活方式。在巴黎家中，我染上了肠胃型的伤感主义；每个月我都要炖肉吃，用"油炸干酪面片"款待上门做客的朋友们。因为那里还有厨房，真正的厨房，只属于我们的厨房！——年轻夫妇在炉火旁边，跟在床上一样能焊接他们的婚姻……在这个古怪的、同时容不下两个人的小厨房里，家人派来照顾我们的图特族女厨师茹菲卡，在那里缩手缩脚地洗涮和烧饭。因为我们不敢雇法国女佣，我们害怕她们，害怕巴黎女佣，也害怕她们烧的饭菜；或许有很长一段时间，我们始终害怕法国人……茹菲卡来自我们老家，来自我的故乡，来自罗拉出生的那栋楼；她既胆怯又傲慢地住在巴黎，匈牙利语讲得磕磕绊绊，对法语有点瞧不起，感觉那是一种粗鲁无礼、没有教养的土著语。她是一个与众不同的年轻姑娘，丑陋而忧伤。然而，她觉得自己美貌惊人，一天到晚用"巴黎绸带"捯饬自己。她坐在浴室内的大镜子前，就像一位讨厌的公主，无聊至极地享受自己的忧郁。在巴黎当女佣，在这里，在这两个房间和厨房里，在这套连同居室、浴室在内的全部面积还抵不过老家门厅的"公寓"里打扫卫生、做饭、洗衣，对她来说很可能是一种相当优雅的冒险……她很享受上帝的这份安排，让她能够住在巴黎；只是我们无法把她带进城，因为她胆怯，不愿意上街。她通过打手势在隔壁的调料店买东西，"就像一个哑巴"，讲话羞涩，没有谓语，因为回避使用谓语；就像鲁滨孙的仆人"星期五"，只有在万不得已时才使用动词，而且认死理地只使用动名词……她像被施了魔法一般缄口不语，缄默而热诚地在巴黎工作，在转身都难的厨房里做饭，做匈牙利餐，下午去邮局给家乡的熟人寄明信片。她对巴黎不感兴趣。她是二月份到的，我们在火车站接到她，满意地和她一起搭出租车穿过巴黎城；她始终眼帘低垂地坐在车内，都没朝大道边的宫殿看一眼，只是到了菜市场附近她的眼睛才开始放光，战胜了羞怯，用尖细的嗓音小声说："这里可以买到沙拉。"之后，她一连几个月都一言不发。她胆怯、沉静地住在巴黎公寓里，那里的炉台、厨房、洗菜篮、烤肉叉等所有东西对她来说都富于异乡情调，就像在我们眼里刚果河岸村民使用的物品。几个月后的一个星期日下午，经过我们好半天的怂恿，茹菲卡终于肯跟我们出门散步了，她在塞纳河桥上突然站住，忧伤地说："船……"在巴黎，她有生以来头一次看到船。

跟对面楼第五层的公寓相仿，我家的窗前也有一个围栏低矮的狭长阳台，双扇对开、下缘接地、横板条式的百叶窗将我们的住所与外界隔绝。形形色色的小市民跟猫跟狗跟金丝雀一起在这里驻扎。晚上，穿着拖鞋和长袖衬衫的男人们俯身坐在窗后的餐桌旁，把脸埋在汤盘里，披头散发、体态慵懒的女人们在陌生人家中伸展她们的腰肢。晚上八点，他们准时坐到桌子前；十一点一过，他们准时关上电灯。我对法国人生活方式的了解，都来自阳台上的风景。一连许多年，我彻夜要听对面公寓里生命垂危的退休者痛苦的咳嗽声；直到今天，我一想起巴黎，仍能听到那上气不接下气的嘶哑嗓音……从阳台上，我看到他们的葬礼和婚礼，看到女主人背着她们的丈夫跟邮递员偷情，看到他们攥着烤羊腿围桌而坐，看到他们填猜字游戏，锯木头，行房事，用报纸包平时省下的硬币，我看到了他们的生与死……就连茹菲卡耳背、傲慢的耳朵都能听到街巷里播散的小道新闻：婚姻破裂和家庭悲剧；食品商和面点师一边待客一边哼的《您还要什么，我的夫人？》的旋律从窗外飘来，夜里在街上发生的事，能传到所有人的耳朵里；住在我家对面的草药商，那个头发焦黄、满脸疙瘩的老女人跟她名叫艾玛的老闺女，传播有致命危险的、关于街里的处女和有妇之夫的绯闻。漫长而悲情的小市民爱情，在街区的各个角落里隐秘滋生，交织发展，悄然消亡。女草药商和女儿艾玛相依为命，一边包着椴叶茶，一边怀着苦涩的怨愤和赎罪之心播散着家庭的恐怖消息——几年之后，我们生活在一座充满流言蜚语的乡村里，在巴黎的心脏，在五楼上。

在隔壁带花园的宫殿里，住着一位史上留名的公爵夫人，但她就像一位隐形人；我们每隔一段时间，只能在《费加罗报》社会新闻栏目里窥知她的行踪：她去普罗旺斯的庄园过复活节了，或返回了巴黎，她在家里请侯爵和公爵们喝下午茶。每逢这种日子，在宫殿的大门前停满了世纪初制造、款式古老、眼看就要散架、只能在交通博物馆里看到的小轿车；在公爵夫人的社交圈内，在这些家族古老、住在圣日耳曼新区的贵族们眼里，这类马达驱动、没有噪声、早就不时髦了的老爷车才最优雅……在公爵夫人宴客的那些日子里，街里有名的甜点师，神态傲慢、留胡子的布韦松先生，负责为公爵府邸送烤点心；据女草药商所知，甜点师的老婆背着他跟住在街角的牙科医生偷腥。从我家阳台可以直接望到公爵夫人家挂着黄色绸缎窗帘的沙龙，宾客们恰好在那里聚会，就像一部法国新天主教小说里描述的那样；我和罗拉在阳台上支着胳膊肘，以我们自己的方式，既低调又直接地跻身法兰西贵族的社交生活。公爵夫人曾在法兰西王储夫人——吉斯公爵夫人 [1] 的身边当过女伴。但是几年之后，她也陷入了经济窘境，将府邸租给了南美人，她自己闷闷不乐地搬到乡下的庄园里隐居，从我们街区和《费加罗报》的社会新闻栏目里消失了。

在下一条街上，在富丽堂皇的公寓楼里住着暴富的"新贵们"；他们都是受益于路易·菲利普时期经济的市民阶层，在战争期间和贪欲横流的和平繁荣期内聚敛了无数财富。这些法国资产有时数以十亿计地流失于俄罗斯、土耳其的国债，但是总能留下几千个亿为巴尔干国家或海峡对岸的殖民地政治筹资。这些人住在尼尔大街和蒙梭公园一带的楼阁里。每天晚上，他们都情绪高涨

---

1 伊莎贝尔·玛丽·罗拉·梅西蒂·费迪南德（1878—1961），奥尔良的伊莎贝尔，法国奥尔良王朝公主和吉斯公爵夫人。

地跟妻子们一起，跟情人们包养的求爱者们一起，泡在布里多尼和诺曼底风格、装饰繁复的"歌舞场"内。下午，这些寄生虫精英们懒洋洋地坐在佩特里桑先生开的酒馆里喝鸡尾酒，他们的钱多得不可思议，以至于无暇谈论政治……我喜欢蒙梭公园，喜欢公园里的莫泊桑雕像，喜欢被宠坏的孩子们大声的叫嚷和伤感的梧桐；我喜欢泰尔奈斯大街的购物氛围，喜欢陡直的卡诺大街的忧郁和梧桐树。青年时代幸福岁月的光芒，照亮了宽敞、宁静的街道。在这个乡下，在寂静的街巷，在五层楼上，没有人会伤害我们。在第一个三月份的日子里，阳光从清晨到日落投进我们住的两个房间，在对开式窗户的纱帘后面，在淡蓝色天空下，高低错落的巴黎房顶已经变得真实和熟悉；庭院中某一扇敞开的窗里，总有留声机在播放；在我头顶的阁楼里，经常有年轻的、有时非常漂亮的女孩子租住，每天下午接待在楼道里呼哧带喘地爬楼、老成持重的年长豪绅……我在这幢楼里总共住了四年。我从来不清楚住在同一层楼上的邻居是谁，从未结识楼里的任何一位居民；在住户的门外，也没有钉铜质的名牌。文明的教养和数百年的守密，保护并藏匿了私生活的隐秘。

公寓里大部分的家具是从德鲁奥商场通过拍卖搞来的。我买了一幅绚丽华美的丝绸窗帘，一幅跟公爵家挂的窗帘类似的帷幔，但我惶惑地将它钉在了墙上，因为它实在太大了，远远超过窗户的尺寸。我买了一张桌子和所有没用的东西，多得房间里装不下，罗拉愁得不知所措。与此同时，我还急火火地买了狗；我在夜里出门散步，领回几条很便宜的野狗，那是在瓦格拉姆大街摆夜摊的小贩硬塞到我兜里的。不久，我们把狗送了出去，由于长期被囚禁在五楼的屋子里，它们染上了躁郁症。只有楼长养狗和猫，巴黎所有的楼长都会养，我们楼长也不例外；他们大多养的是劣等品种、三条腿或瘸腿的狗，因为楼长们养的这类狗，总是三天两头被汽车撞倒。我们楼长也经常宠溺一条条残疾、肥胖、倒霉的野狗。我常用小费、礼物和狗讨好这个讲究礼仪、态度严厉的家伙，因为我也跟所有的外国人一样害怕楼长，他们是巴黎警察的耳目。亨利奎特先生——大家这样称呼这位我一辈子都不会忘记的楼长——总是西装革履，平时也一样，一大早就穿着这身领导人的装束出门上街。他从不泄露自己的职业；对于我好奇的探问，他慎重小心地回答说，他干的工作"极其重要"；我在巴黎的匈牙利熟人告诉我说，他是一个刽子手……许多年后我碰到过他一次，那是在蒙马特公墓的大门口，他正神情庄重地指挥一支送葬队伍。

楼道里的电灯不亮，每天夜里都漆黑一片，我们摸索着爬上五楼。"抓住扶手！"我在黑暗的楼道里喊，吵醒了亨利奎特先生，他痛恨并鄙视我们像爬行的怪物，总在半夜三更爬上爬下。但在楼上的两间屋里，我们受到《民法典》保护，我们几乎享受跟法国市民一样的特权。我们慢慢地法国化了：下午去电影院，议政，赚钱，而且无论冬夏都吃绿色沙拉，因为我们想要长寿。

10

生活平静无澜，我们迎来了"甜蜜的生活"阶段。那些年，一个人虽然并不情愿，但还是跟生活达成了和解。

罗拉寻找工作；经过一系列怯懦的尝试，最终能在左岸圣佩雷斯大街内一家古玩店里打工。那里销售非洲木雕、以诺曼底风格锻打的烤肉叉、中世纪水罐、十字军向圣地出征时佩戴的十字架、弗朗克占领期间用过的枪支，还有亨利四世的侍臣们用过的午餐桌，他们曾在某个星期日用胳膊肘支在桌子上喝鸡汤；不过那里也卖雷诺阿、德拉克洛瓦的画，墨西哥的瓦罐和火地群岛的黄金首饰……隔壁商店的商人和经纪人，从早到晚泡在这个世俗的博物馆里赌博；罗拉喜欢那里的氛围，古董也开始跟她对话，向她讲述。我则喜欢上这家古玩店的法国店员普利翁先生。普利翁先生六十多岁，已婚，共济会会员和共产主义者；他是第一位我有机会近距离结识的法国共产主义者。在那之前，我还从没遇到过像普利翁先生这样能够遵守公民教育规定，阐述法兰西小市民的生活态度、品位与习惯的革命者。他整日酗酒，他要养活忌妒心很强的妻子——普利翁夫人，还有他那生性放荡、赌牌成瘾、最终被流放到法国殖民地之一科特迪瓦[1]的儿子。他总是戴一顶硬壳礼帽、穿一件黑西服散步，向来商店的客人分发共济会徽章，有时去参加共产党聚会。在店铺里，他正襟危坐在一把扶手椅中，鼻梁上架着夹鼻眼镜，不管好书烂书，是书他都读，手里抄起什么就读什么，满腹忧思地消化良久，然后将战利品带回家，放到自己的藏书里。此外，他还把钱带到储蓄所，每个月都能从少得可怜的薪水里省下几百法郎存起来；他是那种典型的知识渊博、沉静如磐的法兰西小人物。

1　西非国家。

他背着人老珠黄的妻子普利翁夫人跟一位"律师的遗孀"偷情，包括商人和经纪人、罗拉和我在内的所有人都对这段危险关系守口如瓶。有一天，他耷拉着脸来到商店，讲述了他的爱情悲剧：他的妻子"眼里不揉沙子"地证实了他的不忠。他难过地说："她发现我找了别的女人。"

在马达时代，我们被轰鸣声包绕着，我受一个突然冒出、争强好胜的顽固念头所驱使，买了一辆汽车。我在巴黎有房有车……当然，我给汽车拍了张照，感觉像一件象征胜利的战利品，并将照片寄回家乡。这个成功从远处听来令人欣慰，惹人羡慕；但事实上它使我们陷入了泥潭。这辆车是许多年前由福特厂生产，是我在巴黎的一个熟人定制的，车上有各种各样的特别设计；它看上去像是一辆赛车，开车者和运动员在街上看得目瞪口呆，摇头惊叹，都说不出这辆车的型号和款式……这辆车被漆成浅绿色，一旦启动，就像撒欢儿一般不知疲倦地疾驰；问题只是它很难启动。我为这辆车受了太多的洋罪；我想，在这一年里，我的摩登欲望和所有世俗的野心都得到了治愈……这辆车每天都会索要点什么：一会儿要汽油，一会儿要机油或螺母，今天电喇叭坏了，明天轮胎破了，要为它租车库，要付税和保险。我们紧咬牙关、惶惑不安地付完钱，家里连买袜子的钱都不够，但是管它呢，我们在巴黎有了辆汽车……每隔一段时间，我就把汽车送到典当行，在那里评估员只用一个指尖，面带嘲讽地检查它，好像它是件不洁之物，最后恩赐般地给了几百法郎的抵押贷款。我们为了汽车活着和工作，同时我们很快入不敷出，因为有车的缘故，我们俩都较少工作。最终，我想把它转让给法国朋友或外国熟人，但即使白送也没有人要。夜里，我把它停在名声不佳的街角，希望有人会偷走它；但早晨它平安无事地停在街角，风吹雨淋，生锈变旧，忠心耿耿。我费了好大的劲才在外地找到一位食品商，终于把赛车卖了出去；一年后，我有一次看到这人用它运胡萝卜和洋葱。

汽车夺走了一切：钱，时间，工作兴趣；我一天到晚被它折腾，但它毕竟有时能当成四轮的东西用，我高兴地开着它逛巴黎，去外地，游法国。我该感谢这辆破车，它让我熟悉了整个法国，如果不是开着它，巴黎有许多街道我永远不会去。我开着它像骑着没缰绳的马，几个月走遍了巴黎城，我连蒙带猜地拐入一条条连地图都未做标记的街道。我从一个又一个新的视角看清这头恐怖的庞然巨怪；它的小巷和白天的地下世界，凄楚、荒凉的城郊和仿佛有陌生部落栖居的空场，它们不受法律约束地生活在社会边缘。汽车向我展示了巴黎，让我看到了周围环境：午饭后我开车颠簸到海边，穿过诺曼底的村庄，熟悉了那些农舍；我在省际公路上游荡，看到了自加洛林王朝后再未在实质和内容上发展、原始落后的农村生活。这辆车向我展示了法国的风光：车停在布里多尼的教堂前，头裹绣花头巾的妇人们用从没听说、不能理解的语言游街歌唱；我下榻在被称为"古碉楼"的乡村客栈，睡在带幔帐的大床上，醒来吃法兰西岛小城的早餐；在沙特尔，我坐在大教堂彩绘的玻璃窗前，眺望秋日的萨沃亚森林；我在早春去看大海。这个国家慢慢地在我眼前展开了画卷，她有着聪明的秩序、纯粹的形式、粗犷和妩媚的风景与智慧的平衡……汽车也向我展示了法国。在那些年里我很少工作，不带地图就开上国道，法国到处都敞开胸怀，并且让我受到启蒙：人们的气质，城市的结构，河畔的庄园，盖在从未听说过的偏僻小城主广场上的乡绅宅院，在蒙图瓦尔透过篱笆、在玫瑰丛中一个女人的微笑，晚上在第戎 [1] 或图尔 [2] 的小

---

1 位于法国科多尔省，是勃艮第大区的首府。
2 法国一座古老城市。

酒馆里喝葡萄酒，在马赛的咖啡馆里听外国人没完没了、满嘴口音、有时似懂非懂、有时几乎听不懂的辩论。像某种追风逐影、转瞬即逝的历险，跌宕起伏、此终彼始的生活仿佛在一条传送带上，一个个零件运送到我跟前；在加莱[1]鱼市小贩中间度过的一个上午，在翡翠海岸上的布里多尼红礁石，在多维耶[2]沙滩上的慵懒身体：这一切都是汽车带给我的。很长时间我都以为，巴黎就是一切，这个国家只是她的附加物、储备品。汽车向我展示了这个国家，我开始思忖，巴黎是从怎样的储备中汲取养料啊；从比利牛斯山脉到佛日山脉，从阿尔卑斯山到诺曼底果园，将这个成分复杂、躁动不安的民族的一切，将所有大地与人的精华都载送到巴黎的展窗……格外地恬静、睿智并很富饶；那些景色、那些村庄、那些城市，早在一个半世纪之前就向法兰西国会派送议员，通过"人权"启蒙与文明奉献出人文的厚礼。我不由自主地心生敬意，踮起脚尖周游全国。

汽车向我展示了法国城乡的集市和国道，向我展示了法国市民阶层走过的、并不通坦的漫长道路；来自学

---

1 法国北部的港口城市。
2 位于诺曼底海岸的度假胜地。

校课本的记忆，在这些旅行中启蒙了我，我开始理解这条由地中海和北欧人种融合而成的民众在加洛林王朝、卡佩王朝、奥尔良王朝、波旁王朝和身穿西服的市民阶层领导下走过的"欧洲"之路。这辆破旧不堪的汽车，为我展开了一幅法国市民阶层历史的画卷，我仿佛参加了一次为进步欧洲人举办的、身临其境的教育培训。我不能付家里的煤气账单，因为我马上要去莫尔莱[1]，参观布列塔尼的安妮[2]宫邸……有一天，我感觉自己已搜集够了素材；我卖掉了汽车，回到五层楼上归隐。我的余生大多背向欧洲的风景，转身朝向欧洲书籍的地平线。

11

　　法国年轻人在他们写的书里，以令人惊诧的冷酷和毫不妥协的现实感受抨击了旧时代的、官方的、历史的法国。这一代法国年轻人已经不再去前人爱去的沙龙、咖啡馆和小酒馆寻找体验，而是去中国和加拿大。在他们的作品里，

1　法国菲尼斯泰尔省的一个市镇。
2　布列塔尼的安妮（1477—1514），布列塔尼女公爵及两任法兰西王后。

找不到"光荣岁月"的欣狂和帝国主义辞典里任何一个刺耳的定语。他们以出众的学识和触觉对世界上发生的一切做出反应，毫无浪漫可言地注视着西方与东方。他们什么题材都能写，他们表达的丰富性令人震惊。置身于他们中间，我感到自己像一个乞丐或残疾人。作家的这种也被称作"谦逊天赋"的积极能量，使人对帕尔纳斯派[1]传统报以不屑；年轻的法国文学让人感受不到诡辩和意图，仿佛对这一代人来说，文学不再存在形式问题……但是对我来说，他们的语言始终还是古老、纯净、敏感、矛盾的材料，是言简意赅的语言。现在连我都不相信，一位作家能在成年时代改用另外一种语言写作，改用法语尤其不太可能；法语那种折磨人的、听起来再耳熟也无济于事的含混不清，在移民的耳朵里回响起不同的声音，这种耳聋令人困惑；当我必须要在两个意思相近的法文定语或主语之间做出选择时，总会陷入惶惑不安……我不清楚一个个词语在过去的一个世纪或仅仅十年里，到底发生过怎样的产生或成熟、过气或时髦的变故；这样既古老、圆熟，又充满了时下所

---

1 帕尔纳斯派是产生于19世纪的法国文学流派，又称"高蹈派"，其作为反对浪漫派的一种新潮流，要求诗歌客观化、科学化，崇尚理性，重视分析，提倡严格的诗律，是自然主义在诗歌方面的表现。

有躁动不安的语言，是不会向外国人和盘托出自己最后的秘密的；在关键时刻——对于作家而言，写作的每个时刻都是如此"关键"——我们感到异教徒刻骨铭心的孤独；词语泄露的只是它的意思，但它的含义始终留作家庭成员的秘密。

读普鲁斯特的书，我震惊地发现书里根本没有丝毫的匠气。在那些年里，普鲁斯特的世界向新一代人敞开了大门；在此之前，他被看作"附庸风雅之徒"，神经症的话痨，一个对摩登社会古怪人的私事津津乐道的饶舌男。很长时间里，只有那些较具勇气的家伙才敢讲述世界的方圆；沿着他们的足迹，充满疑问的新一代人开始怀疑，在普鲁斯特作品里展现的"摩登社会"与人类社会及其所有神话与记忆，存在着直接的血缘联系；在"古怪人的私事"，在细腻描绘的人与人的关系、氛围、"微不足道"的言行和邂逅背后，氤氲弥漫着人类完整而古老的体验。普鲁斯特在那些年变成了巨人，他的身影笼罩了一切思想。没有人能够逃脱他的影响；即使那些没有读过他作品的人，也逃脱不了。这样一个绝无仅有的人物以他无可抵挡的光芒，照亮了文学的素材，并且直接或间接地影响了异教徒和无知者。追随他的那代人知道如何写作；但是作家们怀疑的并不是他们自己的能力，而是他们的使命和作家群体的声誉。那些年，最先喊出"知识分子的背叛"[1]口号的是法国传教士；这些布道者，这些雄辩家，在被保佑或被诅咒的那一代法国作家中率先在欧洲文学里意识到：作家垮台了，他们丧失了威信，他们的话语失去了价值，尘沙不如。文学家们拿大百科全书的历史遗产和作家话语的社会影响力做交易。文学丧失了道德信誉。最完美的诗歌、激情澎湃的戏剧和恢宏的史诗，也不再能够改变人的宿命。作家不再能影响时代的思考，就像热闹非凡的演出，人们观看，鼓掌，很快地遗忘。欧洲的诸种"伟大精神"即便摆出所有的威仪，即便使出全部预言的力量，即便铿锵有力地发表宣言，也不再能够说服一位固执的银行家、一位贪污的政治家或一位好战将军可疑的企图。作家们日益完美地采用难以超越的写作技巧表明，他们失败了，他们软弱无力。

他们顶多能作为法兰西义勇兵，作为承担特殊任务的自由军团投身革命；他们所能做的也只有服从运动。"伟大的"作家们愤怒地抗议这种记者式成功和对"风格

1　指朱利安·本达（1867—1956），法国哲学家、小说家、评论家，代表作有《知识分子的背叛》。

艺术家"的出卖；瓦莱里[1]在出任法兰西院士的就职演说中，以复杂的傲慢和由衷的怨愤，闭口不提他的前辈——"风格艺术家"阿纳托尔·法朗士的名字。年轻的天才待在某家旅馆六层楼的客房里，咬着鹅毛笔趴在稿纸上，他所期待的"成功"，最多像一位技巧高超的吞剑者或聪明绝顶的葡萄酒商所能赢得的名声；必须知道，人们可能会围观并鼓掌，但没有人会再相信他，欧洲文明对一位天才的工程师或运筹帷幄的政治家所抱有的拯救期待，要比对"睿智"的学者所抱的期待多得多，也正当得多。那个时候，宗派更如鱼得水。新神秘主义的笛声吹遍了法兰西的精神生活，渗透到充满雅各宾主义思想的大脑里。各种"运动"到处蔓延：精神运动在政治尝试中迷失，文学运动被纳入政治范畴。

我住在巴黎最大的聚会场所——沙利·瓦格拉姆大礼堂隔壁。在这座大礼堂里举办过著名的拳击比赛；激进的革命者们每年都在这里集会，进行激烈的辩论；在这里举办过弗伯格俱乐部慷慨激昂的"雄辩之夜"。起初，我参加这类人数众多的"雄辩之夜"活动只是出于无聊；后来，

1　瓦莱里，即保罗·瓦莱里（1871—1945），法国作家、诗人。

我开始经常去那里，在那里我能以最近的距离感受法国人的焦虑。在这广受欢迎的论坛上，业余讲演者们为婚姻问题、爱情问题、好文学坏文学、德国人、战争与和平争得面红耳赤；民众在这里发表看法，这条街就像希腊或拉丁市场；民众表示怀疑……这种怀疑，深深渗透到战后法国人的生活之中。他们怀着极度的敏感怀疑自己的对错，怀疑法兰西的"使命"；所有曾在他们中间生活过较长时间，并近距离接触过他们的人，都会被传染上这种疑虑。在政治上，这个国家仍由老一代人统治，那是雷厉风行、老虎与狐狸的杰出一代人：普恩加莱与白里安，卡约与霞飞[1]。空气中充满着"安全"的传奇；但是民众却没有感觉到"安全"，无论就个人而言，还是对国家来说，生活中到处都缺乏安全感。这个巨大、繁荣、富裕、健康的法国感到了恐惧。政治家们在讲坛上挥舞着"安全"协约；但老百姓们凭着冷峻的清醒、不容欺骗的本能觉察到，这个幅员辽阔、极其富有、几乎没有武装的国家，连同所有的安全部门和用之不竭的庞大储备，正面临一系列动摇根基的危机，并且在世界上处于新的位置，担负起新的义务。"国

1　约瑟夫·霞飞（1852—1931），第一次世界大战的法国元帅、军事家。

家利益"的清晰思维形式并不能化解战战兢兢的怀疑。有一天，这个最古老、最强大的欧洲民族之一，在荣耀和富有的光环下，人们开始为他们的生活、角色、文明和所有的一切感到心悸般的恐惧。从某个角度说，他们很孤独……这并不仅仅局限在政治领域。他们在床垫里面藏满金条，在边境有地下钢铁城市；他们浪费像大地一样丰厚的能力。在小市民式国家田园深处，我开始感觉到这种否定一切"国家利益"和已经影响法国生活许多年的特殊焦虑。每个人都很富有，富得流油。他们坐在铺好桌布的桌子旁，但感到害怕。

12

我们悄然无声地生活在他们中间，始终都像在刚刚抵达的第一周那样，时刻准备启程远游，仿佛我们只是为了探访谁才来到这里；也许没必要打开行李……我们已经了解到现实中有血有肉、充满活力的法国人，在我的生活中已经发生了什么，我住进了一户法国人家；当然，我大多只是进到卧室，连饭厅都很少进，几乎从来没进去过。我已经了解了法国人家庭，他们请我去喝午茶，请我参加晚宴；在那里，家庭成员们、表亲们和祖母、外祖母们都身穿盛装端坐在沙龙厅内，头上戴着礼帽，手里捧着茶杯，感觉像是场外交晚宴；大家面带微笑地进行"交谈"，嘴里讲完美、圆熟、陈词滥调的社交套话，感觉像陌生旅客们坐在火车包厢里。我已经察觉到隐在他们生活中，隐在他们接触方式背后的那些已经僵死、无可救药的东西；我还察觉到，他们在爱情和思想领域超越了一切文明，始终贴近生活。好几年过去了，我们的行李始终没有打开；不过有的时候，我已经能笑得适时并得体……我还开始怀疑他们的秘密：这是节制有度、黄金比例感的秘密。他们抱着令人惊叹的安全意识和冷漠无情，难道他们清楚地知道自己需要什么？知道该在何时何地以何种比例需要某人或某物并从中获益？我了解到他们令人感动的朴素和有意识的、可以说卑微的平俗。我钦佩他们能对生活中最轻微、最细小的触动而敞开胸襟并暖流暗涌，他们懂得为自然与文明感到欣喜；我钦佩他们敢于承担情感，敢于欣赏和感动；我钦佩他们不为任何人性之事感到羞惭，不为在共同生活中的任何刻意所为和被迫之事感到羞惭；我钦佩他们敢当法兰西人，除此之外，他们敢于且能够站到怯懦踟行的欧洲人前头。

因为他们不能忍受自己在世界上担任的角色被别人抢走，他们不相信也不能接受（我的楼长要比作家或共和国总统还不能接受）他们的"使命结束了"这一事实。他们对世界贡献出了文明，他们必须在未来保持这个在世界精神与物质舞台上的小资角色，这个他们乐意扮演的悲剧角色——阿巴贡[1]。另外，在法国出现了白里安这样让法国承担起欧洲新角色的政治家，出现了不能接受"市民意识形态死亡"（这是战后的一位出色的小册子作者为他的一篇悼文体杂文拟写的标题）的作家、哲学家、小册子作者和银行家们，他们寻找新的口号，以期能够号召法国再一次，可能也是最后一次，发动一场精神类的殖民战争。他们简朴，同时又活得那般优越，招人嫉恨；他们幼稚，同时也以冷峻、锐利的目光审视生活；他们虽然富有和强大，但仍出于恐惧会瑟瑟发抖。给他们的生活笼罩上阴影的是安全的困扰，使他们的生活染病的原因是钱的困扰。法国人悲剧性地向金钱投降；无条件地，竭心尽力地，身不由己地投降。

　　我们隐忍、孤独地在这座大城市里度过了我们的青春

1　阿巴贡是莫里哀喜剧《悭吝人》中的主人公，这里意为吝啬鬼或守财奴。

岁月；在这里，我们未抱任何特殊的希望，但我们从周围人身上学会了对生活的赐予心怀感恩。巴黎的岁月沐浴在灿烂的阳光下，照亮了我青春时代的地平线；我们置身于灾难与毁灭之后，也许我生活在灾难与毁灭之前，但是我们在巴黎度过的那些岁月，如同岛屿浮现在青年时代雾霭迷蒙的风景中。在那里，我学会了需求与节俭；学会了感受现实的本领；学会了单纯率真、无须奴颜媚骨，而是心甘情愿地直面生活的行为方式。在巴黎，我永远是一个陌生人；或许，我恰恰喜欢的就是在那里的这种陌生感。我在他们中间，但没有跟他们在一起；我以特殊的无人格状态在他们中间生活了那些年。我喜欢那里的街道、气候、法语、诗人和哲学家、葡萄酒和美食、女人惊艳似火的深色眼睛，我喜欢那里的风景；在第六年的岁末，我甚至惊讶地意识到，我连撒在旅店地板上的锯末都喜欢上了。我陌生地待在他们中间，用他们的话说是"外国佬"；至于他们何以成为法国人，我永远没有学会；但在他们中间，我更加明白地知道了：我何以成为一个陌生人，我如何成为"我"。只是，我一听到有人按五楼公寓的门铃，就立即浑身紧张，即便住了六年之后仍旧如此；我觉得是"敌人"找上了门，但实际上只是送电报或送面包的人在按门铃。

第四章

1

从巴黎到世界，道路笔直：需要的只是抬腿启程……有一年春天，我去大马士革旅行[1]。我搭乘一条破轮船在地中海的港口间漂泊了三个月，之后抵达布列塔尼的一座小渔村，在那里一直逗留到大雨瓢泼的秋季。在这个春季旅行和布列塔尼的长夏之后，我突然从秋天开始工作。我回到巴黎的住所，就像学会说话的孩子，无拘无束、毫不胆怯地表白自己。这种"无拘无束"的感觉很难阐述。我不能把它称作"体验"，因为我并不了解在心灵深处释放这股自然洪流的精神过程，并不了解化解所有疑虑与

1　作者在1926年的近东之旅中去了大马士革，1927年将这段旅行写进了《沿着神的足迹》一书中。

戒心的、几近厚颜无耻的写作和表达本领。我知道，我记下的文字并不完美，含混不清，形式松散——但是意愿与决心已使我对这种内源的强迫无力抵抗。我写了一本书[1]，写得并不好。我在写作过程中遇到了许多之前从未遇到过的物质、形式和语言的阻力。这些阻力让我意识到，在此之前，我只是在雾里、风里、暗夜里历险，跟迷雾搏斗——现在，一切全都隐约若现，已经天光大亮，我从青年时代摇摆不定的维度坠回到地上；我跟物质现实发生了冲突，脚下绊到了可摸、可触的实体般阻碍。

即便如此，我记得在大马士革的一天清晨，有一个问题毫无"预警"、那么明晰、简单、冷峻、无可回避地摆到我眼前："应该做一点什么？"仿佛有谁高声读出我脑际此时此刻的所思所想……我经历的那个清晨已经过去了好多年；但直到现在我都能看到那座白灰墙环绕、种了桉树和橄榄树的庭院，看到摆在铺有条纹桌布的桌子上的蜂蜜罐和摊在茶杯旁的一份《贝鲁特报》。大概在清晨七点钟，已然阳光如瀑，这座摇摇欲坠的东方旅店的庭院一片寂静，是那样的寂静，我以前从未感受到过；

1　指作者1924年在维也纳出版的第一部小说《屠夫》。

大毁灭的寂静，突如其来、毫无缘由的幸福感，仿佛你一下子明白了：生活为你安排了什么，或为你设置下什么障碍。即使爱情的销魂瞬间，也未曾赐予我如此彻底的幸福感。这不是别的，这是光明，借着这束光的光亮，你一下子看到了生命的风景——在那短短的一刻，你看到了在两次毁灭之间的生命。在大马士革，类似的事发生在我的身上。数学家庞加莱[1]记录说，他曾花许多年时间解析一个几何学问题，但殚精竭虑也未能获得任何进展，直到"一天早晨他登上一辆公共汽车，因为他想去卡昂[2]旅行"——这时候，就在他踏上公共汽车踏足板的这一刻，他突然"明白了"什么，就在他几乎没想这个问题的刹那，竟然高兴地找到了答案，旅行中他也没再多想这个问题，就像一个人在背心口袋里找到以为丢失了的怀表；几个月过后他才坐下来，如释重负地解析了这个复杂方程式……如果有谁没在工作中遇到过这样的瞬间，说明他未跟生活和世界建立起真正的关系，他错过了生命中一个难以解释的巨大历险。这种"历险"就

1　庞加莱，即儒勒·昂利·庞加莱（1854—1912），法国最伟大的数学家之一、理论科学家和科学哲学家。
2　法国北部城市，诺曼底大区和卡尔瓦多斯省的首府。

是工作：一个人总有一天会"遇到"它……大马士革的清晨，并没给我留下别的记忆，只有我记下的几桩小事；的确，我记得那次"体验"发生时的场景，格外清晰地看到那个庭院、蜂蜜一样金黄色的阳光和黑如沥青的阴影；但是，这就是我关于这宗真实体验的所有证据。我朦朦胧胧地看到自己在许多羽翅中间；我已经不记得当时我在想什么了。我也忘掉了那一闪而过的瞬间：我生活在那个松散的时间维度里，分钟和小时都丧失了它们自身的价值。就在这样的一个瞬间，一道明耀的光束投向心灵的风景；我们看到了在此之前隐在朦胧之中的新领域，看到风景中有众多熟悉的人物。

我在东方流浪时获得的那种莫名、乏味、平静无澜的"体验"，让我发现了我应该谨慎启程的方向，我该朝那里走去的人、路和方法……很长时间我们都以为，我们熟知自己的欲望、倾向和脾气的天性——因为在这样的瞬间里，刺耳的喧嚣提示我们（因为寂静的弱音也能像强音一样刺耳）：我们所生活的地方，跟我们喜欢生活的地方截然不同；我们所做的事情，跟我们真正会做的事情截然不同；我们寻求另一类人的宽恕或激怒他们，我们冷漠、耳聋地住在远方，远离那些我们真正渴求并与我们命运直接相关的人们……那些听不到命运提示的人，会永远活得粗陋，懵懂，偏离正轨。这并不是梦，也不是"白日梦"——某种急风暴雨般的精神状态提示我们，什么才是我们生活中的真实之物；什么才是属于我们的东西，我们的任务，只有我们担负的义务，我们的宿命。这些瞬间显示出：什么是生活中的个体之物？什么是在普通人的命运和苦难中属于自身个体的独特内容？我从来未曾冥思苦想，从来没寻求过这样的瞬间，我只是怀着夜游神的平静听从指令。这是另一种梦，是在睡眠与清醒背后呈现的幻影，它有时提示我们关注那些跟我们有着某种关联的人，关注工作或友情的群体，关注那些我们在她们身上寻找爱的女人；假如我听从无声信号的指引，我永远不会迷路。

关于这种"经验"，实在难以用语言表述。关于那次东方之行，我只能唤醒这一点点记忆。后来，我又曾到那一带去过，我曾去尼罗河畔的苏丹旅行，到过喀土穆[1]，无所事事地待在耶路撒冷，站在黎巴嫩的山顶举目眺望；但是，我在第一次东方之行途中，在大马士革的

---

[1] 喀土穆是苏丹首都，来自乌干达的白尼罗河与来自埃塞俄比亚的青尼罗河在此交汇，流向埃及。

清晨意外感受到的那股令人直起鸡皮疙瘩的幸福感，我在别的任何地方都没有遇到过，再也没有。后来，我遇到的多是些花里胡哨的异国情调、民间原始素材和护照上的漂亮印花……后来，我再没看到过这样令我流连忘返的风景，再没看到过一座这样吸引我前去居住的城市。"我学会了"旅行，就像掌握了一项常规技术，我懂得了如何卓有成效地思考和感受；但是，无论多么激动人心的风景，再也没能给过我像在第一次东方之行途中感受到的那种幸福的眩晕。我越来越少感到旅行是那种有计划、按行程的既定行动；就是在今天，对我来说也一样，离开一个熟悉的地方，要比抵达一个陌生之地更重要。这种复杂的不忠，就像一种疾患，决定了"我的人格"，决定了既让我痛苦又使我成为"我"的缺点和能力，也影响到我的旅行，为我制定出行程表。不忠者不仅对爱情不忠，还对城市不忠，对河流不忠，对群山不忠。这种偏执倾向要比一切道德公理都更加强大。我"欺骗"城市，就跟欺骗那些事后偶会思念的女人一样；我计划去威尼斯住几个月，但第二天我就从那里逃走，突发奇想地投宿在某座杂乱无章的末流小城，随后一住就是几个星期……一个人对于各种关系的

　　　　　　　　　　　一个市民的自白

态度都是一样的；他对"小世界"不忠，也肯定会对大世界不忠。倚在轮船的扶栏上，或靠在列车的车窗上，在我的精神行囊里装满了"乡愁"；面对世界的美丽我顶礼膜拜，慷慨陈词，可我忧伤而内在的理智却提醒说，我的陶醉、我的乡愁和我的激情是戏剧化的，是演出来的，事实上眼前的风景与我无关，我并不渴望去任何地方。家乡只有一个，那个讲匈牙利语的地方。跟文字命运相系的人不可能有别的家乡，只有母语。过了一段时间，我只怀着戏剧化的热忱和责任性的陶醉进行旅行。

我在青年时代做狂人、海盗式的旅行，感觉就像在世界上窥寻一头猎物，怀着野蛮人的激情、幼稚者和征服者的贪婪将山川风景和街巷旮旯都掠入记忆。然而，从青年时代的旅行中残留下的记忆，很快就变得模糊褪色。有朝一日，心灵踏上旅途，世界一片混乱。我们未经思考、没做准备、身不由己地踏上冒险之旅，即便是启程去印度，对我们来说也像做一次没多大花销、抬脚就走的周末郊游。内心不羁的不忠者，会随着时光的流逝变得谨小慎微，一张贴在旅行社橱窗内暗示他旅途无限的招贴海报，差不多就能让他满足了。

2

伦敦，曾是我巴黎岁月的星期天。最初，我只敢穿过海峡[1]待一两天，小心翼翼地在市中心散步，在饭馆和博物馆里张着嘴愣神；熬过两三天的孤独之后（噢，那是黏稠、彻底、令人难忘的伦敦的孤独！），我在星期一早晨踉踉跄跄地赶回巴黎。这条几小时航程的狭窄水路距离并不长，但将我远远带离了熟悉的世界，仿佛去的是开普殖民地[2]。我喜欢旅途中那种冒险式的随意，喜欢乘气派的"英国列车"穿越诺曼底风景——在这条铁路线上，法国人装备了至今为止最特别、最时髦的列车车厢，在餐车内提供经过精挑细选的美味菜肴，列车员和检票员用折磨人的礼貌接待乘客。抛开许多世纪以来永恒不变的反感不说，唯一能让法国人在心里服气地默认其优越地位的文明之邦，就是英国！我经迪耶普[3]旅行，因为那条线上的火车票便宜一些。我喜欢在黎明启

---

1 指英吉利海峡。
2 开普殖民地曾是19世纪大英帝国的殖民地，现为南非共和国开普敦市。
3 法国北部临英吉利海峡的港口城市。

程离开巴黎，圣拉扎尔火车站嘈杂无序，停满了"帝国气派"的双层列车，来自周围地区的公务员和工人组成了一股灰色的人流涌进巴黎，虽然人流中的每个"个体"都很聪明，但他们循规守纪，秩序井然。我喜欢伦敦列车的风驰电掣，喜欢回家的英国游客的含蓄内敛，在他们的寒暄、举止和沉默中可以察觉到他们逐渐变为英国人的细微变化；列车每驶出一公里，每朝英伦海岸靠近一些，都能感觉到他们不仅在变为英国人，而且开始变得自闭……在迪耶普，列车紧贴着街道疾驰，驶向港口，驶向烧廉价煤、早该淘汰了的海峡客轮；当我们走上轮船的甲板，另一个世界在眼前展现，那是神秘的英伦世界。突然，一切变得更安静、更有序、更伤感。船来了，服务员端来热汤，驶离迪耶普才五分钟——还能看到繁华岸边的大饭店，大肚子的诺曼底人在那里用勺子品尝龙虾汤，喝高档红葡萄酒！——乘客们已经吃上了地道、难吃的饭菜，冷冻羊肉浇绿色的薄荷汁，餐厅里充满了羊膻味，面包又干又没味，葡萄酒很贵，而且是假的；感觉已经到了英国。乘客们跟平时不同，他们悄声地谈话；跑堂也跟平时不同，比法国跑堂更彬彬有礼，但似乎有更强的自尊心。空气中飘浮着弗吉尼亚烟草甜腻呛人的味道，船上的茶也很香，香得醉人……我喜欢在阳光下抵达白礁石的海岸，海峡的浪涛无情地拍打，小船颠簸，英国孩子们用很内行的呐喊估测船速；我喜欢看大海的深蓝色，距离福克斯通[1]或纽黑文[2]还有半小时的路程，海岸已经微光闪烁，巨大的轮船从帝国港口驶出，朝殖民地驶去，阳光灿烂，海峡的风又冷又咸，无情地刮在我们脸上。英国人裹着头巾和防水外套，全都聚集到甲板上，简直像儒勒·凡尔纳小说里描述的环游世界回来的菲利亚斯·福克[3]；他们嘴叼烟斗，举着望远镜朝海岸眺望，脸上挂着微笑……骨瘦如柴的老妇们也满脸微笑，海风吹拂面纱，在她们尖削的下巴周围飘摆；年轻人则玉树临风，故意绷紧他们柔韧、动人的身体曲线；所有人都在交谈、相识。在不远的海岸，在白色礁石与蓝色海水交界的地方，那里就是英国了。回家竟是如此这般地令人兴奋，就连每天沿着这条航线往返于岛屿和大陆之间的跑堂、水手也都一样。在英国客轮上，在抵达码头的半小时前，人们可以感觉到这条海峡不仅是岛屿和

1　英国东南端一个小镇，与法国加莱港只有四十公里航程。

2　英国南部苏塞克斯郡的港口城市。

3　凡尔纳科幻小说《八十天环游地球》中的主人公。

大陆的天然分界，还有着其他更多的意义。另一个世界令人心如鹿撞地从那里展开，在石灰礁岩的背后，那里的一切都跟大陆人知道、喜欢和希望的不同，那里有另一种公正、另一种尊严、另一种味道的啤酒和另一种天性的爱情，这种不同是如此地令人震惊，仿佛从迪耶普穿过海峡的游客们选择的是一条几星期之久的远洋航程；但实际上并没有那么久，就在两个小时前，我们还在大陆上跟法国跑堂争吵。在这里，离福克斯通还有半小时的路程，已经没有任何人跟跑堂争吵。乘船旅行的都是绅士：乘客是绅士，司炉是绅士，刷盘子的也是绅士。他们是那样与众不同，那么不可思议地都是绅士；他们的神经以另一种方式接纳所听到的话语，缓慢地辨析隐在词语概念背后的道德观和内在含义，有的时候，他们过了半个小时才做出回答，这时候提问的人早就忘了自己刚才的好奇……但是现在，在抵达纽黑文前的最后半小时里，每个人都大声讲话。他们从世界回到自己的家，从他们在别处的帝国疆土，从印度、澳大利亚或加拿大，他们进行了征服，签订了贸易协约，游览了风景，肺里饱吸了新鲜空气；现在他们马上将坐进岛上某栋烟熏火燎的老屋里，遵守他们自己的岛国文明法规，不只在他们的行动上，而且在他们的神经内、欲望里、思想中也都自觉自愿地隐秘顺从……他们回家了。没有人会像英国人这样声势烜赫地回家。

英国人只要手头宽裕，一有闲暇就会带上积攒的所有英镑直奔大陆，闯入世界，因为他们不能忍受家乡的生活。他们不能忍受，因为他们感到无聊。他们的无聊是那样地自成体系，那样地神志清醒，无聊得全副武装，粮草充足，仿佛无聊是这个民族的首要职业。假如他们口袋里有五十英镑零钱叮当作响，他们就会立即跑到大陆，追逐阳光，追逐微笑，寻找私生活的另类自由，不用再那般地厅室整洁，窗明几净；在家乡，在秩序井然、一尘不染、由俗约惯例和精神恐吓控制的岛国，他们可不敢这样生活……对英国人来说，由于这种自由的匮缺，生活有时不堪忍受。他们奔向阳光普照的风景，奔向大陆或大陆城市匠气的日光，奔向里维埃拉，奔向殖民地国，因为他们是世界上最自由的民族，千百年来他们一次又一次地用钞票从魔怪、嗜血、杀人的国王们手中购买自由。金融城[1] 用钞票买下几百年来所有的法律和宪章，

---

1 指行会聚集的伦敦财政中心区。

他们买下市民阶层的自由，并在拥有自由权利的领地内建立起文明社会的典范；只是他们在典范般独有的英国市民文明中，并非总可以无条件地感觉良好……他们怀着自罪感旅行归来，眼里闪着羞愧的光亮；他们沉默不语、低眉顺眼地踏上岛国的土地，因为他们曾背信弃义；他们回到岛上，回到家乡，继续在这个纯净、高级、他们所有人都心甘情愿为之献身的文明中生活、工作；只是他们不能忍受纪律严明的无聊日子。只有在这里会发生这样的荒唐事：战后，一位英国贵族在上议会发言，要求政府对生活的无聊采取措施！

　　低矮、舒适的列车行驶在英国的风景中，从人们的眼神和音调里，从他们的微笑和检票动作里，我能感到那股令人兴奋、神秘莫测的英国式无聊扑面而来，我用自己饱经磨难、惶惑不安的大陆人的神经，像抽鸦片烟似的品吸这种无聊。对于大陆人的惊恐症，伦敦是一座疗养院，我每隔一段时间就去那里隐居几日，我在弥漫全岛的疗养院式宁静中节食，调理，冲冷水浴。我喜欢抵达伦敦，也喜欢离开伦敦。英国人对他们家乡的情感也大致如此。我喜欢搬运工的风度，当他在维多利亚火车站从我手中接过行李，感觉像一位贵族大叔；我喜欢舒适、高大、老派、镀金、轿子一样的包租车，司机们每天都在车轮上画一圈喜庆的白箍[1]；我喜欢第一次深吸气嗅伦敦街道的气味，嗅那潮湿、略带霉味、混杂了油和羊脂的刺鼻气味，嗅闹市区街道茶和阿特金森牌洗手液的气味，还有金融城的气味，那是在金融城街巷内伴随历史的旧闻沉积、挥发了数百年的小手工匠作坊与商行的工料气味——我通常在晚上七点钟赶到那儿，坐在饭店大堂内，四仰八叉地陷在扶手椅里，在法律体制和世界上最为随意也最为坚实的社会俗约中，此时此刻我跟岛上的所有人一样，跟其他四千万居民一样，伸直两腿，眼睛盯着天花板，无聊地待上一个半小时，自由自在，随心随性，一直待到要吃晚饭。

3

伦敦的氛围充满了情色；也许，这是世界上唯一一座确切无疑地拥有情色氛围的城市。在巴黎，人们在街头长椅上接吻，在咖啡馆里做爱……但那里的情色幽隐

1　按照当时的习俗，出车前在车轮的外缘涂一圈白漆，用这种整洁的装饰效果表示讲究和隆重。

而神秘，那里的情色总有层遮障，从来不是赤裸裸的。在伦敦，我从没见过一次在公众场合的吻手礼超过一秒钟或不合常礼。这个城市的情色的尖叫声在大雾中回荡。我喜欢夜里站到剧院门口，看人类最成功修炼出的身体穿着燕尾服和袒肩露背的夜礼服粉墨登场；我喜欢这些精挑细选的人们喜庆而得体微笑的怯懦柔弱。他们在剧院的前厅展示自己精心保养、完美打造的身体，像被驯教过的动物展示本领一般地展示风度，炫示他们的珠宝首饰；与此同时，我心里在想，为了这些经过完美无瑕的沐浴、受过杂技演员般锻炼的身体，每天都会有一个印度人或非洲人在世界上的某个地方死去。我像一名在一出惊心动魄的悲剧演出尾声赶到的观众，情绪激动地细心观察；演员们自己也这样辩解，戏剧的表现不可能完全平静无澜。为了每个这般养尊处优的英国人，甚至包括在伦敦饭店看电梯的男侍，在世界上的某个角落都会有有色人种在拼死地工作；他们还要为那些穿着入时、颐指气使、无聊散步的无业者工作，这类无业者大概有五百万人，从早到晚都在岛上公园的草坪上抽雪茄，在法国通货膨胀期间，这些人大多在布列塔尼的温泉疗养地度假，在那里手握高尔夫球杆花失业救济金。为了这整个国家，为了这座辽阔、碧绿、迷雾笼罩的岛屿，数亿人在其他国家、在世界上流血流汗，累死累活。没错，英国人自己也工作；但他们用不着费太多的劲，只需要做最重要的那一点点！他们只从事精英类工作和较为高贵的家务活。在我下榻的旅店里，英国客人在初秋租下一季的房间；他们带着猫、狗和家眷入住，整天都在客厅里转悠，码纸牌，或闷声不语，上午去打高尔夫球，晚上谈论当天打高尔夫球发生的事……他们这样一住就是几个月，远离曼彻斯特的工厂或埃塞克斯[1]的温室，他们无所事事地慵懒度日，手里捧着一本书，眼里带着一种冰冷而幼稚、令人难以接近、既无疑问也无解答、总是稍与人接触就陷入惶惑的眼神。在他们中间，我觉得自己多彩一些，只一点点，介于孩子和成年人之间；我很长时间都这样想，跟这些养尊处优、深受自我怀疑恐吓的大都市人相比，我对生活、生意和爱情的理解要丰富得多、生动得多、自信得多……这些人根本就没"活着"——我这样暗想——在躁动不安、从早到晚都将生活视为某种表演的中欧人眼里，他们不管怎么说都没有

---

1 埃塞克斯是英格兰东南部的郡。

"活着"……大陆人要花很多时间才能够知道，英国人根本就不"幼稚"；东欧用莱万特[1]人和中欧人的才智和勤奋谈生意，进行征服与扩张，但忽略了英国人的博闻和镇静。"接近他们是不可能的！"我不止一次地听到那些到伦敦冒险的中欧人这样抱怨。从某种角度看，他们在做生意方面比我们更有经验，在社会生活中比我们更圆滑更灵活，他们用不可动摇的镇静抵御我们经纪人式的伎俩！我们花上几个小时介绍、解释、证明；他们只是听着，最后说一个"不"字——然而这个"不"字，就像炮声一样隆隆回响。但是如果他们说"对！"——你不要总是一听就信。晚上，我去苏活区[2]的一家意大利或西班牙餐馆吃饭，感觉自己像一个被放逐者。我对伦敦的记忆是四五个小时漫无目标的散步，每天夜里我从皮卡迪利大街步行回家，回到我投宿的"南肯辛顿"区；这些从夜晚到黎明、穿越沉睡中伦敦的散步，这种不可侵犯的、身为外乡人的孤独，在当时对我来说是一种现实的治疗手段。在英国人中做外乡人，通常都"不会感觉良好"；生活无聊，内心孤独。那些背负创伤、格外自负或

1　莱万特指西班牙地中海海岸。
2　即伦敦的 Soho 区。

傲慢的人（我肯定就是这种人，现在也是）在这里能够找到共鸣，从某种角度讲，他们这样能够感觉到自己更安全、更隐秘；他们知道，没有人会用一厢情愿的熟络和大陆式的亲密来碰触他们忧伤的秘密，没有人会不尊重他们的自负与痛楚……那些移居伦敦并自我感觉良好的中欧人，也总是逃避家乡的亲情。英国人相当留意他人的焦虑和底层人的创伤，并怀着同情心予以体谅——伦敦是中欧人"自卑情结"的真正疗养院。大陆男人在伦敦一方面觉得自己是堕落者和不洁者，同时又觉得自己是受人尊重、享有治外法权、有优越感的外乡人。任何地方都不会这样尊重私生活的治外法权；然而，英国人一旦获得机会，他们对私生活的践踏要比任何地方的人都更无情。我常去法院旁听离婚案庭审；四千万人垂涎跃跃，因为终于有一位内科医生对妻子不忠，他们终于也可以写、可以谈婚外性生活了——这位内科医生是在哪里遇到情人的？他们幽会过多少次？女仆说了些什么？用人是怎么撞见的？他透过锁眼看到了什么？——媒体和民众全都跪到了锁眼前，他们终于可以谈论性话题了……我有一位三十六岁的匈牙利朋友，他带着怀孕的年轻妻子去做检查，英国医生郑重其事地向他们讲解避孕工具的存在和使用方法；他当真认为，一个三十六岁的男人从来没听说过安全、卫生的避孕工具……成年了的英国年轻人对性事的无知，远远超出中欧人的想象。但也正因如此，这座城市情色得异乎寻常，让人窒息，让人刺激。"冒险"这个词，只有在伦敦才能从小说的角度和薄伽丘的寓意上予以理解，而在其他地方，无论之前还是之后我到过的任何地方，都无法跟伦敦相比……最初那段时间，我对英国人聪明、热忱的虚伪感到震惊；后来，我学会了他们的技巧，并且快乐地生活在他们当中……比如在旅店里，门房怀着充满道德感的愤怒阻止女士上楼找我，之后告诉我说，"女士不能进入有床的房间"；他劝我租下隔壁的客厅，这样我就可以接待女士来访，因为"先生和女士可以一起坐在客厅里喝茶"。我不这样，又能怎么办？每天我都能学到点什么。

他们真像亲英派对我们宣传的那样异乎寻常、铁面无情、令人胆寒地"正经"吗？是的，他们确实很正经，至少在风度和外表上非常正经；然而，在四目相对的私下场合，我有时也惊讶于他们特有的正经。我生活在伦敦，仿佛是在欧洲学校最高的一个年级里读书，而且是读的一个特别培训班。我记得那些在外地度过的英国人的星期天，它让我理解了英国式的自杀；我记得有一位旅店里的室友，他每天晚上都身穿燕尾服，手拎一瓶法国红酒回到旅店房间，坐到壁炉前伸直两腿，他就这样坐着，穿着燕尾服，一直坐到午夜，这时他才躺下睡觉。英国人无聊得就像关在笼中的高贵野兽。有的时候，我害怕他们。

4

在肯辛顿公园对面那条街上，我度过了一个不同以往的晴朗秋季[1]；我住的那栋楼建于19世纪初，站在晦暗、沉闷的房间里，可以眺望分外朴素、恬静的秋日公园，那是伦敦最美的大众园林。那是一个多么丰盛、繁茂、阳光普照的秋季啊，或许在这个岛上，半个世纪也只能遇到一次；英国人真的为之陶醉。蜜一样的光线五彩纷呈，使岛屿变得妩媚多姿，异彩飞扬。透过我房间的窗户朝公园远眺，无业者们——那些工厂主、无聊贵族和来自外地、无所事事的庄园主们——天一亮就扛着躺椅来到公园的草坪上，

1　大概指作者1933年秋天的伦敦之行。

在那里打盹儿晒太阳，在伦敦的中心，却像隐居乡下，就像吹笛子的希腊牧羊人在家乡的橄榄树下悠闲度日。在阳光普照的英国，这是唯一的大公园；岛民们在这一年的秋季不再争先恐后地赶到国外逃避大雾，伦敦人简直幸福得迟钝，他们在光的理想国中悠闲漫步；淡绿色和淡黄色的草坪，肯辛顿公园数百年的橡树和悬铃木，还有学生们在公园鱼塘周围燃放的烟花，诱引着那些醉心于季节美景的都市游客。在这个秋季，我熟悉了英国人的微笑，最羞涩、真诚、狄更斯式的微笑。

我也被那温煦的幸福所诱引，就像一只趋光的秋蝇。九月末的伦敦阳光普照，我还从来未曾享受过如此静谧颐和、平心静气的几个星期。伦敦城香气弥漫，舒朗宜人。苏醒已变成了一件愉悦的事，刚一进入梦乡就朝清晨微笑，仿佛在期待家庭的喜庆；我醒来的时候，男侍将一份厚厚的《时报》放到我的枕头旁，并将备好的早餐盘摆在我床前带轮子的小桌上，他拉开窗帘，像魔法师一样张开两臂，每天早晨，他都怀着盛大的喜悦大声说："多美的秋天啊，先生！"是啊，这是多么神奇的秋季！夜里，园中的树木仿佛穿上华而不实的古装；花匠们将气味扑鼻的败草和腐叶扫成一堆烧掉，年轻的姑娘们牵着大狗在草地上遛弯，绅士们骑着蹄声清脆的骏马在视野的尽头慢跑……我的一天就这样开始，像一篇维多利亚时代的诗体小说。房间里飘满了茶和烤熏肉的味道，在《时报》语句铿锵、掷地有声的文章里，以不可动摇的缓慢和连贯性讲述着那天在世界上发生了些什么；房间里 19 世纪中叶的笨拙家具在阳光中熠熠发光，汽车和公车带着轻微的噪声从窗前呼啸驶过，因为伦敦总是非常安静，即使在交通最拥挤的时辰也一样……早餐我要吃很长时间，就像举行一个传统而神圣的重大仪式；在这座岛上，每个地方都像在博物馆里一样庄重肃穆；人们的私生活，也感觉像摆在陈列柜里，必须像参观展品一样地观看，严禁碰触。我穿过清晨的花园，穿过海德公园，那里有不少悠闲无事、漂亮而忧伤的女人在喂奇异的飞鸟——不知怎么，女人在伦敦总是很忧伤；她们目光茫然，背地里会喝很多酒——我去到圣詹姆斯宫对面的小酒铺，那里出售伦敦最好的雪利酒；我坐到门边一条历尽百年沧桑的长凳上，手拿酒杯看阳光下在暗棕色的宫殿大门前闲逛的伦敦人，看他们不慌不忙地在两个目的地、两种犹豫、两桩生意之间游走。我在世界上任何一座城市里都未曾见过类似的场景：送货员也手拿包裹在伦敦城内散步，俨然一位尊贵的绅士在上午出门徒步健身。伦敦从来不匆忙。我去大英博物馆的图书馆，借一本19世纪不怎么出名的英国散文家的作品；我手捧昆西[1]的《鸦片》坐进竞技场般的阅览室，慢慢饱吸书籍和氛围里的毒素，仿佛也在吸食鸦片。我喜欢在正午时分站在证券交易所的大门口，看头戴大礼帽、剑桥培养出来的经纪人，他们口袋里身无分文，脑袋上顶着大礼帽，一上午一上午地谈上百万英镑的生意；他们获得无限的信任，因为股票市场从这些英国精英们中间选聘金融城的经纪人或代理人，他们绅士得就像一位刚宣誓就职的军官，良好的名声辅助他们纵横职场……我去泰晤士河畔，看泊在东印度码头[2]的轮船，它们夜以继日地将世界的气息、灵魂和原材料运到伦敦；来自新西兰、锡兰、孟买和澳大利亚的轮船在伦敦塔桥下的黄色大雾中疑惑地鸣笛，船长们在卸货之后聚到查理·布朗酒馆喝白兰地……我去白教堂[3]买一条狗作为礼物送给一个

---

1 托马斯·德·昆西（1785—1859），英国浪漫主义散文家。这里指的书是他写于1821年的《一个英国鸦片瘾君子的自白》。

2 位于伦敦东部的一个码头。

3 白教堂是伦敦东区塔村区的一个区域。

熟人；正像白教堂小贩保证的那样，这是一条"饭量不大的狗"，并没有蒙人。夜里我去"皇家咖啡馆"，那是伦敦唯一的一家咖啡馆，我疲倦地坐在红色长毛绒面的沙发上，脑子里装的都是伦敦，但我还是感到饥渴、忧伤和快乐，既觉得陌生，又像在自己家里一样随意任性。每天夜里我都想，我不可能忍受这种对当地人生活影响至深的无形历史恐怖，我不可能忍受在私人家里跟在街上同样生效的《雅各布禁令》和《亨利克禁令》，我连他们的自由都不能忍受，不能忍受那种用钱买来的怪诞自由和强大得让每个大陆人忌妒、感觉有点像紧箍咒和狱规似的法律保障。我不能够忍受，至今在房屋前仍竖着梯子；因为都铎王朝的某位国王曾经下令，在伦敦容易发生火灾的某些街区，夜里必须在房屋的墙上架一把长梯；时间过去了几百年，可梯子至今还在，人们每天晚上将梯子架在雨水槽旁……我不能够忍受，饭馆在午夜十二点从餐桌上收走客人还没喝完的酒杯；在有些饭馆里，客人要提前付饮料钱，因为啤酒是从隔壁店里买来的，只有上帝知道这是谁的命令，这是因为什么……比如每天要更衣五次，因为每位绅士都有三十套衣服，每种场合专有一套，见国王一套，打高尔夫球一套，骑马

　　　　　　　　一个市民的自白

一套，钓鱼一套，打猎一套，甚至打鹌鸟也要单有一套；比如上午散步也都戴着大礼帽，即便没有什么特别的事，只是进城买科隆香水或去皮卡迪利大街买鸟食；比如他们活的方式和死的方式，爱的方式和怒的方式，他们理解世界的方式和表白的方式，对这所有的一切，大陆人只能靠理性理解，用感性永远不可能理解……黄昏时分，狂风横扫整座城市；就在那一刻，我理解了伏尔泰，他在伦敦遇到这样的日子，在夜风大作时想要自缢……噢，这些疾风，这些暴雨，这些堆满一模一样房屋的街道，这些用彩色粉笔在人行道上画风景的羞涩乞丐，这些吱呀作响的手摇风琴，还有在暗夜里吞没一切的大雾！这些英国俱乐部啊，有的不许女人进，有的不许男人进，还有的地方只要从话筒里传来女性的嗓音，就不会叫俱乐部成员去接电话；在那里，先生们摘掉了礼帽，表示回到自己家里，或沉默不语，或大谈高尔夫，或迷恋桌球而冷落妻子！这些仆人们啊，他们服侍你的时候，会柔声细语、仿佛歌唱般地向你"道谢"；但是即便如此，他们还是很傲慢，有优越感，因为他们清楚所有的因果，而你永远不可能明白这么多：因为你不是英国人！……这里的一切都是这么"特别"，包括信纸和洗手液，包括微笑和粗鲁；但是即便如此"特别"，还是让我感到这般熟悉、这般舒服，他们会以这般明智、会心的方式向大陆人微笑！我从伦敦带走了人类最美丽、最温柔的微笑记忆。从那里我也没能带走别的。

在关键时刻，只有在这里，所有人能毫无顾忌地陈述自己的观点；只有在这里，社会的俗约能让所有人尽可能地不表达个人观点。伦敦是一所特殊学校。如果你到过那里，你不会变得更聪明，但你会觉得，在你的生活里将不会遇到太大的烦恼。

5

阿波尼[1]在日内瓦讲"人性大教堂"；他的头要比大厅里的所有人都高出一截，声音疲惫而洪亮，上身前倾，伏在铺着绿色台面呢的讲台上，两只大手在空中缓慢地挥动。蒂杜莱斯库[2]坐在他的对面，裹着貂皮大衣，带着寒气逼人

1 阿波尼，即阿波尼·阿尔伯特（1846—1933），匈牙利政治家，曾任匈牙利王国的宗教与公共事务部长。1920年巴黎和平会议上，他担任匈牙利方谈判代表；1924年9月9日在日内瓦发表讲演。
2 蒂杜莱斯库，即尼古莱·蒂杜莱斯库（1882—1941），罗马尼亚外交家，曾任财政部长、外交部长。

的不安，紧张地尖叫；阿波尼的目光越过政敌的头顶投向虚空，当政敌在休息期间带着过分的自信向他走来时，他转过身子，并朝旁边挪了两步……"先生，我必须把我要讲的话讲完，因为我意识到自己的年龄……"阿波尼低声说；张伯伦[1]戴着眼镜、穿着晨礼服一动不动、姿势僵硬地坐在那儿，出于礼貌地朝他欠欠身，似乎向他表示尊敬；白里安摆出一副大提琴手的姿态，捻着艺术家的胡须若有所思地冲阿波尼点头；日本人安达峰一郎[2]已经做好了鼓掌的准备。当时在场的那些人物，现在还活着的已经不多了；白里安和安达峰一郎已经过世，阿波尼也不在了。他是人的威信的化身；如果你没有亲眼见到那些世界著名的政要们如何在日内瓦会议上向这位弱小战败国的代表致意的话，你很难确切地知道他是如何为匈牙利的利益据理力争的。即使他所讲的是在长篇政治讲演中无可避免的自明之理，他还是那样地斟词酌句，那样地激情洋溢，铿锵自信，像是钟声在会堂里回荡。政治上的成功，包括在国际

---

1 张伯伦，即亚瑟·内维尔·张伯伦（1869—1940），英国保守党政治家，1937至1940年任英国首相。

2 安达峰一郎（1869—1934），日本国际法学者、外交官、日本代表团负责人。

政治舞台上的成功，都跟在地方委员会取得的成功情况相同，人们的直觉感受重于客观事实。阿波尼的讲演，有时让人感觉到他说得不对，但是即便如此，那一个时刻仍属于他；他的话语是那样掷地有声，那样充满诗意，让人情不自禁地向他敞开心扉；他的声音抑扬顿挫，打开了人们的灵魂之灯，他创造出这种成功的发声术，即便所说的内容有毛病，但听起来能够让人同情。传统的讲演艺术又在日内瓦复活了。对专业谈判来说，这种"个性影响"也是一个重要元素。后来，阿波尼去温室散步，张伯伦挽着他的胳膊送他穿过走廊，对他的态度，就像对一位东方大主教或"家族长"，或一个即使没有名衔、没有官阶也是家族里最重要的人。有一类欧洲贵族，他们并不靠家谱维系，而是通过品位、风度、生活方式的相同而聚结在一起；在这个欧洲的精英家族里，阿波尼是一位受人尊敬、威望很高的家族长者。

他在谈匈牙利，谈家乡；会堂里，我屈肘托腮地坐在记者和外交官们中间，对他们来说，阿波尼所讲的一切都是会议的"讨论重点"；其他的以后会提到日程，比如玻利维亚和希腊问题。我已经十年没有回国了。在巴黎，我每天早晨都买回所有的匈牙利报纸，家乡人给我寄来国内的新书，偶尔有一两个熟人来到巴黎，我总是激动地接待他们，随后又许多次失望地离开……我不知道家乡发生了什么。官方的匈牙利大人物出访日内瓦或巴黎，举止总是那么特别，总带着那么一股"熟悉而陌生"的味道，摆出一副官架子，居高临下地跟我们这些旅居国外、穷困潦倒、四海为家的匈牙利作家、记者和艺术家们谈话；或许唯有阿波尼例外，他是一位真正的大贵族，在国外，他对每个人都抱以同样的热心和人情味；但是我跟其他人，极少有什么话题好谈。在官员接见的场合，我通常刚听到第一句话，就兴趣全无地沉默不语，躲到一旁。我感觉家乡没有任何变化，还是那类人统治着国家，还是那个族阀主义的等级制度赐恩施惠，发号施令；白里安晚上坐进日内瓦的"巴伐利亚啤酒馆"跟记者们闲谈，话虽不多，但充满睿智；而那些匈牙利的官老爷们，必须向他们致信请求，他们才会跟我们搭一句话。家乡的状况怎么样？九百万匈牙利人过得好吗？在我可悲的祖国到底发生了什么？我什么都不知道。我激愤而忧伤地离开了日内瓦。

我去了蒙特勒[1]，但我的不安并未能缓解。我感觉到，

1　位于日内瓦湖畔的瑞士小镇。

对我来说有什么事情已经结束，我必须回国。这样的归期，并不是根据日历定的。不存在任何外在的原因、理由或需要，能够解释这种回国的迫切感。我也并不能说，在我身上爆发了某种可怜的"乡愁"。家乡没有任何人或任何事催促我回去。家里根本没有人等我回去。在巴黎，我有工作，有家，有朋友。这座城市在我眼里，已不再是旅游意义上的名胜古迹，而是沉潜到个人生活的现实之中；我从周围得到了很多，我结识了不少高层次的人，学到了很多东西。我舒适、从容、快乐、平和地生活在巴黎。现在我突然感觉到，我在这里待够了，我在这里再无什么"事"可做。如果我说，我之所以迫不及待要启程回家，是因为在我身上突然爆发的萨伯尔奇卡[1]式泪眼欢颜的乡愁使我萌生出立即回家的急切愿望，是出于"马群正在霍尔托巴吉[2]的查尔达[3]旁歇晌"之类文人墨客的多愁善感，那我是在扯谎。我从来没见过"霍尔托巴吉的查尔达"，也对马群没有过研究……对我来说，我

1　萨伯尔奇卡·米哈伊（1861—1930），匈牙利诗人，民间民族诗歌的代表，追求简洁、有旋律、抒情的田园牧歌风格。

2　霍尔托巴吉是匈牙利东部的平川草原。

3　查尔达是传统的、有现场乐队演奏的匈牙利乡村饭庄。

真正的家乡，现实的家乡是考绍，还有卢日尼欧、吕切和我不大可能去的贝斯泰尔采巴尼奥。我每次去多瑙河西岸，或去多瑙河——蒂萨河之间的流域，都会感觉曾在梦里见到过，有一点陌生。我的"家乡"永远是费尔维迪克。我对佩斯没什么感情；在我的记忆里，佩斯人是一个目空一切、整日泡在咖啡馆里、手拎公文包的经纪人团伙。我讨厌他们咏唱似的讲话方式，慢条斯理地强调自己的优越感；我讨厌他们幼稚、伤感的玩世不恭。他们之所以对巴黎不屑一顾，是因为"你要知道，佩斯人对这类东西不感兴趣"，是因为"就是卡鲁索[1]在我们这儿也没有人爱听……"佩斯人在国外总是不安地充满忌妒。我连自己都不清楚，家乡人有什么能让我提起兴趣。我害怕家乡，害怕佩斯人的明智，害怕亲热的拍肩动作，害怕当地圈内头面人物的优越感，害怕佩斯人在精神领域再典型不过的一知半解……回家的念头一点也不能让我兴奋起来。在我的印象里，佩斯就像一座音乐咖啡馆，

1　卡鲁索，即恩里科·卡鲁索（1873—1921），意大利著名男高音歌剧唱家和录音先锋，有"一代歌王"美誉，1907年曾在布达佩斯演出。马洛伊曾在1930年3月3日的报纸上提到卡鲁索在歌剧《毁灭》中的表演。

许多聪明绝顶、学识渊博的人坐在那里，他们确切地知道彼此所有的鸡毛蒜皮和难堪事。

不管怎样，我还是要回家。这个"要"字，这个神秘的迫切需要并不能成为自身的动因。一个人的整个身心都服从于这个隐秘的指令，无条件地服从，不讨价还价。"我在欧洲生活了"十年，就像一名勤勉的上进学生；突然间，我感觉自己的状态是一个谎言。从某种角度讲，我的生活并不现实：一切都缺少跟我直接相关、可以触摸的现实性，缺少那种一旦缺乏，我在国外的生活就将变成任务和角色的生活内容。我必须意识到，我在国外所能意识到的所有一切都离我很远；我的兴趣是中学生的；我对马塞尔·普鲁斯特也感兴趣，但这种兴趣不同于国内诗人成败的关注；当我坐下来用午餐时，即使"在自己的巴黎公寓里"也一样，总是觉得自己在什么地方做客，饭菜的滋味对我来说，也有点像在展会上品尝厨师的杰作；我在报上读到的消息都与我无关，翻看每日新闻，我对谁死在了街上、谁被狗咬了毫无兴趣。总之，我在欧洲始终是一个外乡人；在巴黎那些年，我一直订阅考绍的地方报，我对家乡小城的政治风云或当地某晚演出的报道，要比对法国内阁倒台或关于巴黎国家剧院庆典演出的评论有更直接的兴趣。我应该回家：我抱着非同寻常的反叛者和抗议者的情感服从这道指令。但是我也清楚地知道，我周围有什么东西确实结束了，我可以闲耗，可以拖延，可以不马上服从这道指令，但我不能够逃避它。我将要回家，现在我就已经生活在那里，既不好也不坏，既无牢骚也无快乐；我只是惶惑不安地努力适应，心烦意乱，脑子里充满怀旧与出逃的念头……但是，有什么东西结束了，获得了某种形式，一个生命的阶段载满了记忆，悄然流逝。我应该走向另一个现实，走向"小世界"，选择角色，开始日常的絮叨，某种简单而永恒的对话，我的个体生命与命运的对话；这个对话我只能在家乡进行，用匈牙利语。我从蒙特勒写了一封信，我决定回家。

6

早春时节，我动身回家；蒂罗尔的果树已经开花。路途中我既不感到激动，也没抱荣归故里的情绪，甚至没有紧赶慢赶。我在回家的路上磨磨蹭蹭，不时地驻足，歇脚，给自己缓期。归途中，我在苏黎世下车，在慕尼黑投宿，在萨尔斯堡逗留，在维也纳待了几个星期，最后这才横下心，在奥斯特班霍夫坐上了返乡的列车……在海捷什哈罗姆[1]车站，我看到头裹方巾的老妇卖烤点心，看到赤足的孩子们卖报纸和香烟。他们全都衣衫褴褛。我透过车厢玻璃看着他们，感到一股从未有过的同情和怜惜。我想，我要跟他们一起生活。与此同时，我也感到一股巨大的安慰，这样挺好。我感到的只是：不管怎么说，我到家了。

但是在此之前，在回乡途中，我一直感到幽幽的刺痛。我本来可以留在那里，留在国外，留在"欧洲"：我名下的公寓还在巴黎，罗拉还留在那里，她不相信我的心血来潮。我还年轻，还可以留在那里：那里可能还有什么任务在等着我，或许还有成功，我在国外"活在深水里"，小本子上记满了德高望重的熟人——巴黎、伦敦、柏林和罗马的熟人——的电话号码，我认识很多人，其中有不少雅士名流……认识我的人也不少。家里有什么在等着我？贫困，怀疑，不由自主的忌妒。我不安地想：回去后我必须要谨言慎行；必须学会另一种匈牙利语，一种在书里面只选择使用的生活语言，我必须

---

1 位于奥匈边境的匈牙利小镇。

重新学匈牙利语……在家乡，肯定不是所有的一切我都能理解；我回到一个全新的家乡，在我看来，家乡总有点像同谋犯团伙，新入伙的成员必须学会同谋式的家族黑话。不管我听到什么，我都听不懂背后的含义；不管我说什么，别人理解的都不是我想说的内容。之后，我必须再次"证实"自己是谁——我必须从头开始，每天都得从头开始。我没有什么想否认的，也没有什么好夸耀的。我回家并不是浪子回头，但也没有人原谅我或杀猪宰牛地欢迎我。我在家乡能够做什么呢？我了解自己的能力和天性。我可以当一名能从每天机械性的工作中省出几个小时满足自己文学爱好的记者，我回来的正是时候，趁我还能够跟得上潮流，趁我还没被时尚抛弃……我了解"匈牙利作家的命运"。火车刚一停进凯兰弗尔迪站[1]，我就急不可耐地跳下火车，坐进出租车，想要尽快赶到佩斯。

城市穷困，蒙尘，破旧，悲凉。就像一个正从瘫痪中康复的人：已经能够挪动肢体，能够迈步并说话。在奥克托宫街角，我叫出租车停下，跳下车。大约是晚上七点。

1　布达佩斯市郊的一个小站。

放射路¹上空旷无人；在广场中央，警察正以感人的敬业精神完成着军人式的手势训练，但街上根本就不见车辆。在安德拉什大街尽头，有一辆汽车闪着车灯由远而近；环路上一辆辆有轨电车带着丁零零的声响，以沉稳的缓速在轨道上行驶，感觉严肃而隆重。（开始那段时间，我经常从佩斯的有轨电车上烦躁地跳下，我忍受不了它的颓沓、磨蹭和颠簸摇晃；后来，穷困和麻木让我慢慢适应了它，我随遇而安地乘着它咣当驶过一个个小站，不过有的时候，我也会徒步走出几公里远。在佩斯有轨电车的节奏里，有着某种瘫痪、困乏、蓬头垢面的东欧特征；我无法忍受这种滑稽的哼哼唧唧、咿咿呀呀的沉缓爬行⋯⋯）街上的行人也很少；人们的衣着不是华贵得扎眼，就是寒酸得扎眼。我沿着安德拉什大街从这头走到那头，穿过卡洛伊环路，走到拉库茨大街。旧旅店的窗口亮着灯；就在拉库茨大街上的这家旅店里，我曾度过我的大学时代²和国内记者生涯的最初岁月。我走到门洞下，跟楼长聊了几句，得知旅店的老房东已经搬走，他们的女儿，漂亮、聪明的女医生，

1　佩斯的主要街道大致分为"环路"和"放射路"两种，前者的走向呈与多瑙河切割的圆弧形，后者与河岸垂直呈放射状。
2　指作者1917—1919年在法学院、文学院读书时曾在这里居住。

我年轻时代那位可悲可怕、吗啡成瘾的情人则死于吗啡中毒，安息在城外拉库什凯莱斯图尔公墓。显然，我在这里没有人可找；旅店里面没别的熟人，只有臭虫。我沿着夜色下的拉库茨大街游荡，望着街边的房子，那些摇摇欲坠、经风历雨、饱受历史浸淫的忧伤老楼；我走到楼门前看巨大的庭院，看掸被褥的铁架、门洞墙上的住户名牌和高大、昏暗、占地费料的楼道；我看商店的橱窗，橱窗里展示的商品跟巴黎的有所差异，不能说更漂亮，也谈不上更难看，只是明显能够感觉到差异；在拉库茨大街上的一家成衣店展窗内，样品的布置是那么精心别致，要比贴在旅行社橱窗内、一眼可见桔槔井[1]的霍尔托巴吉草原宣传画更能唤起我的"乡情"。不知道怎么，这种微妙的差异，感到一种回乡者常会感到的视觉性眩晕：佩斯显得非常大，仿佛房子已经长出了首都，可能比巴黎还要大，无边无际，像有许多巨人住在这里。我感到自己像一名残疾人，一个侏儒。在巴黎，我从没有感到过如此不成比例的巨大无比。我再次体验到我在大学一年级当"白鹤"[2]那年曾经感到过的那

---

[1] 桔槔井是匈牙利大平原上的标志性风景，远远就能看到高高的木架和长长的汲水吊杆。

[2] 匈牙利人称大学新生为"白鹤"。

种眩晕感；在佩斯，我也觉得自己是个"乡下人"；在佩斯，住着"真正的成年人"，尤其是许多学识渊博、聪明绝顶的人，他们一本正经、目光僵滞地盯着外乡人看，仔细解答他们的提问，但脑子里想的完全是别的，对这些乡巴佬充满嘲笑……我拐上了博物馆环路。

我熟悉这片街区。在佩斯，我也只熟悉几条环路，还有桥那边的布达街巷；我从来不敢钻进佩斯的小巷，以前还不敢沿着维舍列尼大街或希夫大街走，怕有什么东西会砸到我头上，或有谁在背后冲着我嚷——我也说不清楚自己到底怕什么。我害怕佩斯。我怕它的傲慢，怕它神秘的熙攘，怕那些陌生的疾走者——他们始终让我感到陌生——在我眼里，他们就像是安特卫普或爱丁堡的原住民。在咖啡馆里，坐着沉思冥想、眼神聪明而多疑、讲话飞快的佩斯人，今天我也很讨厌他们，对我来说，他们是有些见识的可怕天敌。不过在这里，在博物馆环路上，熟悉的幽灵在游荡。在斐乌迈咖啡馆前，在"露台"新油漆过的栏杆后面坐着希尼·久拉[1]，这位高贵、寡言的作家正透过带柄的单片眼镜，目光忧伤地盯着《费加罗报》的版面，

1　希尼·久拉（1876—1932），匈牙利作家、记者、《西方》杂志编辑。

他怀着脆弱生灵儒雅的哀伤和痛苦的怀旧，低头阅读法文的"西方新闻"……我很想走到他跟前，告诉他最新的西方新闻，跟他谈论纪德或阿兰[1]；但最终我还是没敢叫他，因为我不能保证他会对我讲的消息感兴趣。他也早成了那样的成年人，"著名作家"——在我眼里，他永远是一位"真正的作家"，他和其他所有住在这座城里、在咖啡馆和俱乐部安营扎寨的作家们一样，口袋里揣着匈牙利语校样和法语杂志，心里揣着苦涩而智慧的教训；要想说服家乡"真正的作家"，比说服纪德或托马斯·曼困难得多……我这样觉得。我从大学门前路过，走进大学隔壁的奶制品市场；在我青年时代经历过起义、革命的岁月里，我曾在这里为了买干酪和面包排队到天亮。我曾跟厄顿一起坐在这儿，但厄顿也已经离世了。我们曾在这里等候革命的消息。我曾在这里阅读格伦瓦尔德·贝拉[2]的《关于旧匈牙利》，在这里，我们似懂非懂地期待"新匈牙利"诞生，但那只是讲演者的哈气，从嘴里吐出来便蒸发掉了……我已经十年没来这个充满酸臭奶味的地方了；我坐到窗边一张旧桌子

---

1 法国作家、哲学家、美学家埃米尔·奥古斯特·提耶（1868—1951）的笔名。

2 格伦瓦尔德·贝拉（1839—1891），匈牙利政治家、历史学家、作家。

旁，就在这晚，就在这个奶制品市场内，我第一次感觉到：我回家了。青年时代的气息在我周围弥漫，那是贫穷与绝望的氛围；我这一代人，我的同龄人，正是从这个奶制品市场出发的，我徒然在此间走遍了世界，现在我又从头开始。这时候，一位恰巧来这儿的老记者在我隔壁桌旁坐下，我认识他，我走到桌前向他问好。他正在费劲地敲半生的煮鸡蛋；他抬眼看我，点了下头，然后高兴地说：

"你来得正好。你要是看到卖面包的女孩，叫她过来，谢谢。"

7

我搬到布达一个熟悉的街区[1]，每天都小心翼翼、疑心重重地过桥去佩斯。我在"血原"[2]街角的一幢古老、破败的布达公寓楼里租房住下，我房间的窗户对着亚诺什山，

---

1 作者于1931年至1945年住在布达佩斯一区的米库街2号，位于布达城堡脚下。原建筑在布达佩斯围城战中遭空袭炸毁而被拆除，现在在原址可见马洛伊雕像和纪念石匾。

2 "血原"是位于布达佩斯一区的一座公园。1795年5月20日，匈牙利神学家、科学家、政治冒险家马丁诺维奇·伊格纳茨和他的同伴因领导匈牙利的雅各宾运动而在此被斩首。

在窗下深谷里的"血原"上，军官们带着他们的女儿骑马，老妇们在黄昏中遛狗，直到军需部严令取缔了布达的"狗天堂"。每天下午我都要去佩斯办事，之后尽可能坐出租车杀回布达；只有当我透过隧洞瞥见克丽丝蒂娜广场葱绿的树冠时，我才在链子桥的布达桥头深换一口气。我不信任佩斯。在那里，我觉得什么都没有滋味，葡萄酒没味儿，饭菜也没味儿；咖啡馆的"黑汤"让我喝了头疼。我有许多年都难以摆脱这种孩子式的不安、沉默和怀疑。我在布达可以更畅快地呼吸。我曾在这里住过一次，就在这一带，在米柯大街的街角，在那栋位于"血原"一角、摇摇欲坠的两层楼里；我寄宿在楼内一位年过八旬的老妇人家中，住在一套煤气灯照明、堆满彼德迈式家具、晦暗憋闷、让人不舒服的公寓里，不过，那里的一切对我来说都很"熟悉"，就像在外地的父母家中，我在拱墙之间感觉不到那种"佩斯厌恶症"，感觉不到那种说不清道不明、对无法克服的陌生感所抱的幼稚恐惧……我现在住的那栋楼，恰好在以前住过的老房子对面，在一条宽阔、陡坡、种有两排繁茂的栗子树的街上。克丽丝蒂娜是一个古老的街区，有着小城的宁和，有并非绝对无害的流言蜚语，有羞涩的人，也有傲慢的人，树木葱茏，绿草茵茵，有烂白菜味，有年久失修、租金便宜的公寓楼，有简陋的小酒馆和东倒西歪的咖啡馆，还有春夏的情爱——在秋冬季节，爱情仿佛死掉了一般，或是迁离了克丽丝蒂娜街区——我来到这里的第一感觉就是，它能给予我隐秘的家的幻影……在这片街区，在这些酒馆，就连饭菜都很"熟悉"，不好吃也不难吃，只是"熟悉"而已。我在这里开始生活。

我想在这里生活，我想留在这里。当我在第一天夜里躺在布达的老房子里——那种住有多户人家的公寓楼，楼里的每位家庭成员都能摊上一两扇门窗——我想起了贝尔热尼[1]，漫不经心地想着，就像一个经过毫无目标的漫长流浪之后回家的人："我想死在这里。"当时我还不可能知道，这一个愿望并不那么简单。我还不知道，绝大多数匈牙利作家对命运的愿望都是：掌控他们生活的权要们能允许他们在自己——用贝尔热尼的话说——"铺过一次床"的家乡死去。或许，这是生活所能给予的最奢侈的礼物。我怀着天真的热情试图在布达建造一个"家"。若在十年之前，我无法想象自己会过另外一种不

1　贝尔热尼，即贝尔热尼·丹尼尔（1776—1836），匈牙利诗人。

住在旅店、不睡在皮箱中间的生活，要是有谁预言我有朝一日会为吸尘器砍价，我肯定感到很恼火……慢慢地，我在这栋老房子里为自己经营出了一个类似"家"的地方；我们从家里从巴黎搬来快要散架的破家具，我们还颇有预见地带回来几把来自刚果农村、用树根雕成的非洲太师椅。后来，我把我的书摆了出来，买了一盒卷烟纸和黑塞哥维那烟丝，自制卷烟，开始了布达的生活。

当然，"布达的生活"并非风平浪静；我每隔一段时间都会逃走一次，有时一走就是半年，回巴黎或伦敦；但是这个"家"，当然也可能是别的什么，总是能够吸引我回来；我总会重返布达的原因，大概不仅出于我拥有了吸尘器和非洲太师椅的快乐。匈牙利语让我痛苦，也使我镇静：有的时候，我觉得自己永远不可能完美地学好它；有的时候，我又觉得自己掌握得游刃有余，潇洒自如，轻松得像是出于本能。服从于某条不成文的法规，我也在一家布达咖啡馆里安营扎寨[1]，以符合常人眼中"在咖啡馆里度过一生"的匈牙利作家身份；我对这种浪漫、自由的世纪初理论是如此相信，以至于自己也亦步亦趋。要知

---

[1] 马洛伊最常去的布达咖啡馆是费城咖啡馆和链子桥咖啡馆。

道，国外的作家不泡咖啡馆；在伦敦，连像样的咖啡馆都没有……但在布达，我认为自己应该努力跻身当地的作家圈，应该到作家如样品一般在展窗后蒙尘的咖啡馆去。我安营在克罗地亚花园对面一家破旧、安静的布达咖啡馆里，那里每夜都开到天亮，我跟领班跑堂和卖雪茄的小贩交上了朋友；很快我就察觉到，我在咖啡馆里接到的信和电话，要比在家里接到的多，找我的人也都是先到咖啡馆，然后才会去我家看看……我要适应这里的气候，不过这倒不是一件困难事。咖啡馆的人对我都非常友好，他们小心、温和地容忍我的个性，桌子上总摆着墨水缸、英式钢笔、清水和火柴；我开始觉得自己是"真正的作家"，是一位家乡人理解的那种作家，并开始信心十足地环顾文学的风景。在国外，在混乱、嘈杂、挤满了粗鲁的跑堂和推搡的客人的国外咖啡馆里，似乎缺少的就是这个：帕纳塞斯山[1]的宁静，摆在咖啡桌上的清水和墨水——就这样，我终于装备齐全地开始了工作。

就像一个怎么也该在自己支起帐篷的地方进行一些征服、占领一些地盘的殖民者，我也逐渐开始打造自己

1　帕纳塞斯山是位于希腊中部的山脉，在希腊神话中，它是太阳神阿波罗和文艺女神们的灵地，缪斯的家乡。

　　　　　　　　　　　　一个市民的自白

占领布达的计划。由于住在闭塞的城区，居民们互不信任地蒙上面纱。在克丽丝蒂娜，住着许多退隐的和活跃的"显要人物"，而那个街区本身就那么居尊恃傲，谁也不会先开金口向别人问好……以前我在任何地方，都没见过像在布达林荫道上遇到的这般沉稳持重、姿态高傲的绅士。我也开始仰头挺胸地散步，等着从隔壁街上出来的送煤工先开口跟我打招呼。布达人的矜持超过了英国人的谨慎。似乎每个人都想用圣伊什特万[1]的王袍遮盖自己位于布达公寓楼内、相当大面积没有"供暖"、堆满"匈牙利彼德迈式"家具的三室住宅。克丽丝蒂娜有点像格拉茨[2]，匈牙利中产阶级的退休官员住在这里，像我这种只打算在这里小住一二十年的"赶路者"，在这里不会受到特别的尊重。我非常想掩饰自己的职业，因为在这一带还算受人尊敬、能让人忍受的最后一位作家，大概是维拉格·贝奈代克[3]。我极力适应周围环境，因为我熟悉并喜爱这个清教徒式虔诚，以自己的方式审慎阅读并注重

---

1 圣伊什特万是匈牙利王国的第一任国王。

2 格拉茨是奥地利第二大城市，施蒂利亚州州府。

3 维拉格·贝奈代克（1752—1830），匈牙利诗人、翻译家、历史学者。

修养，在生活方式和道德方面质朴得可爱、严肃得可敬的匈牙利中产阶级——不管怎么说，他们跟我也算是亲属，我理解他们的抱怨和愤懑，也理解他们不喜欢我身上的什么东西，而且当他们排斥我身上那些对他们来说陌生、可疑的东西时，我从心里认为他们有些道理。

在这一带住着各种亲属；伴随他们的焦虑和诱惑、同情和厌恨，我慢慢地开始了我的布达生活……在外人眼里，这里人的生活方式显得朴实、单纯；在家中的床头柜上总摆着一些我从来没有听说过名字的杂志；当地常住居民读的那些作家的文学作品，我只通过拐弯抹角的途径听说过。影响到这里的那些文学潮流，在官方文学市场上没有人知晓——虽然在书店橱窗里摆的同样是那几位"明星"或官方文学的残废军人，但是私下里，匈牙利的中产阶级却以神秘、宗派的方式继续固执地阅读那些不知名的、全家人爱读的书籍。有一天，在我住所的窗前，人们为作家 P. 萨特马利·卡洛伊[1]立了一尊雕像，今天这代人恐怕已经很少有人能再听说到这个名字——但在克丽丝蒂娜街区，即使在今天，他仍然是一

---

1 P. 萨特马利·卡洛伊（1831—1891），匈牙利作家，19世纪下半叶最多产的作家之一。

位流行作家，他的长篇小说《艾尔代伊的指路明星》或《伊莎贝拉》在这个街区里被人们争相传阅。有一段时间，当地的商人们见到我会毕恭毕敬地问好；后来我才知道，有人在这一带传说我是"房产商"。当他们了解到真相，发现我只不过是一位作家时——在克丽丝蒂娜所有真相都会被揭开——他们继续向我问好，但不再那么毕恭毕敬。大多数时候，他们只是向我回致一个问候。在街角巡逻的警察，好像也对我加强了监视，经常记录我的行踪，好像我是一个违规的养狗者。我慢慢明白了，在克丽丝蒂娜街区，我是一个可疑的人。

8

"噢，噢，但您之后将会写什么呢？"在佩斯，在咖啡馆里，人们经常这样问我，而且毫不掩饰心中的恶意。

是啊，在这之后我会写什么呢？我望着咖啡馆桌子上的那杯水，心里暗想：爱写什么写什么。我不知道他们对我抱着什么期待，而且我对此也不感兴趣。大概等待我的也没什么别的，只有我的毁灭。我感觉这个挺自然，挺人性。与人相关的"文学生活"，不可能比宝石经纪人或肉食加工者的商行更清洁、更高贵。在这场竞争中失败的人（所有创作上的竞争也一样，作品不仅是为自己创作，还服务于什么，当然也可能是为反对什么或什么人），跟失败的银行家或破产商人一样被套上了枷锁。

我将写什么呢？我不知道。写我"喜欢"的东西？还是不管我喜不喜欢，都要"不计后果"地写我必须要讲出来的东西？"不计后果"是一个愚蠢、可怜的年轻人的口号，我在写作中经常喜欢祭出它。但是，在生活中从来就不会"不计后果"——总会有一个要比绝对性原则更可取、更明智的出口——人很容易讨价还价，很容易为讨价还价找到"道德"上的解释。我开始写作，当然不只是写"我不计后果必须要讲出来的东西"……我经常写一些并不需要说服自己去写的东西；我写我即兴想写的东西，写刹那间在空气中颤抖的东西，写几乎触摸不到、刚好需要讲述但并不那么"重要"的东西。每天早晨我一醒来，就感觉发生了什么大事，有什么真相被披露，我错过了机会，但是一切可以从头开始。随后，我天天写作，只因为在这座城里的某个地下室内有一台每天半夜都开始运转的机器，这台机器每天夜里都要吃东西，吃纸，吃墨，吃血，吃神经，每天都在同一个时辰要东西吃，没法跟它讨价还价。我拼命写作，因为有某项法律强迫我写——并不是约定和需要，而是更深层、更复杂的法律；有一份绑缚我自己、绑缚我神经、绑缚我个性的契约强迫我写。新闻写作不可能让人"习惯"，不可能让人乐在其中；记者不可能躺在桂冠上歇息；一篇糟糕或不负责任的文字能够摧毁爱的信念；做这份职业不可能放慢节奏；假如一位记者"不计后果"地写自己想写的东西，那也不是很负责任——存在多种真相，每种真相有其不同的形式。

许多年过去了，我写了数以千计的文章，每天都写一两篇，因为机器在午夜开动，因为每天下午都"发生着什么"，有时在隔壁街道，有时在坦噶尼喀 [1]。有一天下午，一位稍微年长的朋友找到我，一本正经地盯着我说："当心。"我们坐在编辑部里，坐在印刷味刺鼻、朝向庭院的闷热房间内。"当心，"他说，并用睿智的眼神望着我，"人很长时间都以为自己花的只是利息。但有一天意识到，他早就开始花本钱了；可这时已经晚了……"我怜悯地耸耸肩将访客送到门口；之后好长时间我都没有

1　坦噶尼喀位于坦桑尼亚联合共和国。

当心。新闻写作也是种鸦片；它可以让人毁灭，但在毁灭之前给你的只是美妙的麻木和遗忘。我有时疲惫，有时疑惑，有时过度亢奋，有时一知半解；但是每天我都写，就像医生每天做手术一样。仿佛有某种特殊的毒素在记者的神经系统里作用、侵蚀，让他不能忍受沉默。每天下午六点左右，我都坐在桌子前，处于一种特殊的精神状态，既不舒服，也不浪漫，只是一种故作的兴奋：每天都有谁杀了人，每天都有谁遭受重挫，每天都有谁在某个地方撒弥天大谎，每天都有谁做虚伪之事，每天都在发生着"什么"。源于腐臭、悲凉的生活原态，我用笔尖划拉出旁枝末节，即便这样，它也是某天某地人类悲惨生活的芽孢杆菌，某种致病源；我相信，这就是新闻写作……或许，其意义最多也不过如此；揭示什么，并同时相信，我们揭示出什么事情或什么方向……每天下午三点左右，我的神经系统仿佛被通上电，开始用触角和犄角触探世界：我埋头在国内外报纸堆里搜寻关于这一天的、必须讲给什么人的琐碎事件，我必须讲给自己或讲给别人，否则就会难以忍受，就会丧失活着和写作的意义——有时拐弯抹角，有时非常拐弯抹角，有时只是稍稍提到我想讲的东西——随后，我开始感到特别的恐惧、"高压"、焦虑和持续几小时不会消失的紧张，直到我被迫坐到写字台前，不管写得好坏，我都要与卜我相信自己能够讲述并能在生活的混沌中建立某些秩序的东西，或慷慨陈词，或结结巴巴，或精神抖擞，或麻木笨拙。

好记者总是很好斗——即使在认可、同意或祝福什么的时候也一样。记者固执地探究生活现象，阿门，确实相当无聊，不大讨人喜欢。在马戏院里，人们迫不及待地等着那些打工的野兽出场，将所有误入斗兽场的人撕成碎片，不管你是异教徒还是基督徒。我意识到，在每天下午六七点之间，我会机械性地嗅闻血腥，洞察诡计与出卖、敲诈与不公，我到处机警地捕捉"官员的丑行"、世界政要的贪腐、女人的不忠和偏执念头。我意识到自己这副"好斗记者"的架势，于是我开始用怀疑的目光审视自己。世界充满了卑鄙和诡计——但有的时候，我很想能够理解这些作为记者只能谴责和揭露的东西……尤其是，这是一种剧毒的鸦片，作家不可能毫无危险地吸食过久；凭着机械性的怀疑和趾高气扬的傲慢，记者"肯定知道"世界上只有两类人，一类还没有被发现，另一类已经"被发现了什么"；慢慢地，作家也被培养成了公诉人。是的，每个人都可疑……在那些年里，我近距离地看到了令人惊叹不已的死亡舞蹈，许多荣耀的名字、人类光辉的榜样、富豪和当权者、道德者和罪犯、蠢人和天才们，转眼就沉入时间的潭底，消失得无踪无影！有一位大人物，三天前我还跟他一起在城里的上流圈子里共进晚餐，第三天早晨就额头中弹躺在工作室的长沙发上，或透过监狱的铁窗朝外叫骂；有一个半神之人，头天在他的办公室门前还挤满了全国各地的名门贵族，第二天他就结结巴巴地回答法官冷峻的提问——每个人迟早都会被"收进专栏"，我觉得每个人都可能有一天成为文章的素材。这种视角并不特殊；但实际上这就是新闻写作……

作家有时喜欢解疑消歧，有时喜欢赞同什么，愿意说"对"……有时候在作家眼里，记者挥舞两把宝剑，即便同意或沉默，也是战斗。我学会了，一名好记者要紧紧把握住他的怨愤、谴责与反感；出击时，要同样相信自己的愤怒；这种团结是记者的信念。我花了许多年时间才意识到这点：我并非无条件地相信自己的愤怒。总有一天我必须做出抉择：当作家发声时，记者必须沉默，一个人不能精神分裂地活着，不能两面都信，不能

　　　　　　　一个市民的自白

在一天里的另一个时段"理解"你在编辑部上班时无条件地厌恶但又不得不写的东西……总有一天我不再无条件地相信世界上所有的低俗、卑鄙和诡诈必须由我铲除；是的，我也不再无条件地相信那些写在纸上、长了翅膀、迅速横飞的词语能在世界上改变什么。一种困惑不安、令人晕眩的感觉将我吞噬，我就像一位石匠站在悬崖峭壁上低头俯视。我开始在意我所写下的所有文字；我写的东西比以前少了，虽然写得少了，但表达的内容却越来越多。

9

与"布达的生活"相平行，佩斯的生活也在流逝……但是在佩斯，我谁都不认识。有一段时间，我试着参加各种"聚会"；但我很快就放弃了这种尝试。出于天性，我孤身独处，甚至有意避开人群。每一个新面孔都是对我的挑战，一个个熟人转身离去，似乎都缺少足够的气力完成他们担负的任务。我战胜怯懦，接受了"挑战"。这一切其实是多么简单……这种因为怯懦而故作傲慢、因为惶惑而佯装潇洒、刚刚启程就好高骛远的佩斯生活！它缺少两三百年连巴黎杂货商都受到过的社交预科培训。它缺少沙龙和社交生活缺之不可的非个性化。佩斯的沙龙是多么富丽堂皇啊！还有那些晚宴！多么富裕、奇特、神秘、丰沛和显贵，与之相比，一切都显得简陋、凑合、不雅和可疑！在佩斯，我坐在富豪们的餐桌前，时刻期待暗门打开，好发现什么不堪的秘密……通常来说，即使不是在那一刻，也会在几个月或一年后发现"什么"——发现这些财富都根基不牢，这些沙龙全危机四伏，稍遇风雨，便不堪一击！

佩斯的社交带着某种机敏、洞察、个体的色彩，德国人、英国人或法国人可能很难理解这种机关算尽的进攻性。佩斯生活的舞台是那样狭小，人与人之间疮疤相蹭，与其说是相互接触，不如说是短兵相交。法国的"社交"完美、谐和、圆熟、顺畅，充满精心打造的转折点，行之有效，没有危险，好像缠了护膝的人在对打，让人联想到的只是佩斯人推心置腹的交谈，联想到贵族传统中风度优雅的花剑、拳击或摔跤。战前佩斯咖啡馆的智慧和博学，后来也作为一张王牌保留在社会游戏中；在咖啡馆里，人们可以知道每个人真实可信的个人隐私或财产秘闻，可以获得某种身体的智慧和通常在蒸汽浴室里才能够获得的人类知识，比方说，作家的头发有口臭味，女人的嘴里有脚汗味……佩斯人的交谈总是围绕着"为什么"和"针对谁"之类的口水话题；低俗的剧院小报信息无所不及，它毋庸置疑地宣称：较高贵的人物也过性生活；作家、演员、伯爵和银行家们经常垂青于城里最漂亮的女郎，著名作家把精力放在一部新小说和一位金发女演员身上，爱好艺术的纺织大亨迷上了社交圈内一位女工艺美术师——通常还要表明这个半官方的佩斯人观点，人们还长有性器官。消息灵通的佩斯中产阶级津津有味地"谈论"，在这一方面，基督徒跟犹太人没什么两样，利普特城区跟尤若夫城区没什么两样，但有羞耻感的人当然不会承认自己私下读这类小报。这类由单位主办的新闻媒体经常会以直接、粗俗的机谋侵犯个人的隐私权。佩斯人喜欢乐此不疲地谈论这个国际性的可悲秘密：不仅在异性之间，有时在同性之间，人们也喜欢彼此相爱。如果他们此刻没有"交谈"，那就会打牌；但我对所有技术性的娱乐都感到厌恶。有一段时间，我试图接受佩斯的"摩登化"洗礼；但后来我还是逃回了布达。在我的记忆里留下了几次怪诞的佩斯"社交晚会"，那里的男侍不知道雪茄和利口酒放在哪儿，因为他们是几小时前刚从附近的赌场借过来的；那里的桌子一撤，大家就都跑去打牌，人们在那里谈论最新"绯闻"，犹如谈论股票行情。

　　我极力忘掉这个世界。我孤独地住在布达。慢慢地，在我眼前展现出一个高贵、优雅的小匈牙利世界；我的孤独并没有消除，而且框架清晰而牢固。我去佩斯，永远像一个误闯进城的乡下人，但在"那边的家"，在大河的右岸[1]，在古老的街区，我逐渐熟悉了那里的房子、广场和人，我就像一个到一座小城过退休生活的外乡人。每天清晨，我沿着布达城堡散步，眺望山谷中白雪覆盖或绿树葱茏的古老城区，满眼教堂的钟楼和风格过时的屋顶——有一天我意外地发现，这几条街道，城堡内的散步，附近几家破败的咖啡馆和弥漫着霉味与地下室潮气的小酒馆，这份孤独，以及构成我孤独边缘的人的面孔，这所有的一切加在一起，对我来说有了一点家的感觉。现在若让我离开这里，我会心怀抵触，情绪低落；在国外时我想到的是布达，一想到布达的街巷，就会感到暖心的亲切，那种亲切，就像一个乡下人在陌生之地听人提起他家乡的名字。我已经了解了"克丽丝蒂娜"的秘密，熟悉了"摩登"农

1　多瑙河在布达佩斯穿城而过，佩斯在左岸，布达在右岸。

贸市场屋顶上没标数字的新式塔钟，钟面上用线痕来标示时间——"那么布尔什维克"，连女仆们都这样说，我慢慢理解了她们想说什么。我孤独地生活，不过时间长了，我也结识了几个熟人：一名修表工，一位木匠，一个壮汉，隔壁养老院的一位老演员，上夜班的跑堂们。我跟这些人也能聊天了……我在佩斯只是去做讲演，好像我总想说服谁。肯定我自身有什么问题。也许，创伤和忌妒是我胆怯、羞涩的根源——我害怕聪明的佩斯人想得太多，可能会觉得我很可笑。这种忌妒是病态的，不公正的；但我从来未能彻底战胜它。"布达生活"的形式变得越来越深潜，越来越封闭。我紧密、决然地让自己的生命附着于这种生活的环境、氛围与模式。一个人一辈子可以多次安"家"。布达曾经是一个家。

作家们孤独地活着，好像在一座茔窟里，匿影藏形，惶惑不安。所谓的"文学生活"，看起来不过是争吵、不安全感和世代的忌妒。我们全都生活在这么小、这么拥挤的地盘上，所有人都啃同样薄片的面包。在这里能"得到"什么呢？肯定得不到太多的什么——顶多也只能继续工作，有时可能会听到自己作品微弱、羞涩无力的回声……是啊，我们该写什么呢？当我刚回到家乡，人们带着敌意的狂想在佩斯咖啡馆内这样问我，过了许多年之后，我才理解了这个问题。每个星期我都在环路上的报刊亭买法文周报，书商每个月给我寄来国外杂志——有时候，我内心狂跳地埋头阅读报刊上的讯息，就像一个远在天边的旅人，由于远离了能为人类精神给养、使其开花结果的巨大暖流，已经不能完全准确地理解文字的含义，他只能连猜带尝，通过货样揣测新产品的滋味……我从远方关注几桩重要事件，但是关于新动向、年轻人、"运动"的消息只能经过筛滤和稀释才传到这里。我只听到世界充满威胁的冲撞声；如同暴风雨来临前的乌合之众，我们怀着紧张和恐惧试图及时"组织起来"，缔结同盟或联手防卫，抵御内容未知、阴影不祥的灾难。毫无疑问，这些集社结伙的尝试最终总是失败。作家们依然孤独。我们的本性和命运也就这样。在佩斯，有时我坐到环路边的长椅上，饶有兴味地观看"嘈杂混乱的首都生活"。在这里我过着彻彻底底的孤独生活，仿佛被人逐出了边境。

10

写作像是一种疾病，慢慢统治了我的生活。写作不是"健康"人应该承担的任务；健康人最重要的是健康，之所以工作，是为了能够接近生活；作家之所以工作，是为了能够接近作品的更深处，在那里危机四伏，山崩地裂，洪水奔流，瓦斯爆炸。我的神经官能症会随着对某个写作题材的接近而周期性复发，我的焦虑越积越多，有时持续几个月之久；冒着相对较小的生命危险，我举步维艰地工作着，满腔毒素，孤独隐居，远离人群……我只能幻想爱情、友谊、人类的团结和乡愁，就像一名僧侣幻想都市生活；可是，这种乡愁也是对自己的出卖……每隔一段时间，我就寻找一个人或一个女人，但每次尝试总是以不光彩的失败告终，然而在作品里能够感到这种"乡愁"，这是遁入生活的逃亡，怯懦的退隐。之后，我必须直面现实：对我来说，无处可逃，没有人为我的命运承担责任，我必须完全彻底、毫无条件地将自己的生命交付给作品；我将这样生活，在偏执的高压之下，不时在逃跑的恐慌中感到绝望，总是重又跌回到另一个生活，摔到纸上。的确，写作是其自身最权威的理解者和分析者，欧什瓦特·埃尔诺[1]称之为"生活方式"。

1　欧什瓦特·埃尔诺（1876—1929），匈牙利著名文学杂志《西方》杂志编辑和精神领袖。去世后，马洛伊曾为他写了两篇悼文。

作家要过作家的生活，至少要过有作家尊严的生活……这个前提是不忍受讨价还价。生活尖厉、诱惑的声音永远在勾引，在伤害；没有"解决办法"，我已然清楚；我将永远这样柔弱，永远试图逃走，在人的生活中寻找位置，直到浑身战栗地蜷缩到一颗心灵或一副身体旁取暖，结果导致了对旅人灵魂与写作恶魔的双重出卖。

　　我写作，因为我有话想讲出来；我写作，因为这种"生活方式"适合我的性格和精神境界；因为作家的表述能够达到最高层次的、永远无法通过生活事件传递的生命感受；因为这种生命感受也不可成为作家的目标，他必须否定它，必须将这一切抢救下来并藏到一个封闭的形式里，在那里，作品本身也有了生命，无须从周围世界汲养，也不需要亲属和信徒、成功和反响。我有什么话想说出来——我写完一本书后，再写一本书，之后我才懂得，作家的"计划"不是丛书系列——在我写下的每行字里，总是想表达同样的内容，只是通过多部作品和多种体裁，潮水朝向唯一、共同的三角洲涌流，这时候我只是在场而已，我的全部意义和命运就是：我必须在场，因为有什么东西想通过我来表达自己。这个"什么"是不成形的，有时我觉得，它是反灵魂的。写作的原始素材始终都只是泥土而已，要想让它进行有生命地运转，要吹入 [1] 比灵魂更多的东西，要赋予它比例和外形。我焦虑无助地以写作为生，整日与作品面目相对，我看不清它的终极比例，由于充满多余、杂碎、偶然之物，我已经感觉不到它的大小，就像一个人感觉不到生命的大小；也许，作品只有在生命的最后一刻才能获得其终极形式，但也可能要在生命结束后才可尘埃落定，所有的繁装琐饰纷纷脱落，作品脱颖而出，成为一个有机体，一个具有生存活力的整体。我不能看清自己在这项任务中可以浪荡到哪儿；也许在作品的深山老林里，作家从来都辨不清路，这里的路牌指不了路，只有你的本能和神秘的声音能够指引你翻山越岭。我从来不能理解那些在灵感突发的瞬间能够"想出"不朽名言的作家们；是写作找到我们，不是我们找到写作，我们最多能做的是：不逃避它。有时候写作非常令人欣悦，我所写下的每一行字只是徘徊，拖延；成千上万句的细致描写，书里漫长的字行，所有都只是遁词而已，为了逃避所承担的任务。以后总有一天，你不可能再逃避见面，不可能再写

1　作者将写作与上帝造人作比。《圣经》里说，上帝用泥土捏了亚当，将生命之气吹进他的鼻孔，使他成了有灵的活人。

一本书，不可能再跟分期付款似的请求作家的命运之神给你延期；总有一天，你不得不坐下来面对任务，直到你再不能说出别人无法替你说出的话为止……我的所有作家式冒险都是在为逃跑和不忠做准备；就像恳求魔鬼先放过我一码，还没到时候，现在我想先说说别的；这只是在做准备，建立新的关系，我还没听清自己的声音，我耳朵里灌满了陌生的旋律，我必须先忘掉我所听到和所理解的一切，必须忘掉在我生存的时代无处不在、强大得能够穿透一切的文学旋律……是的，我先随便写点什么，以后，等以后我会全力以赴地完成我的任务！我就是这样写书的，仿佛是给命运纳税，试图通过微小的牺牲平息无情上帝的嗔怒。但我隐约而痛苦地明白，我不可能这般轻易地逃走。

"以后您将写什么呢？"他们问我。有时我吃惊地意识到，确实还存在作家的命运；有一些任务，有一些感情或感性责任，恰恰不大可能逃避掉。我绝望地发现，在许多年前，甚至在我的前生前世，我就清楚地预知我将要写什么——我在聊天中提到的写书念头，以后，哪天，可能，我想写一本什么书——许多年后，我有一天震惊地发现，书我已经写好了，而且跟我许多年前心血来潮、随口一提的内容一模一样。我要能够摆脱这类"随口一提"的写作任务该有多好，"推掉"一个，再推一个，休息一下，伸个懒腰，或许为另一类尝试积蓄力量；但是我连一个字母都未能逃避。显然，我写的每行字都属于任务范畴，也包括那些多余、不完美、有罪地夸大或轻率的文字……我很清楚，我从来没准备写一部以后将"讲述一切"的"巨著"；巨著只有那些文艺爱好者或生活在文学领域的专家们才准备写。其实我还是相信，不管怎么说，那些出于多事、躁乱、内疚担负起的写作任务都是无法逃避的，即使是在时事文章中，我也有机会在某一行或某一段里说出别人不可能替我说出的话。我觉得很有可能，我想说的话也并非那么精明绝顶，极端原创，闪烁着耀眼的精神光芒；也许，我该在适当的时间和适当的地点以通俗的方式讲出来，因为在生活中，就像文学中的重要陈述，那些能够彻底表达一个人内心的话语或看法，绝大多数时候都相当简单。我有的时候这样想象，我所写的一切都只是前言和遁词；实际上我只想写，只想描述一个人物，我惊讶地发现，这个人物活着，我连他的姓名都知道，我认识他。比方说，这个人物很可能是一位年长的女性，她站在人群的中央，并非聪颖绝伦，也非好得出奇，然而她却知道什么，有可能是她肯定不能用词语表达的生活"秘密";沉稳自信,仅此而已……相对所有的现实而言,我在写作过程中首先想窥视这个女人,这个陌生女人的秘密。这是作家的"计划"吗?肯定不是。有的时候我感到震惊,我要花费多少精力走多少弯路,才能找到朝向她的那条路;我要走遍上百座记忆的岛屿,才可能找到她——对于生活我知道的或我想知道的一切都跟她有关;我都不知道这个女人是谁,是否有过这么个人,我是否在什么地方遇见过她。也许她是母亲,另一位我想见到的永恒、未知的母亲;我不知道。但我知道,我所写的每一行字、每一本书和我所采用的每一种文体,全都是在研究她,仿佛她能给予我答案。之后许多年过去,生活中充满了写作、讨价还价和尝试。当我越来越模糊、越来越犹疑地看到这个人的面孔时,却听不见她的声音;后来突然有那么一刻,在陌生的地方,我意外地瞧见了她。好像我的写作不是别的,只是遁词和时机,有一天能够遇见她。

11

当作家写这类文字写到"尾声"时,该在哪里画句号呢？

　　生活在跟书竞跑。有一天中午，那是在秋季，我父亲死了 [1]。他死得充满力量、尊严和榜样性。他仿佛向我们展示，一个人应该怎样死——他是攥着我的手死的，从那一刻开始，我的死亡恐惧得到了修正；我不再像以前那样害怕死亡，害怕那种陌生和恐怖；我只是不舍得放弃生命，我向死亡索要生命的滋味与气息；但是就在那一刻，当我父亲闭上眼时，我理解了，死亡既不好也不坏，不具任何特征。

　　很长时间我都很痛苦。跟我们近得难解难分的这些人，我们只能通过死亡完全理解他们。父亲死在陌生的城市，在陌生人中间，只有我们，只有家人守在他身边，情况如此错综复杂——死亡也对此做出了解释——他是死亡的意义与内容。通常来说，父亲去世是一场大爆炸，家庭会在这种时候土崩瓦解，每个人踏上自己的路。他直到最后一刻都很清醒；他在去世前的半个小时叫来了医院的大夫，并打着优雅的手势说："我安排好了，先生们会得到酬金的。"他就是这样死去的，死得像一位高贵

1　指1934年10月12日，马洛伊的父亲死于米什科尔茨。

的绅士，不会带着任何拖欠离开人世；他主动、老练地安排好一切，每个人都能得到自己的那份，每个人都得到一个微笑、一个眼神或一次握手。"这是我的最后一天。"他在去世的那天早上这样说；他用近视并疲惫的眼睛望着窗前的几棵大树，盯着秋日的树冠看了好久。即使在死神降临的最后时刻，当他已经清楚地知道，自己还有几小时或几分钟就必须死去，他依旧保持惊人的睿智和平静。我始终为他的这种神奇能力惊叹不已，他总是能够远远地、从他身处的远方审视生活。这种只有他才具有的特殊能力，一直保持到生命的最后一刻。在最后几天，他还谈起他在那里生活了一辈子的城市，他最终不得不离开那里而客死异乡。他不能忍受这种分离。也许正是这种变更夺去他的性命；他的身体本来还能跟年龄抗争，但他的心放弃了对生活的渴望。再没有什么可以吸引他。年过花甲的人很难承受被迫的迁徙。他在最后几天，梦见了他出世、生活、工作过的老城，他对那里的每扇大门都了如指掌。有一天早晨，他从短促的睡眠中醒来，带着疲惫但快乐的微笑说："夜里我又去了那儿。你知道吗？我又在梦里去了班库，好像路过了观景台，我看到脚下山谷里的城市。"他的微笑是那样快乐，好像刚去寻欢回来一样。那些天，他已经非常虚弱了，很少开口，但眼睛睁得很大，放射着特别的光亮。他用这副放光的眼神望着每一个走到他病床前的人，好像在那一刻才真正辨认出那些熟悉和陌生的面孔，他想了解隐在那些轮廓线里、此前他从未注意到的新意义。但是在每张面孔后，他看到的都是"城市"的某个地方；他梦见城市，在梦中的郊外森林里散步，在欧蒂莉亚，在赫拉多瓦。这座城市对他来说，是家庭唯一的真正舞台；当他不得不离开那里，仿佛生活的舞台也摇晃、坍塌。离乡之后，他从来不曾提起那些留在家乡的人们，不再谈我们住过的房子，不再谈过去的家；他羞惭地将那些记忆隐藏起来，耻于面对自己的痛苦，否认自己面对的绝望。但是，梦把他在白天想都不愿想的东西带到了眼前，濒死前的梦一下子映出了他永远渴望回归的地方。他若有所思地讲述着这些梦；但从他睿智、疲惫的眼睛里放射出的光芒驳斥了他说话时那股漫不经心、不以为然的语调。他离开那座城市的时候，早已在内心向她诀别，在死亡预感中，他又一次梦幻般地回到那里：他又看到了她，爱她，并呼唤她。

最后一个夜晚，午夜时分，我不能忍受自己继续待在陌生城市的旅店里，我钻进汽车，去了医院。他已经非常虚弱了，醒着躺在床上；在光线昏暗的房间里，只有母亲神不守舍地坐在床边，攥着他的手；三天三夜的护理，已使母亲精疲力竭，在最后那几个小时里，她几乎处于半昏迷状态，继续机械地护理他，呼唤他。我坐到床边，望着那张奄奄一息、亲切而忧伤的面孔；因为担心吵醒我母亲，父亲用很小的声音谢谢我来看他。他总是这样：礼貌，郑重，平静。"谢谢你又跑来一趟。"他说，他的嗓音是那么柔和而宽厚，泪水盈满我的眼眶。父亲又讲了他的处世秘诀，礼貌的秘诀。有的时候我这样认为，那是一个人所能给予另一个人最大的财富。他对待每位家庭成员，都像对待一位高贵的客人；他每次串门，都不会忘记给家庭女成员们带去高雅、别致的礼物；在所有家庭或官方的节日里，他都会送去贺卡和几枝鲜花。即使在病危的最后一夜，他依旧那样干净整洁、仪态端庄地躺在病床上，周围整理得井然有序，就像在一个寻常之夜上床歇息。就在那天晚上的那几个小时里，我理解了父亲的贵族主义品德。他的一生都是抱着这种仁慈、绅士的高尚品质度过的。我在床边坐了很久，我们没有说话，只是四目相对。他直勾勾地盯着我

314　　　　　　　　　　　　　　　　　　　　一个市民的自白

的眼睛，若有所思，过了一会儿，他用一种疼爱、探究、分析的眼神望着我。我承受住了这副目光；就这样，我们一声不响地彼此相视了一个小时之久。他回忆起了什么？他本来想跟我讲些什么？他没跟我讲过，从来没讲，即使在最后那一个小时里也没有讲。他的沉默是一种机敏，不是脆弱。他非常懂得，在彼此之间，在人和人之间，没有什么要比机敏、谨慎地平心相待的秘密更幸福了。总之，他直勾勾地盯着我的眼睛。他向我道别，跟长子道别，似乎他想告诉我什么，一句话，一句家族密语、生活箴言或私下的点拨——但他缄口不语，似乎心里明白，他帮不了谁，个人和家族只能听天由命。他用探究的目光望着我，眼睛睁得很大，仿佛他终于想要知道我到底是谁。他要为一个很久远的问题寻找答案。但我不能回答他。后来，他向我伸出纤柔、羸弱的手，紧紧地攥住了我的手。他一句话没说，闭上了眼睛；过了一会儿，他松开我的手。我离开了病房。

第二天中午，他已经奄奄一息。病房里许多人进进出出，每个人都惶恐无措。现在他已不再注意我们，而是出神地盯着窗外，盯着婆娑的淡黄色树叶。两点半时，他说："起雾了。"果真，在他的眼前恍惚升起淡薄的雾气；房间里也薄雾缭绕。他安静地躺了一会儿；后来，医生为他合上了眼睛。在这一刻，我什么感觉也没有。"是的，这件事现在终于发生，父亲死了。"我心不在焉地这样想。我走出病房，来到走廊，似乎想要理解所发生的一切：父亲有病，去世了，现在要把他埋掉，这一切都挺正常。过了一会儿，棺材运来，随后又运走。我想点支烟，但走廊里来往的人很多，我没有点，我不知道"这种时候"适不适合吸烟。我抄起外套，转身走了。那是在十月中旬，屋外飘着冷雨，我走在泥泞的林荫道上，四周空寂无人，我既无伤感，也无恐惧，唯一的渴望是想吃点什么，因为我已经很长时间没吃东西了。在这条直通市区的道路中央，我忽然看到了一辆马车；那辆马车由两匹马拉着，走得很慢，朝着墓地小教堂方向行驶，车上运的是我躺在棺材里的父亲。我们在雨里慢慢地走，我亦步亦趋地跟着马车，从医院到墓地，在这条并不很长的路上，我突然近距离地看到我父亲的一生，那般夺目地清晰，那般吓人地真实，在此之前我从来没这样看到过。两匹马无精打采地走在泥地里，我不时需要放慢脚步，因为拉着灵柩的马车落在我身后。在这条路上我懂得了，父亲是我生命中唯一一位跟我有"关系"

的人，我跟他之间有某种私事，这种事情不可能"了结"，也从不可能"谈开"——这些应该谈但没有谈的事情，现在已变成永远的暗哑碎片……马车在墓地大门口拐弯，消失在树林里。我停下脚步，点了支烟，望着灵车驶去的方向，开始浑身颤抖。这一瞬间我开始明白，父亲死了。

12

父亲下葬了，我感觉自己通过了一次新的评审，晋升了一级。我被一种十分特别、令人窒息的自由感所捕获，仿佛有人告诉我说：现在你什么都可以干了，你可以加入无政府主义党派，可以把自己吊死，你可以干你想干的一切，不再有禁忌……当然，这种"自由"是虚无的，其实派不上任何用场。根本不存在其他的自由，只有爱和顺从的自由。但在父亲去世之后，我必须意识到，生活中只有他无私地待我，以他自己有教养的可悲方式——我爱不了别人，愤怒、创伤与复仇的欲望替代了爱与顺从在我心里作祟。这种理解和洞悉，削弱并排解了我的悲怆；我不相信"痊愈"，也不相信和平。我知道，我不会再无条件地跟谁卷入充满人性的关系里了；我必须全身心地投入写作，追求"生活方式"，我要把留在自己内心深处和个人世界里的人性，全部珍藏在文字中。

因为，我生活的这个世界本身，都不再相信"和平"，不再相信"痊愈"。受到惊吓的小市民们，在各个角落里哀怨悲号，他们除了纠缠和砍价之外，脑子里什么都不想。阴郁的光线，投向生活的山野。我生活在一个可怕可疑的世界里，那里的国家政要们一次又一次地给民众缓期，似乎在公开鼓励大家，可以往地里再播种一次小麦，可以再写一本书或建一座桥；生活和工作就在这种永恒的危机感中进行。我所出生的那个阶层，跟迅速攀升的阶层混淆到了一起；它的文化层次在最后二十年里令人震惊地坠落，文明人的需求岌岌可危。我所学习并笃信的思想，日复一日地像一钱不值的破烂被扔进垃圾堆；从众本能的恐怖统治，笼罩在昔日文明的辽阔领域之上。我们生活的这个社会，不仅已对精神的伟大造化不屑一顾，而且还把它跟日常人和市井精神的风格相对立。能够显著、有效地影响我们这个时代的思想，充满了绝望；我对同时代大众的庸俗品位、娱乐与需求感到不屑，我对他们的道德观持怀疑态度，那些完全满足大众欲望的当代技术与称雄的野心，在我看来都是悲剧。有灵魂的人是孤独的，他们被迫钻进各地的茔窟，就像在中世纪怀揣密文、到处藏身的僧侣们躲避征服者的迫害那样。确定无疑的悲剧性惊恐，渗透到生活的方方面面。

在这段时间里，我必须尽可能地活下来，并写作。这非常困难。有时候我惊诧地意识到，在灵魂里和品位上，我觉得自己是一位年近花甲的老人，根本不像二十五岁。我们这些在这个"阶层"最后一个荣耀时刻降生的人，命运都相同。今天的写作者，似乎只想为他们身后的时代留下见证……见证在我们出生的那个世纪里，曾经高唱过理性的凯歌。只要我还能写下一个字，我就会见证：见证曾有过这样的一个时代，生活过这样几代人，他们蔑视本能，高唱理性的凯歌，他们相信精神的抵御力能够遏制芸芸众生的死亡欲望。就生命规划而言，这算不上是个大手笔，但我做不出别的规划。我能做的一切，就是想以自己冷酷、不忠的方式，保持对道德的忠诚。是的，我耳闻目睹了欧洲，我亲身经历了一种文化……我能否从生命的手中获取更多？好吧，我在这里告一段落，我就像一名从惨败的战役中幸存的讲述者语调沉重地说：我想要记住，我想要沉默。

自白结束

后记

流亡的骨头

余泽民

1

我第一次看到并记住了马洛伊·山多尔（Márai Sándor）这个名字，是在 2003 年翻译匈牙利诺奖作家凯尔泰斯的《船夫日记》时。凯尔泰斯不仅在日记中多次提到马洛伊，将他与托马斯·曼相提并论，称他为"民族精神的哺育者"，还抄录了好几段马洛伊的日记，比如，"谎言，还从来未能像它在最近三十年里这样地成为创造历史的力量"；"上帝无处不在，在教堂里也可以找到"；"新型的狂热崇拜，是陈腐的狂热崇拜"……句句犀利，睿智警世。

我开始买马洛伊的小说读，则是几年后的事。原因很简单，我在给自己翻译的匈牙利作品写序言时，发现我喜欢的作家们全都获得过"马洛伊·山多尔文学奖"，包括凯尔泰斯·伊姆莱（Kertész Imre）、艾斯特哈兹·彼得（Esterházy Péter）、克拉斯诺霍尔卡伊·拉斯洛（Krasznahorkai László）、纳道什·彼得（Nádas Péter）、巴尔提斯·阿蒂拉（Bartis Attila）和德拉古曼·久尔吉（Dragomán György）。可以这么说，当代匈牙利作家都是在马洛伊的精神羽翼下成长起来的，所以以我觉得应该读他的书。

我读的他的第一本小说是《反叛者》，描写了第一次世界大战后一群对现实社会恐惧、迷惘的年轻人试图远离成年人世界，真空地活在自己打造的世外桃源，结果仍未能逃出成年人的阴谋。第二本是《草叶集》，是一位朋友作为圣诞礼物送给我的，后来我又从另一位朋友那里得到一张这本书的朗诵光盘。坦白地说，《草叶集》里讲的生活道理并不适合所有人读；准确地说，只适合有理想主义气质的精神贵族读，虽是半个世纪前写的，却是超时空的，从侧面也证明了一个事实，什么主义都可能过时或被修正，但理想主义始终如一。我接下来读的是《烛烬》《一个市民的自白：考绍岁月》《一个市民的自白：欧洲苍穹下》，这使我彻底成为马洛伊的推崇者。也许，在拜物的时代，有人会觉得马洛伊的精神世界距离我们有点遥远，跟我们的现实生活格格不入，但至少我自己读来感觉贴心贴肺，字字抵心。马洛伊一生记录、描写、崇尚并践行的人格，颇像中世纪的骑士，用凯尔泰斯的话说是"一种将自身与所有理想息息相牵系的人格"。

十年前，译林出版社与我联系，请我推荐几部马洛伊的作品，我自然推荐了自己喜欢的几本，并揽下了《一个市民的自白：考绍岁月》《一个市民的自白：欧洲苍穹下》《烛烬》《一个市民的自白：我本想沉默》的翻译工作，而《伪装成独白的爱情》《草叶集》《反判者》则分别由郭晓晶、赵静和舒荪乐三位好友担纲翻译。译林出的这几本书中，《烛烬》和《伪装成独白的爱情》，台湾地区曾出过繁体中文版，但是从意大利语转译的，有不少误译、漏译和猜译之处，马洛伊的语言风格也打了折扣，不免有些遗憾。当然这不是译者的过失，是"转译"本身造成的。所以，值得向读者强调的是，译林推出的这套马洛伊作品，全部是从匈牙利语直译的，单从这个角度讲也最贴近原著，即使读过繁体中文版的读者也不妨再读一遍我们的译本，肯定会有新的感受。

2

马洛伊·山多尔是 20 世纪匈牙利文坛举足轻重的小说家、诗人和剧作家，也是 20 世纪历史的记录者、省思者和孤独的斗士。马洛伊一生追求自由、公义，坚持独立、高尚的精神人格，他经历了第一次世界大战、第二次世界大战和冷战的风风雨雨，从来不与任何政治力量为伍，我行我素，直言不讳，从来不怕当少数者，哪怕流亡也不妥协。纵观百年历史，无论对匈牙利政治、文化、精神生活中的哪个派别来说，马洛伊都是一块让人难啃却又不能不啃的硬骨头，由于他的文学造诣，即便那些敌视他的人，也照样会读他的书。无论是他的作品，还是他的人格，对匈牙利现当代的精神生活都影响深远。

1900 年 4 月 11 日，马洛伊·山多尔出生在匈牙利王国北部的考绍市（Kassa），那时候还是奥匈帝国时期。考绍市坐落在霍尔纳德河畔，柯伊索雪山脚下，最早的文献记录见于 13 世纪初，在匈牙利历史上多次扮演过重要角色。马洛伊的家族原姓"格罗施密德"（Grosschmid），是当地一个历史悠久、受人尊重的名门望族，家族中出过许多位著名的法学家。18 世纪末，由于这个家族的社会威望，国王赐给了他们两个贵族称谓——"马洛伊"（Márai）和"拉德瓦尼"（Ládványi）。

马洛伊在《一个市民的自白：考绍岁月》中这样描述自己的家庭："我走在亡人中间，必须小声说话。亡人当中，有几位对我来说已经死了，其他人则活在我的言行举止和头脑里，无论我抽烟、做爱，还是品尝某种食物，都受到他们的操控。他们人数众多。一个人待在人群里，很长时间都自觉孤独；有一天，他来到亡人中间，感受到他们随时随地、善解人意的在场。他们不打搅任何人。我长到很大，才开始跟我母亲的家族保持亲戚关系，终于有一天，我谈论起他们，听到他们的声音；当我向他们举杯致意，我清楚地看到他们的举止。'个性'，是人们从亡人那里获得的一种相当有限、很少能够自行添加的遗产。那些我从未见过面的人，他们还活着，他们在焦虑，在创作，在渴望，在为我担心。我的面孔是我外祖父的翻版，我的手是从我父亲家族那里继承的，我的性格则是承继我母亲那支的某位亲戚的。在某个特定的时刻，假如有谁侮辱我，或者我必须迅速做出某种决定，我所想的和我所说的，很可能跟七十年前我的曾外祖父在摩尔瓦地区的磨坊里所想的一模一样。"

马洛伊的母亲劳特科夫斯基·玛尔吉特是一位知识女性，年轻时毕业于高等女子师范学院，出嫁之前，当了几年教师。父亲格罗施密德·盖佐博士是著名律师，先后担任过王室的公证员、考绍市律师协会主席和考绍市信贷银行法律顾问，还曾在布拉格议会的上议院当过两届全国基督民主党参议员。马洛伊的叔叔格罗施密德·贝尼是布达佩斯大学非常权威的法学教授，曾为牛津大学等外国高校撰写法学专著和教科书，其他的亲戚们也都是社会名流。马洛伊的父母总共生了五个孩子，马洛伊·山多尔排行老大，他有个弟弟盖佐，用了"拉德瓦尼"的贵族称谓为姓，是一位著名的电影导演，曾任布达佩斯戏剧电影学院导演系主任。对于童年的家，马洛伊在《一个市民的自白：考绍岁月》中也有详尽的描述，工笔描绘了帝国末年和两次世界大战之间东欧市民生活的全景画卷。

3

在马洛伊生活的时代，考绍市是一个迅速资本主义化的古老城市，孕育了生机勃勃的"市民文化"，作家的青年时代就是在这样的环境里度过的。自身的经历为他的创作提供了丰富的素材，形成了他作品的基调，并决定了他的生活信仰。在马洛伊的小说里，"市民"是一个关键词，也是很难译准的一个词。马洛伊说的"市民"和我们通常理解的城市居民不是一回事，它是指在 20 世纪初匈牙利资本主义的黄金时代形成的一个特殊社会阶层，包括贵族、名流、资本家、银行家、中产者和破落贵族等，译文中大多保留了"市民"的译法，有的地方根据具体内容译为"布尔乔亚"、"资产阶级"或"中产阶层"。

在匈牙利语里，市民阶层内还分"大市民"和"小市民"。前者容易理解，是市民阶层内最上流、最富有的大资本家和豪绅显贵;后者容易引起误解,并不是我们所说的"小资"或"小市民",而是指中产者、个体经营者和破落贵族,而我们习惯理解的"小市民",则是后来才引申出的一个含义,指思想局限、短视、世俗之人,但这在马洛伊的时代并不适用。因此,我在小说中根据内容将"小市民"译为"中产者"、"破落者"或"平民",至少不带贬义。马洛伊的家庭是典型的市民家庭,有较高的社会地位,家境富裕,既保留奥匈帝国的贵族传统,也恪守市民阶层的社会道德,成员们有很高的文学、艺术修养,孩子们被送去接受最良好的教育。

马洛伊在十岁前,一直跟私教老师学习,十岁后才被送进学校。青少年时期,马洛伊先后四次转学,每次的起因都是他反叛的性格。有一次,他在中学校刊上发表了一篇文章,提到了天主教学校的老师们惩罚手执手杖、头戴礼帽、叼着香烟在大街上散步的学生,结果遭到校长的训诫,马洛伊愤怒之下摔门而去,嘴里大喊:"你们将会在匈牙利文学课上讲到我!"还有一次转学,是因为他离家出走。

1916 年 11 月 21 日,马洛伊正在国王天主教中学上文学课,校长走进教室宣布:"孩子们,全体起立! 国王驾崩了！"过了一会儿又说："你们可以回家了，明天学校放假。"马洛伊后来回忆说："在这个重要的历史时刻，我们由衷地高兴。我们并不清楚弗朗茨·约瑟夫国王的死意味着什么。国王死了，国王万岁！"马洛伊就是一个倔强、自信的早慧少年，不但学会了德语、法语和拉丁语，而且很早就在写作、阅读和口头表达能力方面表现出超群的天赋。1916年，他第一次以"萨拉蒙·阿古什"（Salamon Ákos）的笔名在《佩斯周报》上发表了小说处女作《卢克蕾西亚家的孩子》，尽管学校教师对这个短篇小说评价不高，但对酷爱文学的少年来讲，这无疑是一个巨大的鼓舞。从这年起，他开始使用家族的贵族称谓"马洛伊"。

1918年1月，成年的马洛伊应征入伍，但由于身体羸弱没被录取，后来证明没被录取对他来说是一种幸运：没过多久，一战爆发，马洛伊有十六位同班同学在战场上阵亡。同年，马洛伊搬到了布达佩斯，遵照父亲的意愿，在帕兹马尼大学法律系读书，但一年之后他就厌倦了枯燥的法学，转到了人文学系，接连在首都和家乡的报刊上发表文章，并出版了第一部诗集《记忆书》，深获著名诗人、作家科斯托拉尼·德热（Kosztolányi Dezsö）的赏识。科斯托拉尼在文学杂志《佩斯日记》中撰写评论，赞赏年轻诗人"对形式有着惊人的感觉"。但是，此时的马洛伊更热衷于直面现实的记者职业，诗集出版后，他对诗友米哈伊·厄顿（Mihályi Ödön）说，他之所以出版《记忆书》，是想就此了结自己与诗歌的关系，"也许我永远不会再写诗了"。

4

马洛伊中学毕业后，一战也结束了。布达佩斯陷入革命风暴和反革命屠杀。一是为了远离血腥，二是为了彻底逃离家庭的管束，马洛伊决定去西方求学。1919 年 10 月，他先去了德国莱比锡的新闻学院读书，随后去了法兰克福（1920）和柏林（1921）。在德国，他实现了自己的记者梦，为多家德国报刊撰稿，最值得一提的是，年仅二十岁的他和托马斯·曼、亨利希·曼、西奥多·阿多诺等知名作家一起成为《法兰克福日报》的专栏作家；同时，他还向布拉格、布达佩斯和家乡考绍市的报纸投稿。"新闻写作十分诱人，但我认为，在任何一家编辑部都派不上用场。我想象的新闻写作是一个人行走世界，对什么东西有所感触，便把它轻松、清晰、流畅地写出来，就像每日新闻，就像生活……这个使命在呼唤我，令我激动。我感到，整个世界一起、同时、经常地'瞬息万变''令人兴奋'。"

在德国期间，他还去了慕尼黑、多特蒙德、埃森、斯图加特……"我在那里并无什么特殊事情要做，既不去博物馆，也不对公共建筑感兴趣。我坐在街边的长凳上或咖啡馆里，总是兴奋地窥伺，揣着一些复杂念头，不可动摇地坚信现在马上将要发生什么，这些事会对我的生活产生巨大影响。在绝大多数时候，什么也没发生，只是我的钱花光了。熬过漫漫长夜，我抵达汉堡或柯尼斯堡。"在德国，与其说是留学，不如说是流浪，他有生以来第一次作为一个不屈从于他人意志的个体在地球上走、看、听、写和思考。

魏玛是歌德的城市，那里对马洛伊的影响最深最大。"在魏玛，我每天早晨都去公园，一直散步到歌德常在炎热的夏日去那里打盹儿的花园别墅。我走进屋里转上一圈，然后回到城里的歌德故居，在光线昏暗的卧室里站一会儿，那里现在也需要'更多的光明'；要么，我就徘徊在某间摆满矿石、手稿、木刻、雕塑和图片的展厅里，仔细端详诗人的遗物，努力从中领悟到什么。我就像一位业余侦探，正隐藏身份侦破某桩神秘、怪异的奇案。"在魏玛，他找到了自己精神的氛围："住在歌德生活过的城市里，就像假期住在父亲家那样……在歌德故居，每个人都多多少少能感到宾至如归，即使再过一百年也一样。歌德的世界收留旅人，即便不能给他们宽怀的慰藉，也能让人在某个角落栖身。"

在德国期间，自由、动荡、多彩的生活使马洛伊重又燃起写诗的热情，他在给好友米哈伊·厄顿的一封信中表示："在所有的生活任务之中只有一项真的值得人去完成：当一名诗人。"1921 年，他的第二部诗集《人类的声音》出版，著名诗人萨布·吕林茨（Szábó Lörincz）亲自撰文，赞赏有加。同年，他还做了一件重要的事情——翻译并在家乡杂志上发表了卡夫卡的小说《变形记》和《审判》，成为卡夫卡的第一位匈牙利语译者和评论者。马洛伊承认，卡夫卡是对他影响最大的作家之一，不是在写作风格上，而是在文学精神上。

1921 年，对马洛伊来说是个重要的年份，他在柏林与玛茨奈尔·伊伦娜（昵称"罗拉"，这位考绍的名门闺秀也是为了反叛家人而出走柏林）一见钟情。从那之后，马洛伊与她相濡以沫六十三年；从那之后，罗拉不仅是他的妻子，还是他的旅伴、难友和最高贵意义上的"精神伴侣"，几乎他以后写下的所有文字，罗拉都是第一位读者。

1922 年马洛伊的散文集《抱怨书》在家乡出版，其中有一篇《亲戚们》，描写了自己的亲戚们和青少年时代的生活，为后来创作《一个市民的自白：考绍岁月》提供了框架。

1923 年，马洛伊与罗拉在布达佩斯结婚，随后两人移居巴黎。"我们计划在巴黎逗留三个星期。但是后来住了六年。"马洛伊在《一个市民的自白：欧洲苍穹下》里详细地讲述了戏剧性的巴黎生活，他在索邦大学读书，去图书馆翻杂志，做一些勉强糊口的工作，给德国和匈牙利报纸撰写新闻，并陪罗拉经历了一场险些让她丧命的重病……尽管在巴黎的生活十分贫寒，但精神生活十分丰富，作为记者，他看到了一个更大的世界，他亲耳聆听过阿波尼·阿尔伯特在日内瓦的著名演讲，见到张伯伦向这位曾五次获得诺贝尔奖提名的匈牙利政治家致意……在这期间，他还去过大马士革、耶路撒冷、黎巴嫩和伦敦，最重要的是读了普鲁斯特；毫无疑问，《追忆似水年华》对他后来创作《一个市民的自白：考绍岁月》和《一个市民的自白：欧洲苍穹下》影响至深，难怪评论家经常将他俩相提并论。

马洛伊在 1924 年 6 月 20 日写的一封信里说："巴黎吸引我，因此不管我一生中会流浪到哪里，最后都会回到这里。"在巴黎期间，他的第一部长篇小说《屠杀》在维也纳问世，同时他还创作了一部游记《跟随上帝的足迹》。

5

"有什么东西结束了，获得了某种形式，一个生命的阶段载满了记忆，悄然流逝。我应该走向另一个现实，走向'小世界'，选择角色，开始日常的絮叨，某种简单而永恒的对话，我的个体生命与命运的对话；这个对话我只能在家乡进行，用匈牙利语。我从蒙特勒写了一封信，我决定回家。"1928年春天，马洛伊回到了布达佩斯，但罗拉继续留在巴黎，因为她不相信马洛伊心血来潮的决定："我名下的公寓还在巴黎，罗拉还留在那里，她不相信我的心血来潮。"

一方面，马洛伊自己也心里打鼓："我不安地想：回去后我必须要谨言慎行；必须学会另一种匈牙利语，一种在书里面只选择使用的生活语言，我必须重新学匈牙利语……在家乡，肯定不是所有的一切我都能理解；我回到一个全新的家乡……我必须再次'证实'自己是谁——我必须从头开始，每天都得从头开始……我在家乡能够做什么呢？"另一方面，马洛伊了解自己是"一名能从每天机械性的工作中省出几个小时满足自己文学爱好的记者"，了解自己与生俱来的"匈牙利作家的命运"。他离开家乡，是为了找到自己；回到家乡，则是为了成为自己。

这时的匈牙利，已经不是他离开时的那个祖国。1920年签订的《特里亚农条约》，使原来的"大匈牙利"四分五裂，丧失了72%的领土和64%的人口；考绍市也被划归给捷克斯洛伐克。马洛伊没有回家乡，而是留在了布达佩斯。这时的他，已经是著名的诗人、作家和记者了，他的文学素养、独立精神和世界眼光，都使他很快跻身于精英阶层，成为社会影响力很大的《佩斯新闻报》的记者。

1928年，马洛伊出版了长篇小说《宝贝，我的初恋》。1930年，随着青春小说《反叛者》的问世，开启了马洛伊小说创作的黄金时代。《反叛者》的主人公们是一群青春期少年，他们以乌托邦式的挑战姿态向成年人世界宣布："我们不想与你们为伍！"他们以纯洁的理想，喊出了战后一代年轻人对世界、对成年人社会的怀疑。这部小说于1930年被译成法语，大作家纪德读后，兴奋地致信这位素不相识的匈牙利作者；存在主义思想家加布里埃尔·马塞尔亲自撰写评论。这部小说与法国作家让·科克多的《可怕的孩子们》,成为当年欧洲文坛的重要事件。同年出版的《陌生人》,则根植于他在巴黎的生活感受,讲述了一个长大成人的男孩如何面对自己的内心世界。

1934 年至 1935 年,马洛伊完成了他自传性质的代表作——《一个市民的自白:考绍岁月》和《一个市民的自白:欧洲苍穹下》,时间跨越世纪,空间纵横欧陆。在《一个市民的自白:考绍岁月》中,他绘声绘色地讲述了自己的家族史和青春期成长史,生动再现了两次世界大战之间东欧新兴市民阶层的生活全景画卷。他用工笔的手法翔实记录了一战前后市民阶层的生存环境、生活习惯、家族传统、人际关系、审美趣味、道德准则、行为规范和社会风俗,刻画之详之细,如同摄像机拍摄后的慢放镜头,精细到各个房间内每件家具的雕花和来历、父母书柜中藏书的作者和书名、妓院房间墙上贴的告示内容和傍晚在中央大街散步的各类人群的时尚装扮。书里有名有姓的人物多达上百个,从皇帝到女佣,从亲友到邻里,从文人、政客到情人、路人,每个人都拥有个性的面孔和命运的痕迹。从文学水准看,该书毫不逊色于托马斯·曼的《布登勃洛克一家》和普鲁斯特的《追忆似水年华》。

在《一个市民的自白：欧洲苍穹下》中，马洛伊回忆了并不久远的流浪岁月。从德国、法国、英国、瑞士等西欧国家，写到东欧的布达佩斯，不仅讲述了个人的流浪、写作和情感经历，还勾勒出欧洲大陆在两次世界大战之间动荡不安、复杂激进的岁月影像，各地人文历史宛然在目，无数历史人物呼之欲出，真可谓一部大时代的百科全书。更重要的是，《一个市民的自白：欧洲苍穹下》以宏大的篇幅记录了一位东欧年轻知识分子的生理和心灵成长史，对内心世界的变化刻画得毛举缕析、委曲毕现，其揭露之酷、剖解之深和态度之坦诚，都是自传作品中少见的。如果让我作比的话，我首先想到的是萨义德的《格格不入》和卡内蒂的"舌耳眼三部曲"。

不过，也正是由于坦诚，马洛伊于1936年官司惹身，他当年的一位神父教师以毁誉罪将他送上法庭，另外作者的几位亲戚也对书中披露的一些细节感到不满，因此，马洛伊被迫销毁了第一版，支付了神父一笔可观的赔偿款，并对该书进行了大幅度的删减，主要删掉了对天主教寄宿学校中男孩们暧昧的情色生活的描述和关于几位亲戚的家庭秘闻，减掉了至少三章的篇幅，还删掉了大量的真实姓名，有的人物则用化名代替。从那之后的近八十年里，读者只能看到删节后的《一个市民的自白》，2015 年时译林出版社推出的《一个市民的自白》就是以 1936 年后的删节本为底本翻译的。

时过五年，我终于能弥补这一遗憾。2020 年疫情期间，我根据匈牙利新出版的《一个市民的自白》的全本，补译了所有被删减的文字，增补了数十条注释，向中国读者呈现出作品的原貌。同时，我还翻译了马洛伊最重要的遗稿《一个市民的自白：我本想沉默》。

马洛伊生前曾在日记里多次提及《一个市民的自白：我本想沉默》这部作品，并把它视作《一个市民的自白》第三部。但是这部作品之前从未出版，甚至没有人见到过它的手稿。直到马洛伊去世多年后，其手稿才被裴多菲文学馆的研究人员在整理马洛伊遗物时偶然发现，并在作者去世二十四年后与读者见面。这次译林社将《一个市民的自白》的全本拆分成《一个市民的自白：考绍岁月》和《一个市民的自白：欧洲苍穹下》，并与《一个市民的自白：我本想沉默》一起作为"马洛伊·山多尔自传三部曲"推出，对广大的"马洛伊迷"来说是一个福音。

6

从 1928 年回国，到 1948 年出国，马洛伊小说的黄金时代持续了整整二十年。毫无疑问，马洛伊是我知道的世界上最勤奋、最多产、最严肃，也是最真诚的作家之一，在当时的匈牙利文坛，他的成就和声誉无人比肩。

在马洛伊的长篇小说中，1942 年圣诞节问世的《烛烬》是语言最精美考究、故事最动人、情感最深沉、风格最强烈的一部。两位老友在离别多年后重逢，在昏暗、空寂的庄园客厅里秉烛对坐，彻夜长谈，追忆久远的过去，一个成了审判者，另一个成了被审判者。年轻的时候，他俩曾是形影不离的金兰之友，相互交心，不分你我；后来，其中一个人背叛了另一个，甚至有一刻动了杀机，结果导致一系列悲剧。马洛伊讲故事，不仅是讲故事，还用莎士比亚式的语言怀念逝去的帝国时代，以及随之逝去的贵族品德和君子情谊，他通过两位老人的对话告诉读者，悲剧的根源不是一时的软弱，而是世界秩序坍塌时人们传统道德观念的动摇。1998 年，《烛烬》最先被译为意大利语，随后英文版、德文版问世，之后迅速传遍世界。至今，《烛烬》仍是马洛伊作品中翻译语种最多、读者最熟悉、市场最畅销的一部小说，后来被多次改编成电影、话剧和广播剧。不久前，书评家康慨先生告诉我，他正在读我刚出炉的《烛烬》译稿，激动得禁不住大声朗读，并摘出他最喜爱的关于音乐、友情、孤独、衰老的段落发给我，说书写得好，也译得好，我心里不仅感到安慰，还感到一种"古代君子"的情愫在胸中涌流，我希望，它能通过我的翻译在我身上留下一部分，也能让读者们通过阅读留下一些。

《真爱》是一部婚姻小说，通过两段长长的独白，先出场的是妻子，随后出场的是丈夫，从两个截然不同的阶层、视角、修养和感受讲述了同一个失败的婚姻。他们两个都以自己的生活经验判断对方，都以自己的真实看待这段婚姻。按照马洛伊的观念，这个婚姻注定是失败的，因为与生俱来的修养差别和阶层烙印。其实这个观点，作者在《一个市民的自白：考绍岁月》中就清楚地表述过："大多数的婚姻都不美满。夫妻俩都不曾预想到，随着时间的推移，有什么会将他们分裂成对立的两派。他们永远不会知道，破坏他们共同生活的潜在敌人，并不是性生活的冷却，而是再简单不过的阶层嫉恨。几十年来，他们在无聊、世俗的冰河上流浪，相互嫉恨，就因为其中一方的身份优越，受到过良好的教育，姿态优雅地攥刀执叉，或是脑袋里有某种来自童年时代的矫情、错乱的思维。当夫妻间的情感关系变得松懈之后，很快，阶层争斗便开始在两个人之间酝酿并爆发……"

《草叶集》是马洛伊流传最广的散文集，谈人生，谈品德，谈理想，谈哲学，谈情感，为那些处于痛苦之中和被上帝抛弃的人指点迷津。作者在 1943 年自己的日记里写了这样一段感人的话："我读了《草叶集》，频频点头，就像一位读者对它表示肯定。这本书比我要更智睿、更勇敢、更有同情心得多。我从这本书里学到了许多。是的，是的，必须要活着，体验，为生命与死亡做准备。"

与马洛伊同时代的大诗人尤若夫·阿蒂拉（József Attila）高度称赞他，称他为"匈牙利浪漫主义文学伟大一代的合法后代"。

7

浪漫主义作家的生活并不总是浪漫的，更准确地说，浪漫主义作家通常会比常人更多一层忧患。在新一场战争临近的阴霾下，马洛伊的精神生活越来越沉重。他的自由主义思想、与主流文化的冲突和他桀骜不驯的个性，以及他犀利的语言和独立的人格，都使他在乱世之中从不动摇意志，从不依附任何势力，从不被任何思想冲昏头脑，他与左翼的激进、暴力保持距离，他对右翼的危险时刻充满警惕，因此使得当时各类右翼对他的厌憎就像二战后左翼对他的记恨一样深，无论哪派都视他为"难斗的天敌"。

1934 年 10 月 12 日，对马洛伊来说是个悲伤的日子，他父亲的去世对他打击很大。虽然父亲很少跟他在一起生活，但在精神、品德和修养上给予他潜移默化的影响非常大。中学毕业时，马洛伊曾写信向好友倾诉，并这样描述自己的生活榜样："一个许多人敬重但很少有人喜欢的人，一个从来不向外部世界妥协、永远没有家的人。也许在这个坍塌的家里正是这个将我们维系在一起：无家感。"父亲的死，使马洛伊陷入内心更深的孤独，当时很少写诗的他，在悲痛中写了一首《父亲》。

1930年代初，德国纳粹主义日益嚣张，托马斯·曼于1930年10月17日在柏林贝多芬厅发表著名的《德意志致词》，直言不讳地称纳粹主义是"怪僻野蛮行径的狂潮，低级的蛊惑民心的年市上才见的粗鲁"，是"群众性痉挛，流氓叫嚣，哈利路亚，德维斯僧侣式的反复诵念单一口号，直到口边带沫"，为此受到希特勒的迫害。马洛伊与托马斯·曼的观点一致，他也率先在匈牙利报纸上撰文，提醒同胞提高警惕，结果遭到本国的民粹主义者憎恨，视他为激进的左派分子。1935年，他与流亡的托马斯·曼在布达城堡会面，更坚定了他的反法西斯立场。

1939年2月28日，罗拉为马洛伊生了一个可爱的儿子，取名"克利斯托夫"，但孩子只活了几个星期，不幸死于内出血。从那之后，马洛伊写了一张字条放在文件夹里带在身边，字条上写着："克利斯托夫，亲爱的克利斯托夫！你别生病！！！"葬礼之后，他长达几个月沉默不语，写了一首诗《一个婴儿之死》：

> 他留下了什么？他的名字。
>
> 他头发的香气留在梳子上。
>
> 一只维尼熊，他的死亡证明。
>
> 一块带血的破布和一条绷带。
>
> 世界的万能与全知啊，
>
> 我不懂，为什么要对我这样？
>
> 我不叫喊。活着并沉默。
>
> 现在他是天使，假如存在天使的话——
>
> 但这里，在地下，一切都无聊和愚蠢，
>
> 我不能原谅任何人，永远不能。

就在马洛伊丧子的同年，二战爆发，马洛伊感到十分悲愤，他在《佩斯新闻报》上发表了一篇题为《告别》的文章，写道："现在，当黑暗的阴云笼罩了这片高贵的土地，我的第二故乡，它的地理名称叫欧洲：我闭上了眼睛，为了能更清晰地看到这一瞬间，我不相信，就此告别……"

8

1944 年 3 月 19 日，德军占领了匈牙利。马洛伊在日记中悲愤地写下："耻辱地活着！耻辱地在百日行走！耻辱地活着！……我心里仿佛有什么东西在 3 月 19 日破碎了。我听不到我的声音；就像被乐器震聋了耳朵。"

三天之后，作家夫妇逃到了布达佩斯郊外的女儿村（Leányfalu）避难，当时，罗拉的父亲被关入了考绍市的"犹太人集中区"，罗拉的妹妹和两个孩子跟他们在一起。马洛伊还在日记中记录了一件事：曾有一个女人找到他们，说只要他们付一笔钱，就可以让他们在盖世太保的秘密帮助下搭乘一架红十字会飞机飞往开罗，但被马洛伊回绝了……后来证明，马洛伊的决定使他们幸运地躲过一劫，搭乘那架飞机的人全部被送进了德军在奥地利境内建造的茅特森集中营。这一年，他没有出新书。

1945 年 2 月，马洛伊在布达佩斯的公寓于空袭中被炸成了废墟，六万册藏书的毁灭，象征了文化的毁灭。战火平息后，马洛伊创作的新戏《冒险》公演大获成功，他用这笔收入买了一套一居的公寓，在那里住到 1948 年流亡，之后他母亲住在那里直到 1964 年去世。

战后，有关当局请马洛伊出任匈牙利-捷克斯洛伐克友好协会主席，被他拒绝了，因为他无法在自己的家乡被割让、自己的同胞被驱逐的情况下扮演这个玩偶，他说："恐怖从法西斯那里学到了一切：最终，没有人从中吸取经验。"他不但拒绝当主席，还退出协会表示抗议，这一态度，自然受到左翼政府的记恨，他被视为危险的右派、"与新社会格格不入的资产阶级残渣"。

回顾历史，无论右派左派，都是对马洛伊先攻击，后拉拢，拉拢不成，打压噤声；最后，连他的肉身存在都会令当权者不能容忍，于是逼迫他流亡西方……不过有趣的是，马洛伊在文学上卓越的造诣、优雅的风格和高超的水准使他的作品充满了魅力，令人欲罢不能，不管持有哪派观点的人都忍不住会去读他的书。因为不管他写什么都会独树一帜，都会触动人心，都拥有不容否认的文学价值和人文思想。

1947 年，马洛伊虽然当选为匈牙利科学院院士，拥有名衔和勋章，但由于他的文学风骨、他的抗拒性沉默、他与主流文学保持清醒的距离，最终他仍难逃脱当局的打压。1948 年，马洛伊永远地离开了故乡。

自从 1948 年 8 月 31 日马洛伊和罗拉离开匈牙利后，至死都没有再回到那片土地。他们走的时候十分孤独，没有人到火车站送行。在瑞士，匈牙利使馆的人找到他问："您是左派的自由主义作家，现在 95% 您想要的都得到了，为什么还要离开？"马洛伊回答："为了那 5%。"

他们先在瑞士逗留了几周，之后移居意大利的那不勒斯，在那里一直住到 1952 年。1949 年，马洛伊仅用了三个月的时间，写完了他的又一部重要作品《土地，土地……！》，这部回忆录讲述了流亡初期的生活，直到 1972 年才正式出版。在《一个市民的自白：我本想沉默》被发现之前，这本书一直被评论界视为《一个市民的自白》的第三部，现在看来，它应该是第四部。马洛伊在《土地，土地……！》中写道："我之所以必须离开，并不仅仅因为他们不允许我自由地写作，更有甚者的是，他们不允许我自由地沉默。"

在意大利期间，他开始在《自由》日报和"自由欧洲电台"工作。

9

1952 年，马洛伊和罗拉移居美国纽约，并在伦敦出版了流亡生涯中写的第一部作品《和平的伊萨卡岛》。1954 年在《文化人》杂志发表长诗《亡人的话》，被誉为 20 世纪匈牙利诗歌的杰作。身在异邦，心在家乡，马洛伊曾在纽约的中央公园里写过一首小诗《我这是在哪儿？》，流露出他背井离乡的无奈和惆怅：

> 我坐在长椅上，仰望着天空。
>
> 是中央公园，不是玛格丽特岛。
>
> 生活多么美好——我要什么，就得到什么。
>
> 这里的面包有股多么怪的味道。
>
> 怎样的房屋和怎样的街道！
>
> 莫非现在叫卡洛伊环路？

这是怎样的民众啊！——能够忍受匆忙的脚步。

到底谁在照看可怜祖母的坟冢？

空气醉人。阳光明媚。

上帝啊！——我这是在哪儿？

1956 年 10 月，匈牙利爆发了人民自由革命，马洛伊在"自由欧洲电台"进行时事评论。次年，马洛伊夫妇加入了美国国籍。1967 年马洛伊夫妇移居意大利南部的萨莱诺市。

1973 年，马洛伊和罗拉去维也纳旅游以纪念结婚五十周年，但没有回近在咫尺的祖国。自从马洛伊流亡后，匈牙利查禁了他的作品。1970 年代，匈牙利政府为了改善国际形象，不仅解禁了马洛伊的作品，而且邀请他回国。然而，马洛伊的骨头很硬，他表示只要自己的家乡还不自由，他就决不返乡，甚至禁止自己的作品在匈牙利出版。1974 年底他们返回美国，1980 年移居圣地亚哥，在那里度过晚年。

20 世纪，欧洲有许多文人过着流亡生活，但很少有谁流亡得像马洛伊这样决绝和孤独，他的骨头本来就很硬，流亡更是把它磨砺成了钢铁。托马斯·曼战后也没有回德国，但他可以说"我在哪里，德国文化就在哪里"。德国人都在读他的书，以这位坚决的反法西斯作家为荣。可马洛伊呢？

他的匈牙利文化在哪儿？他代表的高尚文化已经成为历史，冷战的文化充满了谎言，即便他的祖国不禁他的书，他也自己坚持沉默，捍卫自己坚守的道德价值和文化价值，不与政治和流行为伍，但他一生没有放弃母语写作，也不为西方的市场写作。流亡期间，他不停地写作，没有出版社给他出书，他就自己出钱印，至少罗拉是他的读者。

流亡期间，他先后出版了长篇小说《圣热内罗的血》（1965）、《卡努杜斯的审判》（1965）、《在罗马发生了什么》（1971）、《土地，土地……！》（1972）、《强壮剂》（1975）、《尤迪特……和尾声》（1980）、《三十枚银币》（1983）、《青春集》（1988），诗集《一位来自威尼斯的先生》（1960）、《海豚回首》（1978），戏剧《约伯……和他的书》（1982），以及1945年至1985年的《日记》。在这些作品中，最重要的除了《土地，土地……！》外，就该算《尤迪特……和尾声》了。

其实，《尤迪特……和尾声》是《真爱》的续篇，以一对情人独白的形式，将四十年前写的故事延续到了现在，延伸到了美国，为逝去的时代和被战争与革命消灭了的"市民文化"唱了挽歌。毫无疑问，作者在书里留下了自己的影子——站在被炸毁的公寓废墟中央，站在几万卷被炸成纸浆的书籍中央，直面文化的毁灭。这是马洛伊一生唯一一部续写的小说，可见他对这部书情有独钟。作者去世后，《真爱》和《尤迪特……和尾声》被合订在一起出版，就是读者将要读到的中文版《伪装成独白的爱情》。

在流亡的岁月，马洛伊除了与爱妻罗拉相依为命，不离不弃，还领养了一个儿子亚诺士，亚诺士结婚后生了三个孩子，他们成了作家夫妇的感情慰藉。然而岁月无情，从1985年开始死神一次次逼近他，他的弟弟伽博尔和妹妹卡托于这一年去世。1986年1月4日，与他厮守了半个多世纪的爱妻罗拉也离开了他；秋天，他那位电影导演的弟弟盖佐去世。1987年春天，养子亚诺士也不幸去世，白发人送黑发人，马洛伊再次陷入深深的悲痛。就在这年秋天，他留下了遗嘱。

10

1988 年，随着东欧局势的改变，匈牙利科学院和匈牙利作家协会先后与他取得联系，欢迎他叶落归根，但他还是没有动心。岁月和历史已经让他失去了一切，他不想失去最后一分对自由理想的坚持。

遗憾的是，马洛伊未等到祖国自由，他太老了，太孤独了。

1989 年 1 月 15 日，他在日记里写下了最后一行："我等着死神的召唤，我并不着急，但也不耽搁。时间到了。"

2 月 20 日，他写了最后一封信给好友、遗稿托管人沃罗什瓦利·伊什特万（Vörösváry István）夫妇，他在信中写道："亲爱的伊什特万和亲爱的伊莲：我心灰意懒，不能再这样下去了。我始终疲乏无力，再这样下去，很快就不得不进医院接受看护。这个我想尽量避免。谢谢你们的友谊。

你们要好好照顾彼此。我怀着最好的祝愿想念你们。马洛伊·山多尔。"

2月21日，马洛伊在圣地亚哥家中用一枚子弹结束了自己的生命，他以自由地选择死亡这个高傲的姿态成为不朽。"所有的一切慢慢变成了回忆。风景、开放的空间、我行走的大地，所有的一切都充满了启示。所有的一切都讲述着这条遭到损毁、已然流逝、痛苦而甜美的生命，所有的土地都粘挂着无可挽回的、残酷的美丽。也许，我还有很少的时间。但是我要作为死者经历我的人生：我的羞耻（这个羞耻就是在这里维生，就是我在这里度过的生命之耻）不允许做另外的判决。"马洛伊生前曾这样说。1942年，他还写过一首《在考绍》的诗，在中年时就平心静气地讲述了生与死的轮回：

> 严肃的，令人回忆的
>
> 与亡者以你相称的
>
> 与先人相互慰藉的
>
> 骄傲和独一无二的
>
> 旅行，这也是宿命——
>
> 我从这里开始，或许

也在这里结束。

就在马洛伊离世那年的秋天，东欧剧变，柏林墙倒塌，匈牙利也发生了体制改革。他自由的梦实现了，但他提前去了天上。从1990年开始，他的全部作品在匈牙利陆续出版，政府还追授他"科舒特奖章"，这是历史上第一次将这个奖章颁发给亡者。从某个角度讲，马洛伊这根流亡的骨头以他的坚忍不屈，战胜了残酷的时间。匈牙利还设立了慧眼识珠的"马洛伊·山多尔文学奖"，推出了一位又一位的后继者，其中包括继承了他精神衣钵的凯尔泰斯。正如匈牙利文学评论家普莫卡奇·贝拉所言："假如，有过一位其生活方式、世界观、道德及信仰本身等所有的一切就代表着文学的作家，那么毫无疑问，这个人就是马洛伊·山多尔。在他的文字里，可以找到生命的意义；在他的语言中，可以窥见个体与群体的有机秩序，体现了整个民族的全部努力和面貌。"

马洛伊一生都没有放下笔，总共写了五十多部作品，长达十几卷的《日记》具有极高的历史、文学和思想价值。去世后，他的全部作品在匈牙利出版，留下的遗稿也陆续面世，新出版了至少有二十多部著作。

"死亡的诗人仍在勤奋工作"，这是马洛伊曾经形容他的文学启蒙恩师科斯托拉尼·德热时写下的一句话，实际上这句话也适用于他自己。

　　很希望译林出版社的这几本马洛伊作品只是我们认识马洛伊的开始，也希望这位已成为天使的老作家能通过文字坐到我们中间，他是凡间极少见到的高尚、独立、聪慧、坚忍、柔情、勤奋，而且品质上几乎没有瑕疵的人。即便因为他，我也愿相信：存在天使。

　　　　　　　　　　2022 年 1 月 22 日，布达佩斯

图书在版编目（CIP）数据

　　一个市民的自白. 欧洲苍穹下 ／（匈）马洛伊·山多尔
著；余泽民译. —南京：译林出版社，2023.1
（马洛伊·山多尔作品）
　　ISBN 978-7-5447-9363-6

　　Ⅰ.①—… Ⅱ.①马…②余… Ⅲ.①长篇小说－匈
牙利－现代 Ⅳ.①I515.45

中国版本图书馆 CIP 数据核字（2022）第 137349 号

Egy polgár vallomásai by Márai Sándor
Copyright © Heirs of Márai Sándor
Csaba Gaal (Toronto)
Simplified Chinese edition copyright © 2022 by Yilin Press, Ltd
All rights reserved.

著作权合同登记号　图字：10-2019-585 号

Portrait copyright © Bartosz Kosowski

一个市民的自白：欧洲苍穹下　[匈牙利] 马洛伊·山多尔 ／ 著　余泽民 ／ 译

责任编辑　　张　睿
装帧设计　　陆智昌
校　　对　　孙玉兰
责任印制　　颜　亮

出版发行　　译林出版社
地　　址　　南京市湖南路 1 号 A 楼
邮　　箱　　yilin@yilin.com
网　　址　　www.yilin.com
市场热线　　025-86633278
排　　版　　南京展望文化发展有限公司
印　　刷　　中华商务联合印刷（广东）有限公司
开　　本　　787 毫米 ×1092 毫米 1/32
印　　张　　11.25
插　　页　　4
版　　次　　2023 年 1 月第 1 版
印　　次　　2023 年 1 月第 1 次印刷
书　　号　　ISBN 978-7-5447-9363-6
定　　价　　68.00 元